HORROR-TASCHENB[...]

Zuletzt erschienen in der Reihe HORROR TB:

11 Jeffrey Thomas: *MonstroCity*
12 Dan Simmons: *Lovedeath – Liebe und Tod*
13 Brian Hodge: *Rune*
14 F. Paul Wilson: *Das Kastell*
15 Brian Hodge: *Totenstadt*
16 David J. Schow: *Der Schacht*
17 F. Paul Wilson: *Die Gruft*
18 Richard L. Tierney: *Im Haus der Kröte*
19 Hot Blood 1: *Bis dass der Tod euch vereint*
20 Hot Blood 2: *Fremder in der Nacht*
21 Frank Festa (Hg.): *Necrophobia 2 – Die graue Madonna*
22 F. Paul Wilson: *Die Gabe*
23 Frank Festa (Hg.): *Necrophobia 3 – Zart wie Babyhaut*
24 F. Paul Wilson: *Erweckung*
25 Howison/Gelb (Hg.): *Dark Delicacies*
26 Kim Paffenroth: *Dying to Live – Vom Überleben unter Zombies*
27 F. Paul Wilson: *Angriff*
28 Brett McBean: *Die Mutter*
29 F. Paul Wilson: *Nightworld*
30 Greg F. Gifune: *Blutiges Frühjahr*
31 Richard Laymon: *Vampirjäger*
32 Frank Festa (Hg.): *Kannibalen*
33 Kim Paffenroth: *Dying to Live – Die Traurigkeit der Zombies*
34 Jeffrey Thomas: *Tagebuch aus der Hölle*
35 Brett McBean: *Die Bestien*
36 Whitley Strieber: *Wolfen*
37 Tim Curran: *Zerfleischt*
38 Nate Southard: *Red Sky*
39 Bryan Smith: *Verkommen*

TAGEBUCH AUS DER HÖLLE

JEFFREY THOMAS

Mit Illustrationen von Erik Wilson

Aus dem Amerikanischen
von Doris Hummel

FESTA

Die amerikanische Originalausgabe
Letters from Hades
erschien 2003 im Verlag Bedlam Press.

Titelbild: Tomasz Alen Kopera, www.myspace.com/artalen

ISBN 978-3-86552-096-8

Für David G. Barnett,
der einen Funken anfächelte und ein Inferno entfachte.

Tantum religio potuit suadere malorum.
(So viel Übles hat Glauben anzuraten vermocht.)
– Aldous Huxley in *Die Teufel von Loudun*

Fünfter Tag

An meinem fünften Tag in der Hölle fand ich eine Gottesanbeterin.

Es war in einer kurzen Pause zwischen zwei Unterrichtsstunden; allerdings diente diese Pause nicht der Entspannung. Wir warteten lediglich auf die Ankunft unseres nächsten Ausbilders, und wie viele meiner Kommilitonen war ich in einen der Innenhöfe der Universität geschlendert. Die gesamte Universität ist aus schwarzem Metall erbaut. Einige Bereiche sind wie die Platten der Außenhaut eines mächtigen Kriegsschiffes miteinander verbunden und von Nieten und überdimensionierten Muttern übersät, die baumdicke Bolzen umschließen, während andere aus einem einzigen gigantischen Stück Eisen geformt zu sein scheinen. Über das komplette Gebäude ziehen sich rote Rostspuren, die aussehen wie getrocknetes Blut. Ein paar davon könnten tatsächlich getrocknetes Blut sein. An meinem dritten Tag hier regnete es Blut. In reißenden Strömen. Als der Regen schließlich aufhörte, dampften auf dem Universitätshof tiefrote Pfützen, und in einigen dieser kleinen Teiche wanden sich zappelnde Aale und Quallen, die, wie ich dann feststellte, in Wahrheit Organe und Eingeweide waren. Einer meiner Kommilitonen vermutete, es handele sich dabei um den Abfall, den der örtliche Folterkomplex ausgestoßen hatte.

Die Größe der Avernus-Universität übersteigt sämtliche menschlichen Maßstäbe. Ich weiß jetzt schon, dass mir beim Schreiben dieses Berichts, dieses Tagebuchs oder wie immer ich es auch nennen werde, bald die Synonyme ausgehen werden, um das schiere Ausmaß hier zu beschreiben. Das Ausmaß der Größe ebenso wie das Ausmaß des Leidens.

Ich wünschte, ich hätte mit diesem Bericht am ersten Tag beginnen können, aber ich hatte weder Papier noch einen Stift, bevor der Unterricht am zweiten Tag ernsthaft begann. Um ehrlich zu sein, ist es mir doch ein wenig schwergefallen, mich an meine neue Umgebung zu gewöhnen, sodass es mir bis heute gar nicht in den Sinn kam, persönliche Erlebnisse niederzuschreiben. Außerdem erwarte ich, dass sie mir dieses Buch wegnehmen werden, wenn sie herausfinden, dass ich meine eigenen Gedanken darin festhalte. Ich habe das Buch umgedreht, sodass ich mit meinen Aufzeichnungen hier auf der letzten Seite beginnen kann. Hoffentlich schauen sie sich das Ende des Buches nicht an, falls sie es wirklich untersuchen sollten. Im vorderen Teil des Buches fülle ich die Zeilen, wie es meiner gesamten Klasse aufgetragen wurde, mit selbstverachtenden Erniedrigungen:

»Ich bin ein Wurm, der seines Schöpfers unwürdig ist. Ich habe die Liebe meines Vaters verraten. Ich habe das Geschenk des Lebens, das mein Vater mir gab, verschwendet.« Jede Zeile muss sich von den anderen unterscheiden und reumütig sein – aber nicht, dass mir je verziehen würde, selbst wenn ich eine Trillion solcher Zeilen schriebe und dabei keine der anderen gliche.

Ich glaube – ich hoffe –, dass das Schreiben dieses Tagebuchs mir zumindest eine kleine Ablenkung bieten wird. Einen neuen Fokus, der meine intensiven körperlichen Schmerzen zumindest ein wenig in den Hintergrund rückt. Eine Art Mörtel, der die bröckelnden Bausteine meines Verstandes zusammenhält. Aber vielleicht ist das ja auch ein Fehler. Vielleicht wäre ich besser beraten, wenn ich mich einfach dem Wahnsinn hingäbe. Vielleicht könnte ich dann Frieden finden. Nun ja, ich schätze, das kann ich später immer noch tun, falls geistige Gesundheit doch nicht das Richtige für mich sein sollte.

Ich schätze, der Hauptgrund, weshalb ich dies niederschreibe, ist, dass es eine Form der Rebellion ist, ein Ausdruck von Individualität. Es erinnert mich an meine Zeit in der High School, die ich irgendwann vorzeitig abgebrochen habe … nicht, weil ich nicht intelligent genug gewesen bin oder ein Junkie oder sonst was, sondern weil ich so schüchtern war und mich dort so fremd fühlte – ein Außenseiter eben. Ich wollte einfach nur zu Hause bleiben und lesen. Und ich wollte schreiben, träumte davon, Schriftsteller zu sein – auch ein Grund, weshalb ich stets diesen Zwang verspüre, Papier und Stift zu vereinen, selbst an diesem Ort hier. In der High School bekamen wir einmal die Hausaufgabe, eines von zwei Theaterstücken in einem Buch zu lesen. Ich las jedoch nicht das Stück, das man uns zugeteilt hatte. Nein, ich las eines Tages, als ich die Schule schwänzte, das andere der beiden Theaterstücke – ich wartete hinter der Garage, bis mein Vater zur Arbeit gegangen war, damit ich mich auf den Dachboden schleichen und den ganzen Tag dort verbringen konnte. Es war keine geplante Geste der Missachtung, es passierte einfach. Es war mein Instinkt. Mein individueller Geist der stillen Meuterei.

Genauso fühlt es sich jetzt auch an, mit dem schweren, umgedrehten Buch in meinen Händen. Damals war es ein dünnes Heft mit Eselsohren, aber dieses Buch ist in lebendige Haut gebunden, und auf dem Einband befindet sich ein einzelnes menschliches Auge. Ich habe beobachtet, wie es meinen Bewegungen folgt, und ich weiß, dass es sich meiner Anwesenheit bewusst ist. Anfangs hielt ich es für ein Instrument der Dämonen, das ihnen dabei hilft, mich auszuspionieren, aber ein erfahrenerer Klassenkamerad erzählte mir, das Auge sei alles, was von einem gewissen Schriftsteller übrig geblieben ist, der vermutlich dafür bestraft wurde, dass er frivole Bücher höher schätzte als die Erhabenheit seines Vaters … und dafür, dass er nie die Bibel gelesen hat, trotz seiner Leidenschaft für das geschriebene Wort.

»Es tut mir leid«, flüsterte ich dem blauen Auge zu, das mir stumm zublinzelte, während das Buch in meinem Schoß ruhte. »Ich werde mich um dich kümmern. Ich werde nicht zulassen, dass dir noch mehr Leid angetan wird.«

Darüber musste ich beinahe lachen. Wie viel Leid konnte man dieser Seele denn noch zufügen? Selbst wenn jemand eine Zigarette in dem fleischigen Einband ausdrückte, wäre das gar nichts. Trotzdem glaube ich, dass es meine Worte verstand – oder zumindest die Gefühle dahinter. Ich sah, wie sich eine feuchte Schicht über dem Auge bildete, und dann brach sich eine Träne Bahn und rann über die vernarbte, verbrannte Haut.

»Ich wünschte, ich wüsste, wer du warst. Vielleicht habe ich deine Worte ja gelesen«, sagte ich zu dem Buch. »Vielleicht habe ich mich dank dir ja weniger einsam gefühlt. Vielleicht habe ich dich ja auf dem Dachboden gelesen.« Ich wischte eine Träne aus dem einsamen Auge. Vorsichtig fuhr ich mit meinen Fingerspitzen über die harten Narben und streichelte sie sanft. Kurz darauf schloss sich das Auge im Schlaf. Ich bilde mir ein, ihm zumindest ein wenig Trost geschenkt zu haben.

Ich klemmte das Buch unter meinen Arm, während ich über den Hof schlenderte, obwohl ich auch einen Sack über der Schulter trug, in dem ich es hätte transportieren können. Der Sack schien irgendein getrocknetes Organ eines großen Tieres zu sein, war mit Brandwunden überzogen und ganz schwarz. Jeder von uns hatte so einen. Wir trugen auch alle dieselbe Schuluniform aus schwarzem Hemd, schwarzer Hose und schwarzen Stiefeln. Wir hatten sogar jeder ein Paar weiße Socken und ein Set weiße Unterwäsche.

In meiner ersten Nacht – jedenfalls vermutete ich, dass es Nacht war – fingerte ich an dem Gummiband meiner Unterhose herum und lachte und schluchzte stumm. Dies konnte nicht mein echtes Fleisch sein. Mein echtes Fleisch liegt einbalsamiert in einem Sarg. Das hier musste irgendwie angefertigt worden sein: Irgendwie muss meine Seele zu Materie fossilisiert sein, wie ein Klon, ein aus Ektoplasma geformter Golem, eine Illusion. Unsere Lehrer haben es uns nicht erklärt. Aber was ist mit meiner Unterwäsche? Ist sie auch eine Illusion? Ist sie eine Erweiterung meiner Seele? Oder ist sie hundert Prozent Baumwolle? Sitzen in den Ausbeuterbetrieben der Hölle asiatische Kinder den ganzen Tag und die ganze Nacht an Nähmaschinen und produzieren am laufenden Band Unterwäsche für die Wal-Mart-Kette der Hölle?

In eine Mauer des Innenhofs ist in mannshohen, mit Rost gefüllten Buchstaben folgende Inschrift eingraviert:

LEICHT GEHT ES HINAB ZUM AVERNUS
– VIRGIL

Wie ein Häftling auf Hofgang umrundete ich den Innenhof, allerdings nicht, um mich fit zu halten. Es erweckte in mir die traurige Vorstellung, ich ginge irgendwohin, fort von hier. In einem sumpfigen Teich in der Mitte des Hofs hatte sich während des letzten Sturms eine Pfütze aus Blut gebildet, die noch immer recht voll war. Ich schätze, die dornigen Büsche und verwachsenen Miniaturbäume dort sollen einen Garten darstellen. Aus der Mitte des Gartens ragt bedrohlich eine schwarze Metallskulptur irgendeines bedeutenden Dämons auf – ich wollte ihm nicht die Ehre erweisen, seine Gedenktafel zu lesen. Den Eisenschädel dieser widerwärtigen Kreatur umgeben smaragdgrüne Flammen. Als ich über die turmhohe Statue rauf zum Himmel blickte, sah ich, dass er zu einer wogenden Masse aus schwarzem Rauch geworden war, die heranrollenden Donnerwolken glich. Schon setzte ein zarter Puderregen aus blassen Flocken ein, die sich auf meiner schwarzen Kleidung in kleine Punkte vulkanischer Asche verwandelten. Sie ließen sich ganz leicht wegwischen.

Ich hatte den ganzen Tag noch nicht geweint. Der erste Tag in der Hölle, an dem ich nicht geweint hatte. War ich bereits gefühllos? Oder gewöhnte ich mich schon daran?

Andere um mich herum weinten jedoch. Ein hohes Heulen, das wie die Stimmen Tausender, Millionen von Menschen klang, verschmolz mit dem Wind. Es war zu lebendig – es konnte nicht allein der Wind sein.

Ich legte meine Hand auf die Schulter einer Frau, die am Fuß der Statue auf einer Bank saß. Unsere Füße wurden durch das schlammige Blut ganz nass. Sie schluchzte hysterisch. Ich wollte sie trösten, aber als sie zu mir hochsah, kreischte sie auf und schlug meine Hand weg, und so setzte ich meinen Hofgang fort.

Einige meiner Klassenkameraden suchten hingegen sehr wohl Trost in der Gesellschaft ihrer Mitmenschen. Ich unterbrach meinen Rundgang und hörte einigen von ihnen zu. Einer brabbelte: »Wenn sie uns in die Schule schicken, dann müssen sie doch wollen, dass wir bessere Menschen werden … ihr wisst schon, damit wir in den Himmel kommen können, später mal. Erst Fegefeuer, dann Himmel … richtig? Wir sind hier, um bestraft zu werden, wie im Gefängnis … und rehabilitiert, und dann können wir … können wir …«

»Zu leistungsfähigen Bürgern werden?«, vollendete ich.

Der Mann wirbelte zu mir herum und funkelte mich wild an. Genau wie ich hatte auch er auf der Stirn eine hässliche, erhabene Narbe in Form eines A. Es war ein Brandmal, das Kennzeichnen für Agnostiker. Ich wollte gar nicht wissen, wie die Kennzeichnung eines Atheisten aussah, aber ich war mir sicher, dass ich es noch herausfinden würde. Der Mann erwiderte: »Damit wir gerettet werden können!«

»Wir haben es vergeigt«, entgegnete ich. »Wir haben an nichts von alldem hier geglaubt. Offensichtlich hätten wir das wohl besser tun sollen.«

»Aber es kann doch nicht sein, dass wir deswegen bis in alle Ewigkeit leiden müssen … Das wäre nicht fair! Vielleicht bin ich ja einfach nicht in einem religiösen Umfeld aufgewachsen! Manche Leute haben vielleicht keine besonders guten Pfarrer, die ihnen die Religion richtig nahebringen! Gebt den Wissenschaftlern die Schuld, weil sie uns gesagt haben, all das existiere nicht – lasst *uns* nicht für ihre Sünden büßen! Uns umgeben einfach nicht genügend Zeichen, die uns zum Glauben bewegen könnten!«

»Deshalb nennt man es ja ›Glauben‹«, warf einer der anderen ein. »Sie gestalten die Zeichen absichtlich so, dass sie schwer zu deuten sind. Um zu sehen, ob wir aufmerksam sind.«

»Okay, na schön, ich lerne ja!«, brüllte der Mann. Er war

völlig außer sich und wirbelte zu dem anderen herum. »Ich will ja lernen! Ich will ja!« Dann brach er in heftiges Schluchzen aus. »Ich will gerettet werden! Ich will in den Himmel kommen!«

»Also warum unterrichten sie uns dann?«, murmelte ein anderer gedankenversunken.

»Als reine Strafmaßnahme«, antwortete jemand. »Schule ist scheiße.«

»Sie wollen uns nur mit dieser unbestimmten Ahnung quälen, bevor der Rest der Folter beginnt«, murmelte ich. Ich musste jedoch zustimmen: Auch ich hatte die Schule schließlich immer gehasst, wie ich ja bereits erwähnt habe. Ich fühlte mich zwischen all meinen Mitschülern so einsam. Ich glaube, es war Sartre, der sagte, die Hölle seien die anderen. Im Gegensatz dazu hat T. S. Eliot jedoch behauptet, die Hölle seien wir selbst. Sie hatten beide recht.

»Wieso Zeit darauf verwenden? Wieso sollten sie sich die Mühe machen, wenn nicht, um uns zu retten?«, jammerte der schluchzende Mann.

»Sie wollen nur, dass wir ein paar Dinge verstehen«, antwortete ich. »Damit uns klar wird, wie sehr wir das verdienen, was mit uns passieren wird. Das ist alles Teil ihres Plans. Und wir können niemals hoffen, zu verstehen, wie Gott und die Dämonen denken …«

»Psst!«, zischte eine Frau, die dieselbe schwarze Uniform trug wie der Rest von uns und sich mir langsam näherte. Auch sie war, wie wir anderen, vollkommen kahl geschoren worden. In ihre Stirn waren jedoch drei X eingebrannt. Eine Prostituierte? »Du kannst dieses Wort hier unten nicht sagen! Ich hab mal einen Mann gesehen, der IHN bei Seinem Namen gerufen hat … und dann wurde er von diesen Dämonen gepackt …« Sie konnte nicht beschreiben, was dann geschehen war.

»Er ist der Vater. Der Schöpfer«, klärte mich jemand auf.

»Das weiß ich.« Ich verlor allmählich die Geduld und wollte weg. »Ich hab es nur für eine Minute vergessen.« Das war eine unserer ersten Lektionen gewesen: Seinen Namen nicht zu missbrauchen.

Ich wandelte wieder über den Hof und schaute erneut auf die dornigen Pflanzen, die in seiner Mitte wuchsen, und auf die efeuartigen Weinranken mit den eigenartig violetten Blättern, die eine der Metallmauern erwürgten, die uns umschlossen. War irgendeine von ihnen essbar? Ich hatte seit fünf Tagen nichts gegessen. Mein geklonter Körper, diese Illusion, litt verzweifelten Hunger, obwohl ich mir sicher war, dass ich eigentlich keinerlei Nahrung oder Energiezufuhr benötigte. Mein Körper war noch immer mit denselben Bedürfnissen und Trieben ausgestattet, nur, damit ich Hunger und Schmerzen erleiden konnte ... genau wie zu meinen Lebzeiten.

Fünf lange Tage. Ich muss an dieser Stelle gestehen, dass ich nicht mit Sicherheit sagen kann, ob es wirklich fünf Tage waren, da es hier natürlich keinen Sonnenuntergang gibt – sofern wir annehmen, dass dieser Ort sich tatsächlich »unten« befindet, auch wenn ich mir sicher bin, dass er nicht einfach nur direkt unter der Erdoberfläche liegt. Er befindet sich gewiss in einer anderen Dimension, auf einer anderen Ebene, in einem Anderswo, das mein Verständnis von Raum und Zeit übersteigt. Ich versuche jedoch, ihn mit meinem begrenzten Verständnis der Zeit zu erfassen und verlasse mich dabei auf die innere Uhr meines gefälschten Körpers, die mir mitzuteilen scheint, dass inzwischen fünf Tage vergangen sind. Außerdem umfasst hier jeder »Tag« eine überlange Pause zwischen zwei Unterrichtseinheiten, die ich als Nacht ansehe. Vielleicht ist das ja auch der Zeitpunkt, an dem die Dämonen selbst ausruhen. Wie bereits gesagt, können diese Unterrichtspausen für uns andere jedoch nicht als Erholung betrachtet werden, da es ein Akt der Sorge und der Gnade wäre, uns eine Erholungspause zu gönnen.

Ich stellte mich ganz dicht neben die mit violetten Ranken bedeckte Mauer und rieb eines der wachsartigen Blätter zwischen meinen Fingern. Kurz sah ich noch mal über die

Schulter, riss eines von ihnen ab und knabberte daran. Es schmeckte faulig. Ich spuckte es wieder aus. Selbst der abgebrochene Stängel stank einfach widerlich, eher wie ein platt gefahrenes Tier als nach verrottenden Pflanzenresten. Aus dem abgebrochenen Zweig quoll ein einzelner Tropfen Blut. Ich wollte nicht wissen, was diese Pflanzen in Wirklichkeit waren – oder einst gewesen waren.

Das war der Augenblick, in dem ich die Gottesanbeterin sah. Sie bahnte sich vorsichtig einen Weg durch die glänzenden Blätter. Ich hätte sie wohl nicht bemerkt, wenn sie sich nicht bewegt hätte, da ihre Tarnung im selben dunkelvioletten Farbton absolut perfekt war. Zusätzlich hatte sie ungewöhnliche Auswüchse an den Beinen, die aussahen wie Blattlaub.

Obwohl meine Stirn gebrandmarkt und ich in den vergangenen fünf Pseudotagen übel verprügelt worden war, ich also viel Schmerz erduldet hatte, verspürte ich doch Angst davor, das Tier zu berühren, weil ich fürchtete, es könnte mich beißen. Ich zwang mich jedoch, meine Furchtsamkeit zu überwinden, und streckte meine Hand nach dem großen Insekt aus. Zunächst versuchte es, die Handfläche zu umgehen, aber schließlich gelang es mir, es dazu zu bringen, über meine Hand und auf meinen Ärmel zu krabbeln, wo es – desorientiert, aber wachsam – ganz still stehen blieb. Ich führte es näher an mein Gesicht heran, um es zu begutachten.

Gibt es in der Hölle wohl ganz eigene eingeborene Spezies?, fragte ich mich. Gewiss endeten Tiere nicht in der Hölle, nur, weil sie intellektuell nicht dazu in der Lage waren, ihren Schöpfer anzuerkennen. Existierte hier unten ein separates, aber dennoch ganz ähnliches Ökosystem? Hatte sich diese Gottesanbeterin demnach bis zu ihrer momentanen Form *fortentwickelt?* Ihre Tarnfarbe und -form erst allmählich angenommen? Widersprach eine solche Evolution aber nicht eigentlich der schieren Existenz der Hölle?

Diese schlichte, irdisch anmutende Kreatur verwirrte mich mit einem Mal mehr als die eisernen Mauern, die um mich herum in die Höhe wuchsen, mehr als die flammende Dämonenstatue in der Mitte des Hofes oder der verrauchte Himmel, den ich bislang noch nie klar gesehen hatte. Es war mir ein Rätsel. War dieses Insekt ein menschlicher Leidender, verwandelt? Oder formte der Schöpfer solche Dinge »hier unten« nur genauso, wie Er es »dort oben« tat … um Seine künstlerische Ader auszuleben? Wie konnte ein Wesen, das es so sehr liebte, Protoplasma Leben einzuhauchen – wie ein Glasbläser, der mit seinem Atem Gefäße formt – nur so grausam sein, dass es seine komplexen Meisterwerke einer Welt der unendlichen Qualen aussetzte?

Doch andererseits: Weshalb haben manche Menschen Kinder, wenn sie ihren eigenen Nachwuchs dann doch nur misshandeln oder gar töten? Genießt der Vater einfach nur den Akt der Schöpfung, so wie wir den Akt der Zeugung genießen?

Ist unser Vater dann nichts anderes als so viele Väter, die ihre Kinder misshandeln? Ein psychotischer Vater?

Die Gottesanbeterin hatte ihre gezackten Vorderbeine in einer scheinbaren Gebetshaltung gebeugt und legte sie ganz eng an ihren gepanzerten Brustkorb. Es war, als habe Er ihr ihre Gestalt aus einem narzisstischen Bedürfnis heraus gegeben, das alle Dinge angesichts Seiner Herrlichkeit in die Knie zwang. Die gesamte Schöpfung war ein Spiegel Seiner Eitelkeit, aber wenn Ihm das fehlerhafte Spiegelbild nicht gefiel, zerstörte Er das Glas. Und gab dem Spiegel die Schuld für seine Hässlichkeit.

Einem entfernten Donnergrollen folgte das nähere Donnern einer Tür, die sich in einer der Metallmauern öffnete. Riesige offen liegende Zahnräder setzten sich knirschend in Bewegung, als die Tür sich krächzend öffnete. Dampf zischte, dann sah ich drei Gestalten aus der Dampfwolke auf dem Innenhof erscheinen. Es handelte sich um einen unserer Lehrer, der von zwei kleineren Dämonen begleitet wurde, die, soweit ich wusste, ebenso gut seine Assistenten wie seine Leibwächter, Lehrer in Ausbildung oder satellitenartige Auswüchse seines eigenen Körpers sein konnten. Genau wie er trugen sie wallende Gewänder, schwarz wie Ebenholz, über ihren schwarzen Chitinkörpern, deren Panzerung und Gliederung sie wie Insekten aussehen ließen, die sich als Skelette verkleidet hatten. Der Dämon in der Mitte war sicher an die 2,50 Meter groß, aber so dürr wie meine achtjährige Nichte. Der Schulterbereich seines Gewandes war darüber hinaus mithilfe eines versteckten Polsters zeltförmig aufgeplustert, um ihm eine noch imposantere Größe zu verleihen. Er führte einen schwarzen Eisenstab mit sich, auf dessen Spitze so etwas wie eine bizarre Krone oder ein Symbol saß, das aussah, als habe man einen Kalligrafie-Spritzer in Metall gegossen. Sein Gesicht erinnerte an einen mumifizierten Schädel, seine verdorrten Lippen gaben die Grimasse seiner schwarzen Zähne frei. Seine winzigen Augen leuchteten ohne Iris oder Pupille strahlend weiß in ihren gähnenden Höhlen. Auf dem Kopf trug er eine riesige Bischofsmütze aus Metall, die an den Seiten mit aufwendigen Verzierungen übersät war. Durch die gitterartigen Löcher dieser Kopfbedeckung war das grüne Feuer zu erkennen, das bedrohlich aus dem Schädel des Dämons loderte.

Diese vulkanische Öffnung war bei den beiden kleineren Dämonen noch besser zu erkennen. Sie waren höchstens 1,80 Meter groß, und ihre Gewänder verfügten weder über die mächtigen Schulterpolster noch trugen sie einen Amtsstab bei sich – oder was immer es auch sein mochte. Auch sie sahen aus wie verkohlte, reanimierte Skelette, auch wenn die hellen Stecknadelköpfe ihrer Augen nicht so durchdringend waren wie die ihres Anführers. Sie trugen keine Bischofsmütze oder eine andere Kopfbedeckung, sodass ich freie Sicht auf die Öffnung in ihren Köpfen hatte, die aussahen, als habe man einfach ihre Schädeldecke weggesägt. Aus den Löchern quoll hingegen Rauch anstatt der gasartigen Flamme, die vom Kopf des Professors aufloderte, aber auch dieser Rauch leuchtete grünlich, so als bestehe ihr Hirn aus einer Art strahlendem Urschlamm.

Das Dämonen-Trio blieb auf den Steinfliesen stehen. Unser Ausbilder klopfte dreimal laut mit seinem Stab auf, damit wir uns um ihn versammelten. Ich stand ihm mit am nächsten und beschloss, noch ein Stück auf ihn zuzugehen, und dabei streckte ich ihm die Gottesanbeterin hin, die sich an meinen Ärmel klammerte.

»Meister«, wand ich mich an ihn, in einem Tonfall, von dem ich hoffte, dass er angemessen demütig und respektvoll klang. Nicht, dass ich die Demut hätte vortäuschen müssen. Ich schleimte mich ein wie der neue Angestellte beim Chef. »Ich habe dieses Insekt gefunden. Ich wollte Euch fragen, was das ist … warum es hier ist …«

Vielleicht würde der Professor meine Neugier ja zu schätzen wissen. Ein wissensdurstiger Schüler.

Die anderen hingen hinter mir zurück. Ich war ihnen einen oder zwei Schritte voraus. Die beiden kleineren Dämonen blieben stehen, wo sie waren, während ihr Anführer die Lücke zwischen uns allmählich schloss, bis er schließlich direkt vor mir aufragte. Er beugte seinen Kopf aus der Höhe zu mir herunter, um ausdruckslos das Tier auf meinem Arm zu betrachten.

Als der Dämon zu sprechen begann, klangen seine Worte wie die zischende Warnung einer Kobra. Wie ein kalter Luftzug, der durch ein Grab weht. Es war ein kratzendes, raschelndes Geräusch … so als würden tote Herbstblätter von einer Windböe durch dieses Grab gejagt. Er sagte: »Du hast deine Frage selbst beantwortet. Es ist ein Insekt, genau wie du. Es ist hier, wie auch du hier bist. Der Schöpfer ist nicht verpflichtet, dir Sein Werk zu erklären. Seine Taten würden ohnehin deinen Horizont übersteigen. Falls Er sich je die Mühe machen sollte, sie zu erklären, doch das wird Er nicht tun.«

Damit legte der Professor auch seine andere krallenartige Hand an seinen Stab und ließ ihn in einem schwarz-verschwommenen Rauschen heruntersausen. Das rätselhafte Symbol, das ihn krönte, durchschnitt sauber meinen Unterarm. Ich sah, wie die Hälfte meines Armes neben meine Füße fiel, auf dem sich die Gottesanbeterin noch immer festklammerte. Aus dem verbliebenen Stumpf schoss das Blut mit der Gewalt eines Geysirs empor, wie Wasser aus einem Feuerwehrschlauch. Ich taumelte zurück, stieß mit der Ferse gegen eine Steinfliese, knallte heftig auf den Rücken und jammerte unter Qualen, während mir Tränen über die Wangen rannen. Aber trotz dieser Supernova des Schmerzes wusste ich, dass ich meine Kameraden lieber nicht um Hilfe bitten sollte. Sie standen einfach nur da und starrten mich an: hilflos, entsetzt und froh, dass sie nicht an meiner Stelle waren.

»Du musst nur das wissen, wovon wir dich in Kenntnis zu setzen gedenken. Und das ist die Tatsache, dass du selbst nur ein Insekt bist«, fuhr der gewaltige Dämon mit demselben trockenen Krächzen fort.

Um diese kleine Spontanlektion zu einem Ende zu bringen, hob mein Lehrer seinen knochigen nackten Fuß und trat auf meinen abgetrennten Arm. Dabei zerquetschte er die Gottesanbeterin. Diese Tat war für mich ebenso rätselhaft wie die Existenz der Gottesanbeterin an sich.

Als es Nacht wurde – oder das, was ich dafür hielt –, hatte sich mein Arm schon so weit regeneriert, dass ich mit diesem Tagebuch beginnen konnte. Dank sei dem Schöpfer für diese Wunder.

Sechster Tag (Tag 1 bis 4).

Da ich erst so spät mit meinen Aufzeichnungen begonnen habe, schätze ich, ich sollte an dieser Stelle ein Stück zurückgehen und ein paar Lücken füllen … am Anfang beginnen, aber doch möglichst schnell zu den Ereignissen kommen, die ich gegenwärtig erlebe. Glücklicherweise ist meine Erinnerung daran größtenteils ohnehin nur ein einziger Nebel aus Schmerz und Angst. Ich kann nicht fassen, dass ich geistig noch immer so gesund bin, wenn ich an die Panik und Verzweiflung denke, die ich in jenen ersten Tagen verspürte. Vielleicht hat sich mein Verstand ja genauso regeneriert wie mein Fleisch und meine Knochen.

Ich erwachte allein in einem winzigen Raum, der komplett mit weißen Keramikfliesen gekachelt war, selbst Decke und Boden. Zunächst dachte ich, ich befände mich in einem Krankenhaus. Schließlich hatte ich mir gerade einen Gewehrlauf unter das Kinn gedrückt und mir die Schädeldecke weggepustet. Als ich schluckte, spürte ich Blut, Zähne und labberige Fleischklumpen, und ein nicht unwesentlicher Teil meines zerstörten Gehirns glitt meinen Schlund hinab wie eine Auster ihre Schalenhälfte. Aber wenn ich mich tatsächlich in einem Krankenhaus befand, wieso lag ich dann nackt auf dem Boden, während mein Blut in Richtung eines Metallabflusses in der Mitte des Raumes floss?

Ich versuchte, mich aufzusetzen, was jedoch eine gewaltige Nuklearexplosion aus Schmerzen zur Folge hatte, die mich zurück auf meinen Rücken warf. Ich hörte, wie mein Schädel wie eine Piñata aufplatzte und gegen die Kacheln spritzte. Wie konnte ich noch immer am Leben sein?

Natürlich war ich das nicht.

Als sich dann, begleitet von zischendem Dampf, in einer der Wände eine helle Metallluke öffnete, die mich an ein U-Boot erinnerte, und der erste Dämon meine duschkabinenartige Zelle betrat, wusste ich, dass die Dinge nicht so gelaufen waren, wie ich es mir erhofft hatte, als ich meine tränenreiche, selbstmitleidige Entscheidung getroffen hatte. Ich hatte geglaubt, es wäre der letzte Schmerz, den ich je würde ertragen müssen – eine infernalische Mikrosekunde in meinem Schädel, gefolgt von süßem Vergessen. Es war schon hart genug gewesen, sich nur dieser Mikrosekunde zu stellen und meinen ganzen Mut dafür zusammenzunehmen. Aber das … das … wie sollte ich das nur aushalten? Vor allem, da mir ein Großteil meines Gesichts fehlte?

Ein zweiter Dämon trat ein. Ich konnte noch nicht einmal schreien, als die beiden mich packten. Sie zerrten mich aus dem Raum, der, wie ich annahm, nur einer von vielen, vielen anderen war, in denen die Seelen nach dem Übertritt abgeladen wurden. Wir alle kommen in einem dieser sargartigen weißen Räume hier an, allein, bevor wir in den Rest der Bevölkerung eingegliedert werden. Der Schmetterling schlüpft aus seiner Puppe, »neugeboren«, sein neuer Körper aus seinem Geiste neu gestrickt. Aber warum trug ich dann noch immer die realen Wunden meines Selbstmordes?

»Selbstmord ist eine Sünde«, grummelte eines der Ungeheuer, die mich fortzerrten. Sein Brummen hörte sich beinahe wie das Knurren eines Hundes an. Diese Kreaturen gehörten nicht zur Gruppe der wandelnden Kadaver der angeseheneren Klasse, sondern erinnerten mit ihrer grauen Haut, in die Spiralen gebrannt waren, die an Maori-Tattoos erinnerten, und ihren derben, knochigen Gesichtern – lang und hündisch, mit den Stoßzähnen von Warzenschweinen – eher an haarlose Paviane. Sie waren muskulös, nackt und kurze, dicke Schwänze wuchsen ihnen am Ende des Rückens aus dem Fleisch. Da sie stark gebeugt gingen, reichten sie mir jedoch nur bis zur Schulter. Dämonen von niedrigem Rang, die nur einfache Dienste leisteten … affenartig, primitiv, auf der unteren Stufe der höllischen Evolutionsleiter stehend. Selbst ihre fledermausartigen Flügel, von denen man hätte annehmen können, sie würden ihnen ein königliches Aussehen verleihen, waren zerlumpt und vernarbt, und abgesehen von denselben eingebrannten Spiralen auch mit zahlreichen Löchern übersät. Die Spirale ist ein Symbol für die Unendlichkeit.

Sie erinnerten mich an die fliegenden Affen im Film *Der Zauberer von Oz,* aber das behielt ich besser für mich. Sie prügelten so schon genug auf mich ein. Ich wehrte mich nur schwach gegen sie, während sie mich dunkle, gewundene Korridore aus schwarzem Metall entlangzerrten, die nur durch herunterhängende nackte Glühbirnen beleuchtet wurden.

Erik 02

Einmal versetzte man mir einen Tritt, der mir hörbar eine Rippe brach. Wenigstens konnte ich endlich weinen. Ich stieß jämmerliche Bitten und Flüche aus, was mir, wie ich bald feststellte, inzwischen möglich war, weil mein Unterkiefer allmählich nachwuchs.

Ich würde, wenn ich die Leitung der Hölle innehätte, ernsthaft darüber nachdenken, einfach alle in dem Zustand zu belassen, in dem sie hier ankommen. Jemand, der an Krebs oder AIDS gestorben ist, wäre dann noch immer ein Skelett, für alle Zeit schwach und dahinschwindend. Ein Selbstmörder wie ich wäre gezwungen, bis in alle Ewigkeit mit einem zerfetzten Schädel herumzulaufen – ein grauenhafter Anblick, gemieden vom Rest der Verdammten und stets von entsetzlichen Schmerzen geplagt. Doch durch Gegensätze gedeiht Sadismus noch besser. Die Erfüllung am Weihnachtsmorgen ist schließlich nichts ohne die aufgeregte Erwartung am Abend zuvor. Darauf zu warten, wieder verletzt zu werden … zu wissen, dass es unvermeidlich ist, dass dein verheiltes Fleisch wieder zerstört werden wird … all das erdrückt den Geist nur noch mehr, finde ich. Die Zeit zwischen dem letzten und dem nächsten Leiden, die einem nur wie eine kleine Pause erscheint, macht die Zeiten des Leidens im Vergleich nur umso schrecklicher. Das Yin nährt das Yang. Hitze ist umso heißer, wenn wir die Kälte kennen. Wenn die Wunden meines Selbstmordes niemals verheilt wären, hätte ich mich womöglich für immer im Wahnsinn des blinden Schmerzes verlieren können. Aber dass ich immer wieder vollständig wiederhergestellt, wieder ich selbst werden kann, macht die Angst, mich selbst erneut völlig zu verlieren, nur umso größer.

Sie brachten mich in einen sehr großen Raum – und ich meine wirklich *sehr* groß –, der ungefähr die Größe der Penn Station in New York hatte. Er verfügte sogar über ein riesiges Fenster, das als Dach diente, aber viele der Scheiben in dem aufwendigen metallenen Gitterwerk waren zerbrochen, sodass sich nach dem Regen vereinzelte Blutpfützen auf dem Boden gebildet hatten. Lange Reihen nackter Menschen, immer drei nebeneinander, standen aufgereiht in der Halle, während zu beiden Seiten Dämonen patrouillierten – halb schlendernd, halb hüpfend, wie Affen. Sie stießen uns Menschen mit spitzen Eisenspeeren, sobald sie den Eindruck hatten, wir schrien zu laut oder könnten im nächsten Moment hoffnungslos zusammenbrechen oder aus schierer Panik zu fliehen versuchen. Meine Begleiter hoben mich auf die Füße und schubsten mich zum Ende der Schlange. Wie durch ein Wunder war ich in der Lage, mich auf den Beinen zu halten, und meine Schmerzen hatten sich fast vollständig in Luft aufgelöst. Auch wenn eine dicke Schicht meines eigenen Blutes an mir klebte, schob ich zaghaft meine Hand nach oben, und ich stellte fest, dass mein Gesicht wieder intakt und meine Schädeldecke wieder völlig geschlossen war.

In jenem Moment fiel mir eine Zeile von Elvis Costello ein: *This is Hell, this is Hell, I am sorry to tell you ...*

Wie ich schon sagte, befand ich mich in einem Schockzustand aus Schmerz, Schrecken und, vor allem, Fassungslosigkeit … aber ich erinnere mich noch daran, dass man mir, als ich – gefühlte Stunden später – endlich am Anfang der Schlange stand, die Kleidung reichte, die ich auch jetzt trage. Sie hatten sie in jenen schwarzen Sack oder Rucksack gestopft, der aus irgendeinem Organ besteht

Am Kopf der Schlange saßen hinter einem langen Tisch drei Exemplare einer neuen Dämonengattung. Sie ähnelten den Höllenbewohnern der skelettartigen Lehrerklasse, denen ich bis dahin allerdings noch nicht begegnet war, nur, dass aus ihren Köpfen kein grünes Feuer züngelte. Stattdessen waren ihre Schädel gewaltig angeschwollen, sie erinnerten an Ballons und waren beinahe durchsichtig. Diese kugelköpfigen Gestalten fixierten jeden Einzelnen in der fortschreitenden Dreierreihe mit leuchtenden Augen und krächzten den pavianartigen Kreaturen Befehle in irgendeiner fremden Sprache zu. Wurden wir katalogisiert? Kategorisiert? Beurteilt? Oder instruierten diese Sachbearbeiter der Hölle die Paviane lediglich, mit welchem Brandzeichen sie uns kennzeichnen sollten?

Denn dies war der Moment, in dem wir gebrandmarkt wurden. Ich hatte mich die ganze Zeit schon gefragt, was es mit diesem roten Leuchten vor uns, der immer heißeren Luft und den plötzlich aufgellenden Schmerzensschreien auf sich hatte, denn anfangs hatte ich nicht an den Leuten vor mir vorbeisehen können.

Als ich an der Reihe war, versuchte ich fortzurennen, aber zwei Dämonen packten mich am Arm, und einer von ihnen vergrub seine Pitbullhauer in meinem Nacken, um meinen Kopf festzuhalten, während sich ein weiteres grinsendes Pavian-Ungeheuer mit denselben tiefschwarzen Augen wie alle anderen mit einem glühenden Brandzeichen in seinen vernarbten Fäusten von der offenen Feuerstelle abwandte und sich zu mir umdrehte. Ich hörte, wie meine Haut zischte und brutzelte, als er es auf meine eben erst verheilte Stirn drückte. Es ist die einzige Wunde, die ich an diesem Ort bekommen habe, die nicht wieder verheilt. Es ist ein A – es steht jedoch nicht für die Schulnote, die ich an der Avernus-Universität bekommen habe, sondern für »Agnostiker«. Das ist mein Hauptverbrechen. Genug, um mir eine Reise in die Hölle zu sichern.

Anschließend wurden wir über eine Reihe abzweigender Korridore auf das unverkennbare Rumpeln und kreischende Bremsen von U-Bahn-Zügen zugetrieben. Schließlich erreichte meine Gruppe eine unterirdische Bahnstation, deren Wände mit schwarzen Keramikfliesen gekachelt waren. Als unser Zug einfuhr, stürzte sich ein armer Narr über den Rand des Bahnsteigs und tauchte vor der Lokomotive ab. Wenn die Flucht nur so einfach wäre – wir würden uns alle wie die Lemminge auf dieses Gleis stürzen. Ich nehme an, dass seine Überreste, nachdem wir abgefahren waren, mit einer Schaufel wieder aufgesammelt wurden, um sie irgendwo anders wieder abzuladen und neu zusammenzusetzen.

Der Zug sah aus wie aus dem 19. Jahrhundert: Aus mehreren

Schornsteinen quoll Dampf, riesige Zahnräder und Kolben bewegten sich, und seine schwarze Metallhaut war von Rost durchzogen. Die Wagenkolonne, die die gewaltige Lokomotive zog, verfügte über keinerlei Fenster. Als der Zug kreischend zum Stehen kam, wurden wir durch Stöße mit den eisernen Spießen an Bord gezwungen. Er war überfüllt und es gab keine Sitzplätze, aber trotzdem schafften es einige von uns, darunter auch ich, auf der Fahrt in unsere neuen Kleider zu schlüpfen. Die anderen zogen sich um, als wir unser Ziel erreicht hatten – die Avernus-Universität.

In der Universität führten sie meine Gruppe zu ihrem zukünftigen Quartier: ein Raum mit immens hoher Decke, der fast genauso groß war wie die Einwanderungsstation, in der wir für den Transport gebrandmarkt und aufgeteilt worden waren. Im ganzen Raum standen Bänke verteilt, aber die meisten Bewohner lagen zusammengekrümmt auf dem Boden, kauerten an den eisernen Wänden oder liefen in kleinen Gruppen umher. Von der höhlenartigen Decke hallten Schluchzer wider, fast so, als habe sich dort eine flüssige Klangschicht gebildet.

Ich ließ mich gegen eine Wand fallen, glitt zu Boden, schlang meine Arme um meine Knie und schaukelte vor und zurück, vor und zurück, vor und zurück. Mein Kopf war wieder völlig heil, der Schmerz vollkommen verflogen – abgesehen vom Brennen des Brandmals, das so heiß war, dass ich dachte, die Tränen auf meinen Wangen müssten eigentlich verdampfen.

Später kamen einige unserer menschlichen Kameraden zu uns, um den Neuankömmlingen die Köpfe zu scheren. Ich vermute, man konnte den fliegenden Affen diese Aufgabe nicht anvertrauen, ohne befürchten zu müssen, dass sie das eine oder andere Ohr abschnitten. Heute, am sechsten Tag, sprießen schon wieder zarte Härchen nach – schon komisch, dass mein Haar langsamer wieder nachwächst, als mein gesamter Schädel sich selbst heilte.

Meist rasierten uns Frauen und Kinder die Köpfe. Ja, es waren auch Kinder in diesem riesigen Raum. Ihr schrilleres

Heulen war für mich unerträglich. Das Weinen eines Kindes weckt bei Erwachsenen Urinstinkte: Es geht uns unter die Haut, wie eine Alarmsirene, und wir möchten dieses Kind beschützen und wollen, dass es aufhört zu weinen – bei kranken Eltern kann sich dieser Instinkt, dem Weinen ein Ende setzen zu wollen, irgendwann verzerren und in strafende Schläge verwandeln. Wegen der Schreie der Kinder steckte ich mir die Daumen in die Ohren. Auch ich begann, sehr laut zu jammern, und ließ mich von ihrem Leid mitreißen. Mein Vater verfügte scheinbar nicht über diesen Beschützerinstinkt.

Die Hände der Frau, die meinen Kopf rasierte, beruhigten mich jedoch ein wenig. Sie schenkte mir die erste sanfte Berührung in der Hölle. Geschickt schnitt sie mir mit der Schere die Haare und rasierte den Rest mit einem geraden Rasiermesser und Rasierschaum ab. So hart die ganze Sache jedoch sein mochte, und obwohl sie mir ein Dutzend blutender Schnitte bescherte, vergoss ich allein aus Dankbarkeit für ihre zarten Hände auf meinem Kopf jämmerliche Tränen. Ich stand noch zu sehr unter Schock, um sie zu fragen, was hier vor sich ging und was mit mir geschehen war. Seltsamerweise war alles, was ich tun konnte, ihr zu danken. Sie lächelte mich an, bevor sie sich dem nächsten Neuankömmling zuwandte. Nie zuvor hat ein Lächeln für mich so wunderschön ausgesehen, auch wenn die Frau vollkommen unscheinbar aussah, bereits im mittleren Alter war und ein eingebranntes J auf der Stirn trug.

Einige Zeit, nachdem meine Ausbildung begonnen hatte, fand ich heraus, dass sie und andere mit diesem Brandzeichen Juden waren. Juden und Muslime sind hier, weil sie den Märtyrertod des Sohnes des Schöpfers nicht als ihre einzige Erlösung anerkannt haben. Da ihr Glaube jedoch grundsätzlich ähnlich ist, erspart man ihnen die vollständige Folter der Unterwelt und macht sie häufig zu Dienern oder Assistenten – so auch diejenigen, die uns die Köpfe rasierten. Allen, die hingegen dem Buddhismus, Shintoismus oder dem Wicca-Kult usw.

anhängen, wird diese begrenzte Gnade nicht zuteil. Sie werden nicht besser behandelt als Atheisten.

Auch die Köpfe dieser menschlichen Arbeiter sind stets rasiert, aber bei uns anderen, die wir nur eine Zeit lang hier sind, stellt es für sie, schätze ich, nur eine weitere Möglichkeit dar, unseren Geist zu brechen, und unseren Sinn für Individualität löschen sie aus, indem sie uns in völlig identische Uniformen stecken. Wie Soldaten. Wie Sträflinge. Irgendwann wird unser Haar zwar nachwachsen – einige der Studenten, die sich am längsten hier befinden, haben bereits wieder einen vollen Haarschopf –, aber die ganze Prozedur dient ohnehin nur dem anfänglichen Schock.

Später beobachtete ich, wie andere Angehörige dieser Dienerkaste die Haare auffegten und all das rote, schwarze und graue Haar zu hässlichen, farblosen Haufen zusammenschoben.

In den nächsten Tagen begann der Unterricht. Heute, an Tag 6, habe ich gelernt, dass es kein Fegefeuer gibt, so wie Dante es beschrieben hat. Kein Limbus, keine Grauzone, kein Dazwischen. Entweder ist man verdammt, oder man ist es nicht. Yin oder Yang. Es gibt einen Himmel und es gibt eine Hölle, und niemals treffen sich die beiden.

Elfter Tag

Es fällt mir schwer, meine Aufzeichnungen jeden Tag fortzusetzen. Ich bin entweder zu müde, zu mutlos oder finde keinen ungestörten Augenblick, um etwas niederzuschreiben. Ich muss aufpassen, dass mich niemand dabei sieht, der für die Dämonen arbeitet. Eine Frau hat kürzlich einem Mann, auf dessen Stirn ein M prangte, einen Apfel gestohlen – obwohl sie eigentlich nicht essen müssen, werden die menschlichen Arbeiter mit bescheidenen Mahlzeiten belohnt, wobei ihnen befohlen wird, diese vor uns anderen einzunehmen. Der Mann hat den Dämonen den Diebstahl gemeldet, woraufhin sie sich

wie eine Meute tollwütiger Hunde auf die Frau stürzten. Sie zerfetzten sie mit ihren Reißzähnen, um ihr eine Lektion über die Todsünde der Völlerei zu erteilen.

Sie ist noch nicht vollständig wiederhergestellt, und neben ihren Hungerqualen leidet sie nun noch zusätzliche Schmerzen.

Ich werde also mein Bestes tun und so viel aufschreiben, wie ich kann, wann immer sich die Möglichkeit bietet. Immerhin ist dies ein Ort der Ewigkeit – wenn ich hier *jeden* Tag etwas aufschreiben würde, bräuchte ich ein wirklich großes, sehr dickes Buch. Aber warum sich überhaupt die Mühe machen? Wer wird all das denn jemals lesen? Soll ich es vergraben, damit es eines Tages, wenn die Hölle zufriert, von den Kindern eines gnädigeren Schöpfers wiedergefunden wird?

Aber selbst wenn ich nichts hineinschreibe, habe ich es mir zur Regel gemacht, jeden Tag die Haut des Buches zu streicheln und dem Auge tröstende Worte zuzuflüstern. Zu dumm, dass nicht auch ein Ohr an das Buch angenäht ist. Aber vielleicht versteht es meine Absicht ja durch meine Berührung.

Heute haben wir unsere bislang schockierendste Lektion gelernt. Vielleicht haben sie damit gewartet, bis wir bereit waren, sie voll und ganz in uns aufzunehmen. Ich hielt sie jedenfalls für bedeutend genug, um sie auf diesen Seiten festzuhalten.

Heute teilte man unserer Klasse mit, dass es Luzifer gar nicht gibt. Kein Satan. Den Teufel gibt es nicht.

Es gibt nur den Vater. Er ist der alleinige Schöpfer, der Herrscher über Himmel und Hölle, die Verkörperung des Yin und Yang. Er ist der einzige Satan – aber wenn du brav bist, ist Er auch Santa. Er ist der schizophrene Herr über alle Schöpfung und Zerstörung … und allem Anschein nach hat Er zwei Gesichter, aber nur ein halbes Herz.

Einunddreissigster Tag

Heute habe ich meinen Abschluss gemacht. Ich habe nun ein Diplom in Selbsthass, einen Magister in sinnloser Reue. Schließlich ist es ja nicht so, dass ich irgendeinen Nutzen aus meinen Lektionen ziehen könnte. Sie sind nichts weiter als ein Haufen Masochismus, Demütigungen und Erniedrigungen, der uns aufgezwungen wurde, um unser Selbstwertgefühl zu zermalmen – wie unter einem Pferdefuß.

Ich vermute allerdings, dass unsere Ausbildung weniger dazu diente, uns mit den Gesetzen und Gepflogenheiten der Unterwelt vertraut zu machen, die größtenteils ohnehin unbegreiflich sind, sondern vielmehr dazu, das Leiden, das wir werden ertragen müssen, mit unserer ganz persönlichen Ursache in Verbindung zu bringen. Dadurch sollen wir uns nicht wie unschuldige Opfer einer schrecklichen, aber namenlosen Tragödie fühlen, wie etwa bei einem Erdbeben oder einer Flutkatastrophe. So haben wir – auf der allerpersönlichsten Ebene – gelernt, dass jeder einzelne Schmerz, der noch vor uns liegt, gerechtfertigt ist und dass wir ihn verdienen. Dafür haben wir mit unserer Seele bezahlt. Diese scheinbar sinnlose Ausbildung – im ultimativen theologischen Institut – hat jedoch eine ganz entscheidende Veränderung in mir bewirkt: Sie hat mich von der Existenz eines Gottes überzeugt. Das war in meinen 33 Jahren als Sterblicher niemandem gelungen.

Andererseits hatte meine erste Begegnung mit einem dieser Teufel genau dieselbe Wirkung, und das ganz ohne Unterricht und all die verschiedenen Übungen – wie etwa das Schreiben in unseren Büchern – oder die Tatsache, dass wir uns gegenseitig mit einem spitzen Stift wie mit einem Skalpellmesser ähnliche Einsichten in unsere nackten Rücken ritzen mussten. Es war zwar hart, denjenigen nicht zu hassen, der deinen Rücken als Tafel benutzte – obwohl er sich eher wie eine Dartscheibe anfühlte –, aber wir hatten bereits gelernt, diesen Hass auf unsere Ausbilder zu übertragen.

Unsere Abschlussfeier endete damit, dass jeder Einzelne von uns gekreuzigt wurde, damit wir die Leiden zu schätzen lernten, die der Sohn unserer Sünden wegen auf sich genommen hatte. Nun, ich denke, wir haben diese Schuld nun beglichen – und sogar noch mehr. Ihr hättet die langen Reihen aus Kreuzen sehen sollen, die in dieser riesigen Halle standen, in der wir noch nie zuvor gewesen waren, und die aussah wie der Hangar eines Jumbojets. Die Kreuze selbst bestanden aus Eisen und hatten Löcher, in die anstelle von Nägeln große Schrauben gedreht worden waren. Einer der Pavian-Dämonen hatte jedem von uns mit einem Spieß die Brust durchbohrt. Wir alle trugen Kronen aus Stacheldraht. Meine Stigmata sind so weit verheilt, dass ich wieder in der Lage bin, zu schreiben, ohne dass allzu viel Blut auf die Seite tropft.

Ich bin ein Märtyrer, wiedergeboren. Ich bin unsterblich, wie Er. Was aber macht Ihn so besonders? Wir sind eine Heerschar der Wiederauferstandenen, denn wir sind viele.

Ich bin Prometheus, der das Feuer aus dem Himmel stahl … aber ich bin nicht an einen Felsen gekettet. Ich treibe durch ein Königreich voller Aasgeier.

Aber wisst ihr … vielleicht bin ich in Bezug darauf, was noch vor mir liegt, zu naiv, doch ich verspüre noch immer diesen seltsamen Optimismus. Wir wurden bislang weder einem bestimmten Kreis der Hölle zugeteilt, weil es diese Kreise gar nicht gibt – zumindest nicht so, wie Dante sie sich vorstellte –, noch anhand des Wesens unserer Sünden – egal, ob real oder imaginär – in spezifische Regionen verbannt. Wir wurden, wenn man so will, darauf vorbereitet, unsere eigene Hölle zu finden.

Das ist wenigstens eine Illusion von Freiheit, oder nicht? Und zumindest fühlt es sich gut an, die Avernus-Universität hinter mir zu lassen … auch wenn es fast einen ganzen »Tag« dauern wird, mich so weit von ihr zu entfernen, dass ich diese weitläufige, turmhohe Schul-Stadt in ihrer schwarzen Gänze sehen kann.

Viele meiner Kommilitonen verließen die Universität in kleineren Grüppchen. Ich kann das nachvollziehen, aber das ist nicht meine Art. Vielleicht werde ich mich später irgendwann nach Gesellschaft sehnen, aber im Moment bin ich noch immer dabei, all das zu verarbeiten, und ich ziehe es vor, diesen Prozess alleine durchzustehen. Ich habe ein paar von ihnen, die fast so etwas wie Freunde geworden sind, zum Abschied gewunken. Ein Mann umarmte mich sogar mit Tränen in den Augen – er sah gleichzeitig furchtbar hoffnungsvoll und furchtbar angsterfüllt aus, als er die Mauern der Universität hinter sich ließ.

Die Landschaft war größtenteils öde, flach und staubig, und nur hier und da wuchsen Büschel aus hohem grauen Gras, das seltsam durchsichtig aussah, dazwischen erhoben sich vereinzelt verkrüppelte, knorrige Bäume, die entweder gar keine oder tiefviolette Blätter trugen, wie die Efeupflanze im Hof der Universität, auf dem ich die Pausen verbracht hatte. Schließlich tauchte in der Ferne vor mir jedoch niedriges Buschwerk auf, und die Gräser und Bäume wurden zahlreicher, bis sie mit dem äußersten Rand eines Waldes verschmolzen.

Ich hatte das Glück – relativ gesprochen – die schützenden Bäume bereits erreicht zu haben, als ich hinter mir entfernte Schreie und Geheule hörte. Als ich mich umdrehte und zurück auf die Ödnis blickte, die ich durchquert hatte, sah ich zwei winzige Gestalten, die auf mich zurannten … sie befanden sich allerdings noch sehr weit vom Schutz des Waldes entfernt.

Dann hörte ich die Schüsse. Ich erkannte, dass die zweite Gestalt mit irgendeiner Waffe auf die erste, fliehende feuerte. Schuss um Schuss knallte, und das Echo grollte wie herannahender Donner über die Ebene. Von meinem Versteck hinter einem missgebildeten Baumstamm, der aussah, als sei er selbst in die Hölle geschickt und dort gefoltert worden, sah ich, wie die verfolgte Gestalt zusammenbrach. Er oder sie war getroffen.

Die zweite Gestalt näherte sich ihrem Opfer nun mit langsamerem, lässigem Schritt. Jetzt, aus kürzerer Entfernung, konnte ich erkennen, dass die Gestalt weiße Gewänder und eine spitze weiße Kopfbedeckung trug. Es war das erste Mal, dass ich einen Engel sah.

Die weiß gekleidete Gestalt stellte sich über ihr Opfer, das sich auf dem Boden wand, und feuerte aus nächster Nähe weitere Schüsse ab. Anschließend drehte sie sich um und ging wieder in Richtung der Universität zurück.

Ich tauchte in den Wald ein. Es wäre sinnlos gewesen, dem Opfer des Engels zu Hilfe zu eilen – er oder sie würde ohnehin bald wiederauferstehen. Wir sind die Untoten. Zombies. Vampire.

Ich hatte im Unterricht gelernt, dass auch Engel manchmal in die Hölle kommen – freiwillig natürlich –, um die Verdammten zum Spaß zu jagen oder zu foltern. So finden sie nicht nur ein bisschen Unterhaltung, die ihnen die lange Zeit der Unsterblichkeit ein wenig verkürzt, sondern helfen darüber hinaus auch dem Vater, indem sie den Dämonen bei deren Arbeit unter die Arme greifen. Diese Touristen sind aber keine echten Engel – jedenfalls keine von der himmlischen Sorte, die noch nie eine irdische Form angenommen haben. Sie sind die Geister jener verstorbenen Männer und Frauen, die im Himmel wiedergeboren wurden. Aber im Himmel werden sie dann genauso wie jene Wesen, die noch nie auf unserer traurigen kleinen Felsenkugel wandelten. So gesehen könnte man einen Engel auch als Dämon bezeichnen.

Da ich zwar mit den verschiedenen Kategorien der Teufel vertraut, bislang aber noch keinem Engel aus nächster Nähe begegnet war, fürchtete ich mich mehr davor, hier draußen einem Engel als einem Teufel über den Weg zu laufen, nun, da ich frei war. Ich lief daher immer tiefer in den Wald hinein, für den Fall, dass der Engel, den ich eben beobachtet hatte, zurückkommen sollte oder ein paar Freunde in dieser Gegend hatte.

Inzwischen bestand der Wald hauptsächlich aus Tannen, die höher und gerader wuchsen. Ihre Nadeln hatten dieselbe tiefviolette Farbe wie der Efeu. Auch das Bett aus toten Nadeln unter meinen Füßen war eher violett als braun. Aufgrund des dunklen Himmels schien in dem Wald beinahe Nacht zu herrschen. Ich versuchte, meine Schritte nicht zu laut auf dem Waldboden knirschen zu lassen. Die Baumwipfel rauschten unheimlich im hohen Pfeifen des Windes, der mal aus der einen, mal aus der anderen Richtung wehte.

Schon bald wurde mir bewusst, dass es nicht nur der Wind war, den ich dort hörte, sondern auch Schreie der Verzweiflung. Als ich nach oben schaute, erkannte ich zwei menschliche Füße, die ein Stück über meinem Kopf aus einem dicken Baumstamm wuchsen. Am Baum gegenüber erblickte ich zwei weitere Füße … sie schienen direkt aus der Rinde herauszuwachsen und nicht einfach aus zwei Löchern hervorzustehen. Ich legte meinen Kopf noch weiter in den Nacken und sah zwei Hände, die ebenfalls aus dem Stamm hervortraten, sich aber zu hoch oben befanden, um zur selben Person zu gehören wie die Füße. Das Gleiche galt für den zweiten Baum. Dennoch war ich mir aus irgendeinem Grund sicher, dass in diesen Bäumen jeweils nur eine Person gefangen war. Ich wusste außerdem – auch wenn sie zu hoch oben und zwischen den Zweigen versteckt lagen –, dass aus beiden Stämmen ein menschlicher Kopf herausragen musste. Die Quelle des Wehgeschreis.

Diese beiden Menschen waren mit den Bäumen verschmolzen, als diese noch jung gewesen waren. Als sie dann über Jahrzehnte hinweg gewachsen waren, hatten sie die Körper ihrer gefangenen Opfer immer weiter auseinandergezerrt, wie auf einer gigantischen Streckbank. Ein Paar Füße sah eher männlich aus, das andere weiblich. Waren sie Liebende gewesen, die einander mehr geliebt hatten als den Vater? Vielleicht klemmten sie deswegen nun für alle Ewigkeit hier zusammen … oder zumindest, bis eines Tages ein paar Dämonen des Weges kamen, die Bäume fällten und die Gefangenen befreiten, damit sie endlich wieder neue, frische Bestrafungen erfahren konnten.

Dieser Anblick ließ mich an mein lebendes Buch denken,

und beides machte mir entsetzliche Angst. Ich sollte meine Freiheit, diese Gegend durchstreifen und erkunden zu können, nicht als selbstverständlich ansehen. Hier gibt es nicht nur diejenigen, die mich wie ein Tier jagen möchten, sondern auch andere, die mich einfangen und für ganze Generationen einsperren und mit irgendeiner besonderen Folter quälen würden. Ich muss stets wachsam bleiben, im Verborgenen. Für den Fall, dass diejenigen, die für das Leiden dieses Pärchens verantwortlich waren, sich noch immer in der Nähe aufhielten, drang ich noch tiefer in den Wald ein.

Mehrere Stunden später, jedenfalls meinem Zeitgefühl zufolge, machte ich eine Pause, um mich auszuruhen. Meine Seele keuchte und war vollkommen erschöpft. Am Morgen, wie ich es gerne nenne, will ich versuchen, irgendwo etwas Essbares zu finden. Ich bilde mir ein, mehrmals das Kreischen eines Vogels gehört zu haben … obwohl ich natürlich nicht sicher sein kann, dass es sich tatsächlich um einen Vogel handelt.

Ich kroch auf Händen und Füßen in ein Dornendickicht, das im Schatten eines besonders großen Baumes lag, und legte mich auf ein Bett aus Tannennadeln. Tatsächlich gelang es mir, scheinbar mehrere Stunden am Stück zu schlafen … irgendwann weckte mich allerdings das weit entfernte, aber unverkennbare Donnergrollen weiterer Schüsse.

Da ich keinen Schlaf mehr finde, widme ich mich stattdessen meinem Tagebuch.

Dreiunddreissigster Tag

In diesem Wald gibt es außer Insekten nichts Essbares. Zumindest nehme ich an, dass diese dicken, mehrgliedrigen schwarzen Lebewesen, die ich in den verrotteten Astlöchern einiger älterer Bäume gefunden habe, Insektenlarven sind. Sie sind gar nicht mal so schlecht … besonders, wenn man einen

Monat lang gar nichts gegessen hat. Aber von den langsam krabbelnden, fünfzehn Zentimeter langen Albino-Tausendfüßlern, die ich gestern unter einem Haufen feuchter, welkender Blätter entdeckt habe, wurde mir furchtbar übel, und das, obwohl ich nur einen von ihnen gekostet hatte. Die Blätter und Stämme um mich herum bluten rot und stinken wie verrottetes Fleisch, wenn ich sie abbreche, genau wie der Efeu in der Universität. Die wachsartigen violetten Blätter irgendeiner merkwürdigen Pflanze, die ganz dicht über dem Boden wächst, sind sogar so groß, dass man das leichte Pulsieren ihrer Adern sehen kann.

Aber an sich finde ich diesen violetten Wald sehr schön ... besonders die hohen Tannen, die sich sanft im Wind wiegen. Ist diese Schönheit die volle Absicht des Schöpfers oder doch nur ein Versehen? Man sollte annehmen, Er wolle hier unten nicht das kleinste Fleckchen Schönheit, und dass jeder einzelne Baum eigentlich tot, schwarz oder missgebildet sein müsste. Vielleicht ist Ihm ja nur nicht bewusst, dass es Menschen wie mich gibt, die auch in einer solch fremdartigen Umgebung noch Schönheit finden können.

Gestern habe ich eine Gruppe von einem halben Dutzend primitiver Menschenaffen gesehen, die ebenfalls durch den tiefen Wald streiften – gebückt, nackt, mit zerzaustem Fell und großen menschenähnlichen Köpfen. Als sie mich sahen, eilten sie angsterfüllt außer Sichtweite. Selbst sie wissen wohl, dass es besser für sie ist, nicht laut aufzuschreien und dadurch Aufmerksamkeit auf sich zu lenken. Sie sahen unversehrt aus und schienen noch nicht einmal Brandmale auf ihrer hervortretenden Stirn zu tragen, aber ich habe sie auch nicht aus der Nähe gesehen.

Offen gestanden machten sie mir im ersten Moment genauso viel Angst wie ich ihnen. Ich hielt sie für Dämonen von niederem Rang – wie diese geflügelten Paviane – bis sie verschwanden und mir bewusst wurde, was sie in Wirklichkeit waren. Sie wurden in die Hölle verdammt, weil sie den Sohn nicht in ihre

Herzen gelassen hatten, denn der Sohn ist die einzige Tür zur Erlösung. Es schien offensichtlich keinen Unterschied zu machen, dass sie viele Tausend Jahre, bevor der Sohn überhaupt auf die Erde gekommen war, gelebt hatten und gestorben waren. Genau wie nicht getaufte Babys, die gar nicht lange genug lebten, um den Sohn für sich anzunehmen: Auch sie werden hierher verbannt, obwohl sie Ihm vielleicht sehr gerne Ehre erwiesen hätten, wenn sie nur die Chance dazu gehabt hätten. Dabei fällt mir ein, dass Swedenborg geschrieben hat, ungetaufte Babys kämen direkt in den Himmel – tut mir leid, aber das ist reines Wunschdenken. Auch wenn ich vorher nie darüber nachgedacht hatte, ob vielleicht auch Urmenschen in der Unterwelt lebten, hatte ich während meiner Ausbildung gelernt, dass auch Aborigines, Pygmäen und andere primitive Völker, die niemals mit dem Glauben an Vater und Sohn konfrontiert worden waren, verdammt waren … allerdings nicht aus Gründen der Vorbestimmung, sondern schlicht aufgrund schlechten Timings oder mangelnden Losglücks. Der Vater war ihnen gegenüber, genau wie bei Juden und Muslimen, jedoch nicht vollkommen gnadenlos: Man erklärte uns, dass alle, die bereits vor der Ankunft des Sohnes gelebt hatten, lange nicht so sehr würden leiden müssen wie diejenigen, die nach ihm gekommen waren und sich von Ihm abgewandt hatten. Diese Seelen wurden weder von Engeln gejagt noch von den verschiedenen Dämonenstämmen eingefangen und gefoltert. Dennoch mussten sie die Ewigkeit in diesem albtraumhaften Reich verbringen, zur Unsterblichkeit verurteilt … verbannt aus der Gegenwart ihres Schöpfers und Seinem Himmel.

Trotzdem jagten mir die Menschenaffen, als ich sie zum ersten Mal sah, ebenso große Angst ein wie die Dämonen. Wenn man einen so primitiven Vorfahren seiner eigenen Spezies sieht, so tiergleich und doch unverkennbar menschlich, dann ist das, als sieht man sich selbst, so wie man eines Tages aussehen wird, alt und wachsartig in einem Sarg. Es kommt einem vor wie eine Vergewaltigung der Zeit. Wie eine weitere

ERIK-03

Perversität, eine weitere Blasphemie gegen die Natur. Aber an diesem Ort ist die Natur die vergewaltigte, minderwertige Geliebte des Vaters, die anständige Ehefrau, die hinter verschlossenen Türen die sadomasochistischen Fetische ihres Mannes ertragen muss.

Fünfunddreißigster Tag

Ich zögere noch, den Wald zu verlassen. Wenn es wirklich einen Platz in der Hölle gibt, an dem ich vor Dämonen und Engeln relativ sicher bin, dann scheint es dieser hier zu sein. Trotz meines freiwilligen Einzelgängertums an der Universität belasten mich allmählich die Isolation und die Trostlosigkeit. Ich habe hin und wieder andere Menschen wie mich gesehen, die heimlich durch diese Wälder kriechen, aber ich habe nicht mehr als ein Kopfnicken mit ihnen ausgetauscht. Nicht einmal ein Lächeln.

Heute Morgen rannte ein amerikanischer Ureinwohner aus dem Busch und wäre beinahe mit mir zusammengestoßen. Plötzlich riss er ein primitives Kriegsbeil in die Höhe, so als wollte er mir den Schädel in der Mitte spalten. Als er jedoch erkannte, dass ich auch nur ein Mensch wie er war, mehr oder weniger, huschte er an mir vorbei und verschwand wieder im Wald. Danach wich ich großzügig von meinem bisherigen ziellosen Kurs ab, um nicht der Nächste zu sein, der sich dem gegenübersah, was ihn verfolgte – was immer das auch gewesen sein mag …

Später:
Ich habe mich zu früh über die Behaglichkeit und den Schutz dieses Waldes gefreut. Ein Feuer hat sich einen Weg durch den Wald gebahnt. Ich könnte mir vorstellen, dass auch der Indianer davor geflohen ist.

Zunächst war ich mir nicht sicher, ob Dämonen oder Engel

es vielleicht absichtlich gelegt hatten, um Jagdwild wie mich aus den Verstecken zu treiben, oder ob es einen natürlichen Ursprung hatte. Und wenn: Kann ich so etwas jetzt noch ganz unschuldig als Werk von Ihr-Wisst-Schon-Wem bezeichnen? Schließlich kam ich aber zu dem Schluss, dass es sich um ein natürliches Ereignis handeln musste, weil ich in der hohen Wolkendecke, die den Himmel zu jeder Zeit scheinbar erstickt, eine Veränderung bemerkt hatte. Die Wolken wirkten finsterer, schwerer und sie schienen sich höher aufzutürmen. Unter ihren geschwollenen Bäuchen konnte ich ein rötliches Glühen ausmachen. Vielleicht war es der Feuerschein des Waldbrandes, der sich in ihnen widerspiegelte. Auch die Asche, die wie Schnee zu Boden fiel, konnte durchaus von dem Feuer stammen … aber davon abgesehen hörte ich in der Erde unter meinen Füßen ein Rumpeln und gelegentlich ein schreckliches, tiefes Donnern, so als tobe ein Gewittersturm in einer unterirdischen Welt. Ich vermute daher, dass sich hinter dem dichten, dunklen Baumvorhang ein Vulkan befindet.

Ich versuchte, vor dem Rauch zu bleiben, der den Wald nun zusehends vernebelte, doch es gelang mir nicht immer: Der Wald um mich herum verwandelte sich in einen geisterhaften, nebligen Ort. Ich rannte immer schneller und schneller, während mir Zweige ins Gesicht schlugen und in meinen Lungen der Qualm zu brennen begann. Einmal hörte ich vor mir ein lautes Knistern – ich rannte direkt auf eine Wand aus Hitze zu, der ich sehr abrupt in vollem Lauf ausweichen musste. Manchmal hörte ich in der Ferne Menschen voller Panik schreien. Dann vernahm ich wieder dieses vogelartige Kreischen, und kurz darauf preschte krachend irgendein dunkles, schwerfälliges Etwas, das wie ein Wildschwein oder ein Bär aussah, aber allem Anschein nach den gehäuteten Schädel eines Rindes zwischen den Schultern trug, direkt vor mir durch das dichte Blattwerk.

Schließlich, durch pures Glück – doch möglicherweise bin ich diesem gehörnten Biest auch unbewusst gefolgt – tauchte ich auf einer weiten, offenen Ebene wieder aus dem Wald auf. Bei näherer Betrachtung sah ich mich einem zerklüfteten Abhang gegenüber, der etwa drei Meter in die Tiefe führte. Dort begann eine Ödnis, die eine Mulde oder ein Krater zu sein schien. Ich wäre beinahe wirklich über diese kleine Klippe gestürzt, doch es gelang mir, rechtzeitig abzubremsen.

Das zottelige Tier mit dem kahlen Schädel jedoch hatte soeben den Sprung auf die Ebene gewagt und lag nun, alle viere von sich gestreckt, als erbärmliches Häuflein dort unten. Ich hörte ein eindeutiges Knacksen, als einer seiner Fußknöchel brach. Irgendwie gelang es ihm in seiner Verzweiflung jedoch, sich wieder aufzurappeln, dann hastete es im leichten Galopp davon. Erst jetzt kommt mir der Gedanke – vorhin war ich angesichts seines Anblicks wohl noch zu perplex –, dass das Tier zu jener Spezies gehören musste – vielleicht handelte es sich dabei aber sogar um eine sehr primitive Dämonenart –, die den weniger verdammten Völkern wie Menschenaffen, Aborigines usw. zur speziellen Verfügung steht, damit sie deren Fell und Fleisch nutzen können. Praktischerweise sind die Köpfe der Tiere bereits vom Fleisch befreit und so allzeit bereit, auch ihren dekorativen Zweck zu erfüllen. G*** sei gedankt für kleine Gefälligkeiten wie diese.

Der Kontrast zwischen dem überfüllten Wald und dieser gähnenden Freifläche war ein solcher Schock für mich, dass ich anfangs nur wie ein erstarrtes Reh dastand. Es fühlte sich beinahe an wie ein Elektroschock, als springe man von einer hohen Klippe in eiskaltes Wasser. Ich schnappte nach Luft, mein ganzer Körper spannte sich an und einen Moment lang zögerte ich, ob ich nicht doch umdrehen und mich wieder kopfüber in das Feuer stürzen sollte, so schwer fiel es mir, mich an den Anblick zu gewöhnen, der sich vor mir erstreckte.

Die Ebene schien sich bis ins Unendliche auszudehnen. Aber das tat sie nicht: An ihrem Ende ragte ein mächtiger Vulkan auf, aus dessen zerstörtem Gipfel ein riesiger Atompilz aus wallendem schwarzen Rauch und giftigen Gasen aufstieg. Ich fragte mich, ob ich die Quelle der ständigen Verdunkelung des Himmels entdeckt hatte. An den Seiten des gigantischen Kegels floss keine Lava herab, aber überall auf der Ebene lag heiße Glut verstreut, überall loderten kleine Feuer. Die weißen Glutstellen waren die Überreste zahlreicher Lavabomben, die während des Ausbruchs wie Meteoriten aus dem Vulkan geschossen waren. Sie hatten auch den Wald entzündet.

Aus dem Krater des Vulkans ertönte ein ohrenbetäubendes Heulen, das wie ein Wirbelsturm klang. Es fühlte sich an, als würde man mir Bleistifte in die Ohren rammen – und ich kann aus Erfahrung sprechen, seit ich in einem meiner Uni-Kurse eingenickt bin und der Ausbilder darauf bestand, mir die verpasste Lektion sozusagen in die Ohren zu schreiben.

In die vulkanischen Eruptionen mischte sich auch noch ein anderes Heulen. Mir wurde bewusst, dass dies die Quelle jenes Jammerns war, das manchmal, je nach Windrichtung, zusammen mit dem Wind sogar bis in die Universität getragen wurde. Es entsprang in der kreisrunden Ebene, die allem Anschein nach möglicherweise selbst der Krater eines riesigen Vulkans war.

Hunderte … Tausende menschlicher Schädel bedeckten die Ebene vor mir, die wie der gespaltene, rissige Boden eines ausgetrockneten Sees aussah. Nur hier und da kämpfte sich ein einsamer struppiger Busch empor. Unzählige Köpfe, wie die Reihen in einem knochentrockenen Salatfeld. Ich hätte sie für die Trophäen einer Massenenthauptung gehalten, hätten sie nicht geschrien und geschluchzt.

Es war offensichtlich, dass diese Menschen bis zum Hals eingegraben worden waren. Angesichts ihrer Nähe zu dem Vulkan vermutete ich, dass sie in Lava steckten, die mittlerweile erkaltet war. Vielleicht schon seit Jahren. Vielleicht schon seit Generationen. Stellt euch einfach die in Pompeji begrabenen Menschen vor – nur, dass sie eben noch leben.

Hinter mir stieg die Hitze auf und presste sich durch den heftigen, dröhnenden Wind gegen meinen Rücken. Ich hörte, wie schwere Äste krachend zu Boden fielen. Das Feuerinferno wollte mich über den Rand treiben. Obwohl ich gesehen hatte, dass das Tier auf festem – eher zu festem – Boden gelandet war, wurde ich von der irrationalen Angst erfasst, dass ich genau wie all die anderen verschluckt werden würde, falls ich sprang. Aber als ich über meine Schulter blickte und die Flammen sah, wusste ich, dass ich es tun musste. Ja, ich konnte diese Flammen überleben und mich regenerieren. Trotzdem wollte ich nicht, dass sie mit meinem ektoplasmischen Fleisch in Berührung kamen. Manchmal schmerzt die Regeneration sogar noch mehr als die eigentliche Verletzung.

Ich drehte mich um und ließ mich über die felsige Klippe hinabgleiten, bis ich mich schließlich auf dem Boden des Kraters fallen lassen konnte, ohne mir ebenfalls irgendwelche Knochen zu brechen.

Als ich zu den ersten Köpfen hinunterblickte, die direkt vor mir aus dem Boden äugten, sah ich, dass diejenigen, die mir ihre Gesichter zuwandten, ihre Augen ganz starr auf mich richteten. Hier unten, direkt zwischen ihnen, kam mir ihr Klagen noch ohrenbetäubender vor. Trotzdem konnte ich die individuellen Schreie der Köpfe zu meinen Füßen noch immer unterscheiden.

»Hilf mir!«, schrie einer.

»Hol mich hier raus! Bitte!«

Einer von ihnen, ein dunkelhäutiger Mann, an dessen gebrandmarkter, vor Schweiß glänzender Stirn Asche klebte, warnte: »Nimm dich vor den Erntehelfern in Acht!«

Ich ging einen Schritt auf ihn zu und hockte mich neben ihn, wich dann aber wieder ein Stück zurück, da ich fürchtete, er wolle mich vielleicht nur ködern und mich zu sich hinunterziehen. Ich sah, wie ein winziger orangefarbener Krebs über seinen Hinterkopf krabbelte und oben auf seinem Kopf stehen blieb. In seinen Zangen klemmten krause Haare, die er dem Mann offensichtlich ausgerissen hatte. Ich streckte meine Hand aus und schnipste das Ding von seinem Kopf.

»Wovor soll ich mich in Acht nehmen?«

»Hör mir zu.« Der Mann verdrehte die Augen wie ein Wahnsinniger. »Du musst hier verschwinden. Die, die uns hierher gebracht haben, sind schon lange fort … ich weiß nicht, wie lange … aber jetzt fangen die Erntehelfer an, uns einzusammeln. Es werden noch mehr von ihnen kommen …«

»Bitte, Mister, bitte!«, kreischte eine Frau mich an. Ich sah zu ihr hinüber. Ihr halber Schädel war zertrümmert und wies eine entsetzlich große Delle auf, wie ein Basketball ohne Luft. Aber trotz des dicken, getrockneten Blutes konnte ich sehen, dass die Wunde bereits wieder zu heilen begann. Mir wurde klar, dass sie, wie viele andere, von Steinbrocken getroffen worden war, die bei den Ausbrüchen wie Raketen durch die Luft geflogen sein mussten.

»Er kann nichts für uns tun!«, blaffte ein anderer Mann sie an. »Er ist genau wie wir! Ihn erwischt es auch irgendwann, irgendwie!«

»Hör zu«, zischte der dunkelhäutige Mann. Ich wandte meine Aufmerksamkeit wieder ihm zu. »Da ist ein Dorf in den Hügeln rechts neben dem Vulkan. Siehst du sie?« Er versuchte, mit dem Kopf über seine Schulter zu deuten.

Ich folgte der Geste mit den Augen und erkannte die Hügel, von denen er gesprochen hatte. Sie waren vollkommen schwarz.

»Dort ist ein Dorf – Caldera. Wir alle haben dort gewohnt … wir haben es gebaut. Ein paar Jahre lang war es gar nicht so übel. Sicher, es kamen auch Dämonen und Engel ins Dorf, aber es war auszuhalten. Der Vulkan hat nie auch nur einen Mucks gemacht. Aber eines Tages ist er aufgewacht und hat sich Caldera geholt. Dann haben die Dämonen die Überlebenden eingesammelt und hierher verpflanzt.«

»Aber die Stadt ist begraben?«

»Größtenteils. Aber geh dorthin. Einen sichereren Ort findest du nicht. Und dahinter – falls du es so weit schaffst –, dahinter liegt eine Stadt. Wenn du sie erreichst, bist du ein wenig besser dran. Dörfer und Städte sind nicht so offen – sie bieten mehr

Möglichkeiten, sich zu verstecken. Für gewöhnlich sind sie sicherer – wenn man sie findet. Aber was weiß ich schon? Die Stadt könnte genauso gut auch schon verschwunden sein. Pass einfach auf, dass du nicht in eine Dämonenstadt spazierst. Pass verdammt gut auf …«

Aus der Ferne, durch die Schreie, den Wind und die anschwellenden Geräusche des Feuers, das einen unheimlichen Schimmer auf den rissigen Boden rund um mich warf, vernahm ich ein neues Geräusch. Es klang wie ein Lastwagen, der langsam über unebenes Gelände rumpelt: ein mechanisches Heulen, Krächzen und Quietschen.

»Die Erntehelfer!«, schrie die Frau mit dem zertrümmerten Schädel auf. Als ich erneut zu ihr hinüberschaute, sah ich einen weiteren orangefarbenen Krebs, der irgendetwas aus ihrer heilenden Wunde rupfte. Ich schnipste ihn weg. Sie schien es gar nicht zu bemerken, so sehr fürchtete sie sich vor den Erntehelfern, die wir immer lauter hörten.

»Wenigstens werden wir frei sein«, beschwichtigte sie der dunkelhäutige Mann. »Endlich befreit aus dieser Lava …«

»Ich will das nicht durchmachen!«, schluchzte sie.

»Sie gehen jetzt besser, Mister«, warnte mich der Mann. »Sie gehen jetzt besser.«

»Er ist dumm«, spottete ein weiterer Mann. »Er ist neu. Schaut euch nur mal seine Kleider an. Er trägt immer noch die Uniform. Und er trägt immer noch den Büchersack mit sich rum, wie ein braver kleiner Schuljunge. Nur weiter so, Bürschchen! Immer schön weiterlernen!«

»Leck mich«, erwiderte ich. Zu dem Mann mit der dunklen Haut sagte ich: »Danke«, und verabschiedete mich bei der Frau: »Es tut mir leid.«

Dann sprang ich auf und rannte so schnell ich konnte über das Feld aus Köpfen … ich schlängelte mich zwischen ihnen hindurch und hüpfte über sie hinweg, um niemanden zu verletzen. Obwohl meine Rücksicht eigentlich auch vollkommen lächerlich war.

Die Nebelwolken des Waldbrandes breiteten sich allmählich auch über den Krater aus und halfen mir, mich vor den Erntehelfern zu verbergen, was für Kreaturen auch immer das sein mochten. Leider verbarg er so aber möglicherweise auch die Erntehelfer vor mir.

Ich stolperte über die Steine, die der Vulkan überall verstreut hatte, und wich struppigen Büschen aus, die von den Lavabrocken entzündet worden waren. Hier und da brannten auch menschliche Schädel, die orangefarben im qualmenden Nebel flackerten. Meine Lungen schmerzten, als ich die Luft aus beißendem Rauch und giftigen Schwefelgasen einatmete.

Vor mir wurde der Nebelvorhang allmählich durchsichtiger … für den Moment war es mir gelungen, den schlimmsten Rauch hinter mir zu lassen … ich konnte wieder über die Kraterfläche blicken. Ich schien den Vulkanhügeln jedoch kein Stück näher gekommen zu sein. Was die ganze Sache noch schlimmer machte, war die Lava, die – grellorange – über die Ebene in meine Richtung floss. Seltsamerweise sah ich am Vulkankegel selbst jedoch keine Lavaströme.

Nun, dann würde ich eben ein Stück nach rechts ausweichen, weg von der herannahenden Welle, und trotzdem noch die äußersten Ausläufer der Hügel erreichen, bevor sich das geschmolzene Gestein auch in diese Richtung ausdehnte. Ich zwang mich, weiterzurennen und den Chor des Flehens zu ignorieren, der jeden meiner Schritte begleitete.

Ich rannte. Und rannte. Und rannte. Meine Beine schmerzten, meine heißen Augen tränten und ich dachte, mein Herz würde explodieren – doch selbst wenn ich tatsächlich einen Herzinfarkt erlitten hätte, hätte sich mein Herz vermutlich schnell wieder regeneriert. Aber diese Unannehmlichkeit wollte ich mir wirklich gerne ersparen.

Irgendwann wirkte der Vulkan schließlich größer auf mich. Das bedeute wohl, dass ich ihm näher gekommen war. Ich machte eine Pause, um auf den Weg zurückzublicken, auf dem ich gekommen war, und sah, dass er in tiefen Rauchwolken lag.

Ich schätzte jedoch, dass ich bereits etwa die Hälfte der runden Ebene geschafft hatte. Während ich mich umschaute, hörte ich von irgendwo aus dem Rauch einen Schuss knallen. Dann noch einen. Und einen dritten. Ein Engel, vermutete ich, da ich mir nicht sicher war, ob auch die Dämonen irgendwelche Schusswaffen benutzten. Ich konnte mir gut vorstellen, dass ein Engel in seinem wallenden Gewand über die Reihen aus Köpfen wanderte, von der stickigen Luft vollkommen unbehindert, und ganz entspannt auf sie hinunterfeuerte.

Von meinen Fortschritten ermutigt, rannte ich weiter. Das Geräusch der Erntehelfer wurde leiser und verlor sich schließlich ganz hinter mir. Ich hörte zwar weitere Schüsse, die aber wenigstens nicht aus dem Gebiet vor mir drangen.

Nachdem ich ein weiteres großes Stück des Weges geschafft hatte, kehrte meine Angst vor der sich ausbreitenden Lava zurück. Es sah nun doch so aus, als würde selbst der Weg zu den untersten Ausläufern der Hügel schon bald blockiert sein. Ich fragte mich, wie dick die Lava wohl war und wie weit ich noch würde rennen können, bevor meine schmelzenden Schuhe, gefolgt von meinen schmelzenden Füßen, mich schließlich in die Knie zwangen. Ich konnte es mir nicht leisten, dass das passierte. Ich wollte nicht auch auf dieser Ebene begraben werden. Mir taten die Köpfe leid, die von der herannahenden orangenen Welle überspült wurden.

Ich versuchte, mein Tempo zu steigern. Ich musste die Hügel vor der Lava erreichen. Ich musste …

In einer Explosion aus porösem Bimsstein und glänzendem Obsidian, der zu glitzerndem Sand pulverisierte, brach der Boden der Kraterfläche auf, die sich ein Stück vor mir zu meiner Rechten befand. Ich nahm zunächst an, dass es sich dabei um den Ausbruch einer Seitenader des Vulkans handelte. Dann sah ich jedoch, wie sich groß und schwerfällig ein Karren über den Rand des Lochs schob, von seinen Seiten strömte eine grauschwarze Schuttmasse hinab.

Ein Erntehelfer.

Er sah nicht in meine Richtung, und dafür war ich sehr dankbar. Ich kam schliddernd zum Stehen und fragte mich, in welche Richtung ich jetzt fliehen sollte. Das Gefährt hievte sich mithilfe einer Reihe von Rädern, die sich wie die Beine einer Raupe selbstständig in Wellen bewegten, aus der Mulde. Es war ein gepanzertes schwarzes Ungetüm, von Rost umsäumt, zerbeult und zerkratzt. Obwohl ich seine Vorderseite nicht sehen konnte, hörte ich das Sausen und Pfeifen einer oder mehrerer Klingen, die über den Boden fegten.

Dann die Schreie. Schreie, die sehr abrupt zu einem Gurgeln erstarben. Und durch weitere Schreie ersetzt wurden. Ihnen folgte wieder ein Gurgeln.

Es erntete die Köpfe. Als es sich ein Stück entfernt hatte, sah ich die blutüberströmten Stümpfe der durchtrennten Hälse, die seinen Weg pflasterten. Die Gischt der Blutgeysire vernebelte die Luft. Aus der Maschine war ein donnerndes Rumpeln zu hören, und mir wurde klar, dass es von den Köpfen stammte, die in irgendeinem großen Auffangbehälter gesammelt wurden.

Die riesige Maschine hatte kein Führerhaus. Falls der Fahrer nicht wie in einem Panzer versteckt in ihrem Inneren saß, handelte es sich bei diesem Erntehelfer meiner Ansicht nach eher um einen Roboter als um ein Fahrzeug.

Außerdem schien es sich von der Lavawelle, die sich immer weiter ausbreitete, in keiner Weise einschüchtern zu lassen, denn es steuerte direkt auf sie zu. Im selben Moment, in dem mir dieser Gedanke kam, stürzte ich los … rannte der Maschine hinterher … und sprang hinten auf. Ich tastete nach Halt und bekam schließlich irgendein rätselhaftes mechanisches Teil auf ihrer glatten Eisenhaut zu fassen.

So fuhr ich auf dem Erntehelfer auf die Lava zu. Ich wollte so lange durch die Lava fahren, bis wir die Hügel erreichten, da ich annahm, dass er dann umdrehen und geradewegs in die andere Richtung zurückfahren würde, so als pflüge er systematisch ein Feld oder mähe eine Wiese. Zumindest hoffte ich, dass er dieser geraden Linie bis zu den Hügeln folgen würde.

Während der Fahrt versuchte ich, das entsetzliche Klappern, die Schneidegeräusche, die Schreckensschreie und den Dunst aus sprühendem Blut in seiner Fahrschneise auszublenden. Das Blut wehte über mich hinweg und spritzte auf mein Gesicht, und sein Geruch füllte meine Nase. Das gefräßige Biest rüttelte und schüttelte mich, bis sich mir beinahe der Magen umdrehte. Und es gab nicht das Geringste, wie ich den vielen, vielen Menschen zu helfen vermochte … ich konnte mich nur auf meine eigene Sicherheit konzentrieren. Relativ gesprochen natürlich, da ich ja ohnehin nicht sterben konnte. Jedenfalls nicht für lange.

Der Erntehelfer fuhr gegen einen großen, bereits abkühlenden Stein, den der Vulkan dorthin geschleudert hatte, und als er darüber hinwegrumpelte, wurde ich beinahe abgeworfen. Ich musste mich wirklich anstrengen, um nicht herunterzurutschen, und krallte immer wieder verzweifelnd nach Halt. Als ich mich endlich wieder ganz heraufgezogen hatte, sah ich, dass der mächtige Vulkan beinahe den gesamten Himmel verdeckte und wir den Hügeln bereits ganz nahe waren.

Dann bemerkte ich, dass wir inzwischen auch die Lavawelle erreicht hatten und die Masse bereits die Räder des Roboters umschloss. Jetzt erst erkannte ich, dass es überhaupt keine Lava war.

Es waren Krebse.

Grellorangefarbene Krebse, und sie waren alle genauso winzig wie diejenigen, die ich von einigen der Köpfe verscheucht hatte … Aber das hier mussten Milliarden von diesen Dingern sein. Ein wogender Teppich aus lebendigen Wesen mit scharfen kleinen Zangen, mit denen sie Haare ausreißen, Haut abschneiden und an Augen knabbern würden. Vielleicht wäre Lava besser gewesen – mich überkam noch mehr Mitleid mit all den gefangenen Opfern.

In regelmäßigen Abständen erkannte ich kleine, mit Krebsen bedeckte Hügel in dem orangefarbenen Teppich. Ich wusste, dass es sich dabei um menschliche Köpfe handelte, die komplett von den Viechern umhüllt waren. Ich hoffte, dass die Klingen des Erntehelfers sie bald erreichen würden.

Auch wenn der Erntehelfer unzählige dieser Krebse zerquetschte, fanden doch einige von ihnen den Weg zu mir auf die Maschine. Obwohl ich Tiere immer geliebt habe, schlug und trat ich diese Viecher mit Fäusten und Füßen von mir weg, und es machte mir sogar Spaß.

Wir hatten den Rand der Ebene beinahe erreicht, als die Reihen der Köpfe endeten – möglicherweise waren sie auch von den Krebsen verspeist worden. Der Erntehelfer begann zu wenden. Das war der Moment, an dem ich hinunterklettern und versuchen musste, mich zu den Hügeln durchzuschlagen. Zwischen mir und dem klippenartigen Rand des Kraters wimmelte es noch immer von Krebsen, die den Boden bedeckten, aber ich musste die Ebene zu Fuß durchqueren … und zwar sofort …

Ich sprang von meiner nichts ahnenden Mitfahrgelegenheit hinunter. Glücklicherweise verlor ich dabei nicht den Halt, sodass ich gestürzt wäre. Dann rannte ich über die knirschenden Körper. Ein paarmal rutschte ich beinahe aus. Ich konnte hören, wie ihre kleinen Klauen wie klappernde Nagelscheren nach mir schnappten. Schlimmer war jedoch das laut zischende, raschelnde Geräusch, das allein durch ihre schiere Masse entstand. Ein paar von ihnen klammerten sich an meinen Hosenaufschlägen fest oder blieben in meinen Schnürsenkeln hängen, aber schließlich erreichte ich die Klippe und sprang auf eine Felsplatte, streckte die Arme nach einer weiteren aus und krabbelte, den Krebsen nicht unähnlich, wie ein Spinnentier an ihr hinauf. Als ich mich schließlich auf den schwarzen Sand oberhalb des Kraterrands hievte, bürstete und riss ich die hungrigen kleinen Parasiten endgültig von mir ab und zertrampelte jeden Einzelnen von ihnen. Auch wenn ich mir keinen aus der Nähe anschaute, fand ich, dass sie aufgrund der Umrisse ihrer verhornten Panzer aussahen, als hätten auch sie seltsam stilisierte Dämonengesichter.

Ich schaute noch ein letztes Mal ausführlich über das kraterartige Amphitheater. Es lag nun in Nebelschwaden verborgen, die sich um emporlodernde Feuer schlangen. Mehrere Erntehelfer rumpelten hindurch. Deutlich hörte ich die Seufzer der Untoten, wie sie aufheulten, und das Krachen von verirrten Schüssen. Ich wandte mich endgültig ab und machte mich zu den Hügeln auf, die aussahen, als seien sie aus glitzernd schwarzem Sand aufgeschüttet.

Ich kletterte einen niedrigeren Hang hinauf. Meine Füße rutschten immer wieder ab oder versanken in der Asche. Ich stellte allerdings fest, dass es sich nicht um Asche, sondern eher um die Ablagerungen eines pyroklastischen Stromes handelte, der wie ein Erdrutsch oder eine Schlammlawine über den Vulkanhang geflossen war. Lag das Dorf Caldera vielleicht direkt unter meinen Füßen?

Als ich den Gipfel des Hügels erklommen hatte, fand ich auf der anderen Seite eine Senke vor, aus der die flachen Dächer einiger kleiner Gebäude hervorlugten. Einige standen noch komplett hervor – blendend weiß vor dem Hintergrund des ascheartigen, pulverisierten Obsidians –, während bei anderen nur die Hälfte freilag, oft nur ein einziger Winkel emporragte, wie der Bug eines sinkenden Schiffes. Mehrere kleine Erhebungen ließen vermuten, dass unter der schwarzen Decke noch weitere komplette Dächer verborgen lagen. Halb rutschend, sodass die Asche in meine Stiefel rann, stieg ich in die Senke hinab, bis ich auf einem der höheren Dächer zum Stehen kam. Es war immerhin so hoch, dass sich die oberste Reihe seiner glaslosen Fenster direkt über der Asche befand.

Ich ging in die Hocke und ließ mich durch eines der Fenster in einen unbeleuchteten, spärlich möblierten Raum hinabgleiten. Der Wind hatte so viel Asche hereingeweht, dass der gesamte Boden bedeckt war und die Aufhäufung schon bis zur Mitte der kargen Wände reichte, die aus Gips oder gebranntem weißen Lehm zu bestehen schienen. Am anderen Ende des Raumes befand sich eine violette Brettertür. Als ich sie aufstieß, stand ich in einem schmalen Flur, auf dem nur eine ganz feine Ascheschicht lag.

Der Flur war mit weiteren Holztüren in derselben blauvioletten Farbe des Verfalls gesäumt. Hinter einer von ihnen hörte ich ein leises Stöhnen.

Ich wusste zwar, dass es kein Dämon war, der dort stöhnte, aber es konnte durchaus sein, dass ein Dämon dieses Stöhnen verursachte. Deshalb sah ich mich nach einer Waffe um, die ich zu meiner Verteidigung einsetzen konnte. Ich fand jedoch rein gar nichts, und so schlich ich mich, so leise ich konnte, an die Tür heran und presste mein Ohr dagegen. Das Stöhnen wurde deutlicher, ansonsten hörte ich nichts. Weder sadistisches Kichern noch das Knurren dieser erbärmlichen Pavian-Teufel. Keinerlei Anzeichen für Prügel oder andere Misshandlungen.

Ich beschloss, es zu riskieren. Ich wappnete mich für die Möglichkeit, selbst bald dasselbe Stöhnen von mir zu geben, zog so leise wie möglich die Tür auf und lugte in die Kammer dahinter.

Das Zimmer hatte nur einen Bewohner. Ein Kind, ein Mädchen, das auf dem Boden lag. Nein, der Kopf war im Vergleich zum Rest des Körpers übertrieben groß, selbst für ein Kind. Vielleicht ein Zwerg …

Ich machte die Tür ganz auf, trat über die Schwelle und hörte, wie die Frau auf dem Boden nach Luft schnappte. Beinahe wäre mir selbst die Luft weggeblieben.

Uns war beiden sofort klar, dass wir zu den Verdammten gehörten. Sie schrie nicht, sondern sah mich nur angsterfüllt mit glasigen Augen an. Ich schaute sie mit so viel Mitleid an, wie ich meiner vollkommen erschöpften Seele abringen konnte. Der Kopf der Frau war normal groß, aber ihr Körper war so winzig wie der einer Fünfjährigen – einer Fünfjährigen, die völlig ausgemergelt, leichendürr, nackt und verlebt aussah. Da sie nicht mehr die Kraft hatte, sich selbst auf das staubige Bett zu hieven, das im Zimmer stand, hatte sie die Decke zu sich heruntergezogen und sich ein Nest daraus gebaut. Jetzt bedeckte sie ihren Körper mit einem Zipfel, weil sie sich, wie ich annahm, für ihre Missbildung schämte, nicht für ihre Nacktheit.

»Sie haben mich geerntet«, erklärte sie mit verzerrter Stimme, die nicht viel mehr war als ein dünnes Quietschen, »aber mein Kopf ist von der Klinge abgesprungen, bevor er in den Karren gesaugt werden konnte. Er ist zur Seite gerollt, und man hat mich vergessen. Als mein Körper weit genug nachgewachsen war, habe ich mich hierher geschleppt. Es war furchtbar. Schlimmer, als begraben zu werden. Die Krebse haben versucht, mich aufzufressen, aber ich bin ihnen entkommen.«

Sie drehte den Kopf. Ich sah, dass eine Seite ihres Gesichts zwar bis auf die Knochen abgenagt worden war, sich aber bereits wieder neue Muskeln und Haut bildeten.

»Ich habe keine Ahnung, wie ich es überhaupt hier herein geschafft habe, aber ich habe es geschafft.« Sie stieß einen abgehackten, sorgenvollen Seufzer aus. »Mein Körper wächst nach … aber es tut so weh … es sind schlimmere Schmerzen, als ihn zu verlieren …«

»Ich suche nach etwas zum Anziehen für dich«, flüsterte ich und sah mich im Zimmer um. Im Raum nebenan wurde ich schließlich fündig und kehrte mit einigen Kleidern zu ihr zurück. Ich steckte sie in einen Kissenbezug und legte ihn neben sie. »Möchtest du, dass ich dir dabei helfe, erst mal was anderes anzuziehen?«

»Nein, im Moment nicht. Ich werde schon noch reinwachsen. Bald. Aber es scheint wirklich ewig zu dauern …«

Das Zimmer war sehr düster. Es gab keine Fenster, deshalb hatte ich die Tür offen gelassen, damit wenigstens das magere Licht aus dem Flur hereinfiel. Allerdings hatte ich vor, in mein Tagebuch zu schreiben, und wollte mehr Licht, um besser sehen zu können. Ich machte mich also erneut auf die Suche und fand in einem der anderen düsteren Zimmer tatsächlich eine brennende Laterne. Die gelatineartige Flüssigkeit in ihrem Inneren war jedoch kein Öl. Es war überhaupt nichts

Entflammbares, sondern gab seinen ganz eigenen kühlen, orangefarbenen Schein von sich, obwohl die Lampe so lange Zeit hier begraben gewesen war. Ich habe keine Ahnung, was dieses schleimige Zeug ist oder wo man es finden kann, aber ich bin dankbar dafür.

Als ich wieder zu der Frau zurückkehrte, konnte ich die Tür schließen und trotzdem noch genügend sehen, um schreiben zu können. Ich setzte mich neben sie auf den Boden und legte dieses Buch offen auf meinen Schoß. Respektvoll sah die Frau davon ab, mir Fragen zu stellen. Während ich schrieb, entwich ihr jedoch, ohne dass sie es wollte, hin und wieder ein Stöhnen, während ihr Körper allmählich wieder Gestalt annahm, wie ein Embryo, der in erstaunlichem Tempo wächst.

Sechsunddreissigster Tag

Der Name der Frau ist Caroline. Sie hat in Caldera gewohnt. Ihr Haus ist allerdings komplett begraben, wie sie sagt. Sie war 39, als sie bei einem Amoklauf in einer Abtreibungsklinik erschossen wurde. Sie hatte ihre Schwester begleitet, die eine Abtreibung vornehmen lassen wollte. Sie weiß nicht, ob ihre Schwester auch getötet wurde. Sie geht davon aus, dass ihr Mörder in den Himmel gekommen ist, weil er im Gegensatz zu ihr einen festen Glauben besaß.

Ich starrte sie mit offenem Mund an, als sie das sagte, doch sie zuckte nur mit ihren nachwachsenden Schultern: »Hey, ich mache die Regeln nicht.«

In diesem Gebäude, in dem wir Zuflucht gefunden haben, habe ich eine Flasche selbst gekelterten Wein entdeckt, der immer noch gut war – oder besser gesagt: der noch trinkbar war, denn er schmeckte genauso sirupartig und klebrig süß wie Hustensaft –, sowie ein paar Streifen einer Art Trockenfleisch – zäh und salzig – und mehrere verirrte Krebse, die es, genau wie wir, bis hierher geschafft hatten. Ich habe sie getötet und ihren Geschmack getestet, und ich finde, sie sind durchaus essbar. Wie schon gesagt, müssen wir nicht essen, um zu überleben – wir sind jenseits des Überlebens –, aber unsere Pseudokörper verzehren sich noch immer nach Nahrung.

Auf meinen Erkundungstouren fand ich außerdem ein paar Ersatzklamotten für mich selbst, die ich zusammenlegte und in meinem Büchersack verstaute. In einem der Zimmer, das über ein Fenster verfügte, sah ich Knochen aus dem schwarzen Ascheboden aufragen: Rippen und eine Schädeldecke. Ich wusste, dass es sich nicht um das Skelett eines Menschen handelte, denn ein Mensch wird sich hier selbst nach der scheußlichsten körperlichen Verstümmelung regenerieren. Dann erkannte ich weitere längliche Knochen, die genauso unterteilt waren wie Fingerknochen. Es waren die Flügelglieder eines Pavian-Dämons.

Ich rannte zurück zu Caroline, die immer noch in ihre Decke eingewickelt war, inzwischen aber wenigstens auf das Bett klettern konnte, und erzählte ihr, was ich gesehen hatte.

Sie starrte mich einen Moment lang an, als sei ich vollkommen bescheuert, und sagte dann: »Die Dämonen können sterben. Sie können getötet werden. Sie sind im Gegensatz zu uns nicht unsterblich.«

»Das hat mir keiner gesagt!«

»Sie gehen bei der Ausbildung auch nicht gerade damit hausieren. Aber wir sind unsterblich, weil wir Seelen sind. Dämonen haben keine Seele.«

Jetzt war es an mir, sie anzustarren. »Wieso schließen wir uns dann nicht einfach alle zusammen? Und bekämpfen sie? Wir haben doch einen klaren Vorteil!«

»Der Schöpfer kann immer wieder neue Dämonen erschaffen, um die verlorenen zu ersetzen!«, zischte sie flüsternd, so als fürchtete sie, der Schöpfer höchstpersönlich könne im nächsten Moment hereinplatzen, wutentbrannt über meinen Vorschlag. »Und dann sind da auch noch die Engel, vergiss das nicht … und die *sind* unsterblich.«

Ich schüttelte nur voller Ehrfurcht den Kopf. Diese mythischen Wesen konnten sterben, verrotten und fein säuberlich von kleinen Krebsen aufgepickt werden … und hier war ich, ein ganz gewöhnlicher Mensch, aber ebenso unsterblich wie Apollo.

Siebenunddreissigster Tag

Wir schliefen gemeinsam im selben Bett, ganz unverfänglich Rücken an Rücken, bis Caroline plötzlich aus einem schrecklichen Albtraum hochschreckte. Wir benötigten zwar auch keinen Schlaf, um zu überleben, aber unsere Körper verlangten einfach danach. Ich setzte mich auf, hob die Laterne hoch, die auf dem Boden stand, und fragte sie, was denn los sei.

»Ich habe zwei Töchter.« Sie schluchzte und drehte sich zu mir um. Ihr Gesicht, das wieder vollständig verheilt war, sah im schummrig-schattigen Schein der Laterne wie eine dieser Tragödienmasken aus dem Theater aus. »Meine beiden Babys … Ich weiß nicht, ob sie noch am Leben sind oder nicht. Und ich habe keine Ahnung, wie alt sie jetzt sind, falls sie noch leben …«

»Das ist nicht fair«, murmelte ich, mehr zu mir selbst.

»Fairness ist eine menschliche Erfindung«, erwiderte sie bitter.

Ich stellte die Laterne auf einem wackeligen Nachttisch ab, der aus demselben violetten Holz gemacht war wie die Türen, und nahm sie in den Arm. Sie drückte sich an mich, und ich spürte ihre nassen Tränen in meinem Nacken. Ein paar Minuten später presste sie ihren feuchten Mund auf meinen Hals. Ich schob meinen Körper noch näher an ihren heran. Sie war noch immer nackt unter der Decke, und ihr Körper hatte sich fast vollständig neu gebildet. Mein Penis wurde steif und ich presste mich gegen sie.

Wir schliefen miteinander. Und währenddessen weinten wir beide.

ACHTUNDDREISSIGSTER TAG

Heute haben Caroline und ich uns auf den Weg in die begrabene Stadt gemacht, von der der dunkelhäutige eingegrabene Mann mir erzählte. Caroline sagt, der Name der Stadt sei Oblivion – *Vergessen.*

Caroline ist, wie ich erst im diffusen Tageslicht richtig sehen konnte, sehr klein und ein bisschen übergewichtig. Ihr Gesicht ist verhärmt und von Schmerzen gezeichnet, aber man kann erkennen, dass sie in einer freundlicheren Umgebung ziemlich attraktiv gewesen wäre. Heute Morgen – wobei Morgen ein sehr subjektiver Begriff ist, da es hier weder Tag noch Nacht gibt – ärgerte sie sich darüber, dass sie ihr verknotetes rotes Haar nicht waschen konnte. Darauf schien sie sich am meisten zu freuen: Wenn wir Oblivion erreichten, wird es endlich Wasser geben. »Es wächst nicht mehr über die Länge hinaus, die es hatte, als ich gestorben bin«, erzählte sie. »Ich kann mir alles abrasieren, und in ein paar Wochen ist es wieder nachgewachsen, aber es wächst nie länger, als es vorher war. Mit meinen Nägeln ist es genauso. Dir ist sicher auch schon aufgefallen, dass du dich nicht rasieren musst.«

»Ja.«

»Und ich habe meine Tätowierung noch.« Letzte Nacht war mir aufgefallen, dass sie eine Hummel auf dem rechten Schulterblatt trägt: Sie hat sie mit 26 stechen lassen, da war sie betrunken gewesen. »Astral-Tinte, schätze ich.«

Wir wanderten in einen weiteren Wald hinein, der jedoch nicht so dicht war wie der, durch den ich auf meinem Weg zum Vulkan gelaufen war. Durch diesen führte ein breiter Feldweg, dem wir folgten, wobei wir stets die Augen nach Dämonen und Engeln offen hielten. Außerdem trugen die Bäume in diesem

Wald Blätter, die wie Eichenblätter aussahen, und einige Stämme waren so dick und faltig wie Dinosaurierbeine; der andere Wald hatte dagegen aus immergrünen Nadelbäumen bestanden. Oder besser gesagt: immervioletten. Sämtliche Bäume hier trugen ebenfalls violette Blätter, und auch das Gras und die Büsche, die den Pfad säumten, waren dunkelviolett, einige von ihnen grenzten ans Tiefblaue, während andere schon beinahe schwarz schimmerten.

Während wir dem Weg folgten, fragte Caroline: »Also, wie bist du gestorben?«

Ohne sie anzuschauen, antwortete ich: »Selbst zugefügte Schusswunde.«

Aus den Augenwinkeln sah ich, dass sie mich musterte. »Wie alt warst du?«

»33.«

»Warum hast du das gemacht?«

»Ich dachte, ich hätte nichts mehr, wofür es sich zu leben lohnt.«

»Und warum hast du das gedacht?«

Ich zögerte. »Ich wollte ein Schriftsteller sein. Ein großer amerikanischer Romancier. Das lief aber nicht besonders gut …«

»Und *deshalb* hast du …?«

»Und«, unterbrach ich sie, »ich hatte einen Job, den ich hasste, und das Geld reichte hinten und vorne nicht, um meine Rechnungen zu bezahlen. Und meine Frau hat sich in einen Kollegen verliebt. Sie hatte eine Affäre mit ihm. Sie hat mich seinetwegen verlassen …«

»Oh. Wow. Tut mir leid.« Sie verdaute erst alles, bevor sie mich fragte: »Hattet ihr Kinder?«

»Wir hatten eine Fehlgeburt. Ein Jahr, bevor sie mich verließ.«

»Liebst du sie immer noch?«

»Ich bin … mir nicht sicher.« Das entsprach der Wahrheit. »Ich schätze, ich bin zu beschäftigt damit, in der Hölle zu sein, um noch zu wissen, was ich für sie empfinde.«

»Tut mir leid.« Caroline legte mitfühlend eine Hand auf meine Schulter, während wir weitergingen.

Ihre Freundlichkeit rührte mich so sehr, dass sich mir die Kehle zusammenschnürte. Die einzig wahre Freiheit, die wir hier besitzen, ist, dass wir zu anderen freundlich sein können. Wie dieser dunkelhäutige Mann: Er konnte seinen Körper zwar nicht befreien, aber seinen Gefühlen freien Lauf lassen und versuchen, mir zu helfen. Dadurch bleiben wir menschlich – viel mehr als durch diese imitierten Körperrepliken. Das ist etwas, was die Dämonen uns nicht abhacken und nicht verstehen, weil sie es selbst nicht besitzen.

»Nichts, wofür es sich zu leben lohnt«, wiederholte sie für sich. »Wenn wir doch nur gewusst hätten, wie furchtbar es hier ist. Dass der Tod nicht die ultimative Flucht ist. Ich hatte zwar Angst davor, dass es wirklich kein Leben nach dem Tod gab … entsetzliche Angst sogar … aber ich habe es einfach nicht geschafft, daran zu glauben. Und das hab ich jetzt davon. Es hat sich letztlich doch als real erwiesen. Wenn ich doch nur daran hätte glauben können, dann wäre ich jetzt nicht hier.«

Im nächsten Moment hörten wir ein schreckliches Geräusch. Wir erstarrten unwillkürlich. Es klang wie das Heulen eines Wolfes, vermischt mit den Schreien einer Frau oder dem Kreischen einer Todesfee.

»Was ist das?«, flüsterte ich und blickte mich erschrocken um.

»Ich glaube, das ist ein Dämon.«

»Klingt aber nicht wie die Paviane.«

»Es gibt noch jede Menge mehr als die«, zischelte sie. »Der Schöpfer holt sich Seine Kicks mit Seiner Kunstfertigkeit. Es gibt ja auch nicht nur eine Sorte Blumen, zu Hause …«

»Willst du lieber querfeldein durch den Wald weiter?«

»Das wäre vielleicht besser.«

Wir gingen vom Weg ab, zerbrachen dabei zahlreiche Zweige und raschelten durch das Blattwerk, sodass ich mich fragte, ob dies wirklich eine so gute Idee gewesen war. Wir hörten jedoch keine Schreie mehr. Sie schienen irgendwo aus der Gegend vor uns gekommen zu sein, auch wenn ich es nicht mit Sicherheit hätte sagen können. Ich sollte es jedoch schon bald herausfinden. Nachdem wir uns durch die tief hängenden, verdrehten Zweige zweier mit Blättern überladener alter Bäume geschlagen hatten, sahen wir eine Gestalt, die sich grellweiß vor einem dicken schwarzen Stamm abzeichnete, wie eine harte Silhouette auf einem Negativ.

»Oh mein Gott!«, platzte ich heraus.

»Schhh!«, warnte mich Caroline. Sie riss ihre Augen erschrocken auf – allerdings weniger aufgrund des Anblicks, der sich uns bot, als infolge meines Ausrufs.

Wir sahen eine Frau, nackt – und wunderschön –, die man an einer mächtigen Eiche gekreuzigt hatte.

Sie knurrte uns an, schob ihre Unterlippe nach vorn und zeigte uns ihre gefletschten Zähne. Obwohl sie ganz normale menschliche Schneidezähne besaß, erzielten sie eine ziemlich furchteinflößende Wirkung.

Wir hatten beide Angst davor, noch näher auf die Frau zuzugehen. Das lag an ihrer wilden Grimasse wie auch an ihren weit geöffneten Schwingen, die fest an die gefurchte Rinde des Baumes genagelt waren.

Wir waren vollkommen fassungslos. Sprachlos standen wir da und starrten die Kreatur mit offenen Mündern an. Dies war ganz offensichtlich ein Dämon ... auch wenn er der am menschlichsten aussehenden Gattung angehörte, der ich bislang begegnet war. Aber weshalb hatte man ihn an diesen Baum genagelt? Wurde er von seinesgleichen für irgendetwas bestraft?

Jeder Flügel war von mindestens zehn oder zwölf Nägeln durchbohrt. Sie verteilten sich auf die vier regenschirmartigen Stützglieder mit ihren fingerähnlichen Gelenken sowie auf den schlanken Oberarm jedes Flügels. Ich fühlte mich an die Überreste des toten Teufels erinnert, den ich in unserem Versteck in Caldera gefunden hatte. Mir fielen die Adern auf, die sich durch die blasse Haut schlängelten. Dick und dunkel zeichneten sie sich unter der durchsichtigen Oberfläche ab und sahen aus wie geheimnisvolle kalligrafische Linien.

Es herrscht Uneinigkeit darüber, ob dem Messias seinerzeit die Handflächen oder die Handgelenke durchbohrt wurden. Sicherheitshalber hatte man dieser Frau auch einige dieser dicken, barbarischen Nägel mit den breiten Köpfen durch Handflächen und Handgelenke geschlagen. Ich vermutete, dass die Dämonen diese Nägel selbst anfertigen, wobei sie wohl eher Zwecke wie diesen im Sinn haben als eine Verwendung auf dem Bau. Ich erinnerte mich wieder an meine eigene Kreuzigung nach meinem Abschluss an der Avernus-Universität. Ich kam zu dem Schluss, dass dieser Racheakt wohl doch nicht auf andere Dämonen zurückging, sondern auf verlorene Seelen wie mich selbst, die ihre Kreuzigungen ebenfalls nicht vergessen konnten.

Auch in den beiden Füßen der Teufelin steckten Nägel, aber im Gegensatz zu denen des Sohnes hatte man sie nicht sittsam übereinandergelegt: Ihre Beine waren lasziv über die breite Rundung des Stammes gespreizt, so als säße sie auf dem Rücken irgendeines riesigen Tieres. Zudem hatte man sie an den Knöcheln mit weiteren Nägeln in dieser Position fest verankert. Trotzdem war ich überrascht, dass all diese Nägel tatsächlich ausreichten, um sie an den Baum zu fesseln – schließlich waren alle Dämonenspezies für ihre unheimliche Kraft bekannt.

Aufgrund des Blutverlustes und der Schmerzen, die die schwarze Eisenspitze ihr bescherte, die man wie einen Speer in ihre Eingeweide getrieben hatte, war sie zweifellos geschwächt. Der Speer bohrte sich mitten durch ihren Nabel und pinnte sie wie einen Schmetterling an den Baum. Vielleicht war dies ja nur die perverse Antwort auf die Tatsache, dass ein Dämon, der nicht in einem Mutterleib gewachsen ist, überhaupt einen Bauchnabel hat.

An all diesen Nägeln klebte Blut. Es war über ihren flachen

Bauch geflossen, angetrocknet und hatte ihr Schamhaar zu einer widerlichen Kruste verfilzt. Außerdem war Blut über ihre Gliedmaßen geströmt und hatte rissige Linien auf ihre Flügel gezeichnet, die allmählich abblätterten, aber noch immer quoll neues Blut aus ihren Wunden, schwarz wie Tusche.

Die Dämonin wurde von einem heftigen Zucken geschüttelt, so als stehe ihr gesamter Körper unter Strom. Unwillkürlich traten wir beide einen Schritt zurück. Die Nägel lösten sich jedoch nicht.

Als sie einsah, dass es ihr in keiner Weise weiterhalf, uns anzuknurren, versuchte die Dämonin, uns einzuschüchtern und trotz ihrer Hilflosigkeit eine autoritäre Haltung anzunehmen. Ich konnte den Schmerz und die Müdigkeit in ihrer heiseren Stimme dennoch hören.

»Macht mich los, ihr beiden! Sofort! Sonst werdet ihr die bedauernswertesten Seelen in der gesamten Hölle sein, das verspreche ich euch!«

»Lass uns gehen«, flehte Caroline mich an und packte mich am Arm. Ich nahm es ihr nicht übel – die Stimme der Dämonin machte mir ebenfalls Angst. Schlimmer waren jedoch ihre Augen: katzenartig, riesig, weit auseinanderliegend und animalisch. In ihnen lag der glasige Glanz des rasenden Wahnsinns, und trotz ihrer schweren Lider schienen sie besonders weit hervorzutreten.

Doch es war noch etwas anderes in den Augen dieser Dämonin: Sie waren feucht. Und auch ihre Wangen waren nass. Als wir sie kurz zuvor überrascht hatten, waren Tränen über ihr Gesicht geströmt.

»Wer hat dir das angetan?«, wagte ich, die Kreatur zu fragen.

»Euresgleichen, du Narr. Was denkst du denn? Findest du das amüsant? Hältst du sie für besonders clever? Sie werden sich nicht mehr so clever vorkommen, wenn ich sie erst gefunden habe. Ich kenne ihren Geruch. Wären sie wirklich clever gewesen, hätten sie mich getötet ...«

»Wir sollten es tun«, flüsterte Caroline mir ins Ohr.

Ich beugte mich zu ihr.

»Sollten was tun?«

»Wir sollten sie töten!«, zischte sie.

Tiefes Gelächter ließ uns aufblicken. Die nackte Frau schüttelte ganz langsam den Kopf. »Stellt euch doch nicht dümmer, als ihr seid. Ich werde vergessen, dass ihr das gesagt habt. Lasst mich frei.«

»Dann wirst du uns umbringen!«, wimmerte Caroline.

»Das werde ich nicht, du dumme Kuh! Ich verspreche es euch … ihr habt mein Wort. Wenn ihr mich befreit, werde ich euch nichts tun. Wieso sollte ich? Ihr habt mir das ja nicht angetan. Aber ich sage euch … je länger ihr wartet, desto wütender werde ich.«

Trotz ihrer feuchten Wangen kroch ein furchteinflößendes Lächeln auf ihr Gesicht. »Und jetzt kenne ich euren Geruch.«

»Lass uns gehen, bitte«, flehte Caroline wieder und versuchte, mich wegzuziehen. »Bitte!«

»Ich werde dich finden, du miese kleine Sau«, knurrte die Dämonin und fixierte meine Begleiterin mit festem Blick.

»Sie kann sich nicht selbst befreien. Beeil dich! Wir müssen hier verschwinden!«

Ich ließ meinen Blick auf den entsetzlichen Spieß sinken, der die Eingeweide der Frau durchbohrte. Die Schmerzen mussten unbeschreiblich sein. Ich musste es wissen – schließlich bin ich inzwischen ein Experte auf dem Gebiet der unbeschreiblichen Schmerzen. Würde sie überhaupt überleben, wenn ich sie tatsächlich befreite?

Ich machte zwei unsichere Schritte auf sie zu.

»Braver Junge«, gurrte sie heiser. Es klang wie ein obszönes Wiegenlied.

Mein Blick wanderte zu ihren Brüsten hinauf, die von dem tintigen Blut weitgehend unberührt geblieben waren. Sie waren voll, aber nicht übermäßig groß. Seltsamerweise waren ihre Nippel und Brustwarzen hellgrau. Der Rest ihrer Haut war weiß. Aber nicht weiß im Sinne von blass. Es war auch nicht das Weiß einer blutleeren Leiche. Sie war vielmehr weiß wie Papier, ihr Fleisch ohne jegliche Pigmentierung. Sie sah aus, als sei sie einem Schwarz-Weiß-Film entstiegen. Ihr langes Haar war vor Schweiß ganz feucht und schwarz wie Öl, ihre katzenartigen Augen hellgrau und ihre Lippen vom selben Grau wie ihre Brustwarzen. Diese Lippen … sie waren beinahe schon eine Karikatur ihrer eigenen Fülle: satt und überreif, wie Früchte, die schon zu lange am Strauch hängen und bald verderben. Als sie den Mund schloss, schienen sie sich zu einer höhnischen Kleinmädchen-Schnute zu kräuseln.

Mein Blick glitt über ihre langen Füße, ihre starken Schenkel, ihre androgynen breiten Schultern, ihre muskulösen Arme und den sehnigen Bogen ihres Nackens. Als sich unsere Blicke wieder trafen, errötete ich peinlich berührt.

»Wollust ist eine Sünde«, sagte sie, und ihre vollen Lippen verzerrten sich zu einem Grinsen.

Ich verspürte tatsächlich eine gewisse Scham, weil ich einen weiblichen Dämon in ein Objekt meiner Begierde verwandelt hatte. Politisch korrekt, sogar in der Hölle.

»Entschuldige«, murmelte ich und wandte den Blick von ihr ab. Ich trat jedoch noch etwas näher an sie heran.

»Ich gehe!«, winselte Caroline.

Ich warf ihr einen scharfen Blick über die Schulter zu. »Sie hat geschworen, dass sie uns nicht wehtun wird!«

Caroline wich noch weiter zurück. »Ich gehe ohne dich weiter!«

»Ich kann sie doch nicht so lassen!«

»Warum denn nicht? Warum? Du weißt doch, dass sie eine von denen ist!«

»*Ich* bin aber keiner von denen. Und ich kann auch nicht so sein. Ich muss sie losmachen.«

»Du würdest auch keinen von den Pavianen befreien. Du willst ihr nur helfen, weil sie schön ist!«

»Nein! Weil sie beinahe menschlich ist! Sieh sie doch nur an!«

»Ich verschwinde jetzt!«

»Selbst wenn sie uns wehtut – was kann sie schon tun, das uns nicht auch der nächstbeste Dämon antun könnte? Und der nach ihm?«

»Ich will meine nächste Enthauptung so weit aufschieben, wie ich kann! Du hast anscheinend vergessen, dass ich gerade erst jahrelang auf einem Feld da hinten eingegraben war! Jahrelang! Ich kann den Gedanken nicht ertragen, schon wieder gefangen zu sein!«

»Dann geh. Ich hole dich schon ein.«

»Schön! Dann hol mich ein … wenn du noch gehen kannst, nachdem sie dich in Stücke gerissen hat!« Und damit rannte Caroline wie dem Wahnsinn verfallen in den dichten Wald, schlug Zweige zur Seite, tauchte in die finstere Vegetation ein und verschwand schließlich ganz.

Ich wandte meine Aufmerksamkeit wieder der gepfählten Dämonin zu und schluckte: »Willst du, dass ich … soll ich …?«

»Zieh zuerst den Speer raus«, wies sie mich an. Ihre Stimme, in die sich ein leises Stöhnen mischte, klang nun etwas weicher. »Und dann versuchst du, mit der Speerspitze die Nägel zu lockern.«

»Wenn ich ihn herausziehe, wirst du dann nicht verbluten?«

»Ich halte eine Menge Schmerzen und Blutverlust aus. Ich werde wieder heilen. Zwar nicht so schnell, wie ihr es könnt, und ich kann auch keine abgetrennten Teile nachwachsen lassen, aber ich werde überleben.«

»Aber du kannst auch sterben.« Ich blickte sie nun unumwunden an.

Sie sah mir ebenfalls direkt in die Augen. »Ja. Ich kann sterben. Und? Wirst du mich jetzt doch töten?«

»Nein. Ich habe doch gesagt … ich bin nicht wie ihr Dämonen.«

»Ja, ich weiß schon. Du bist besser, höher entwickelt, bla, bla, bla. Aber wer ist hier nun wirklich der Gefangene?«

»Tja, wer?«

Sie lächelte erneut. »Komm schon. Sei ritterlich, mein liebes kleines Menschlein. Beweise deine Menschlichkeit. Zieh mir den Stachel aus der Pfote.«

Ich streckte meine Hände aus und legte sie um den rauen Stab der schweren Eisenlanze. Ich umschloss ihn noch fester, zögerte dann jedoch. Ich hatte Angst, ihr wehzutun.

Als ich schließlich doch mit einem heftigen Ruck daran zog, schrie sie auf. Von ihrem Geheul – es war dasselbe, das Caroline und mich überhaupt an diesen Ort geführt hatte – platzte mir fast das Trommelfell.

Ein einzelner Ruck reichte aber nicht aus. Bei meinem letzten Versuch taumelte ich zurück und verlor beinahe den Halt. Ich sah, wie frisches Blut wie bei einer Schusswunde aus ihrem durchbohrten Bauchnabel strömte. Das schwarze Blut, das aus der unvermeidlichen Wunde in ihrem Rücken quoll, ergoss sich nun über ihre Schenkel.

Als sich mein Blick wieder auf ihr Gesicht legte, sah ich, dass Tränen nun ungehindert über ihre Wangen flossen. Sie sah nicht mehr selbstgefällig aus – ihr Gesicht war zu einer Maske der Angst erstarrt. Ihre Wimpern waren schwarz, und die Haut rund um ihre Augen wirkte fahlgrau, was ihre eindrucksvolle Wirkung nur noch steigerte. Manchmal denke ich, Frauen sehen schöner aus, wenn sie unglücklich sind als wenn sie glücklich sind. Vielleicht behandeln manche Männer sie deshalb schlecht. Alles, was ich in jenem Moment wusste, war, dass dieses außerirdische Wesen das Schönste war, was ich jemals gesehen hatte. Ich fragte mich, ob Caroline in Bezug auf meine Beweggründe, sie zu befreien, nicht doch recht gehabt hatte – vielleicht waren sie ja gar nicht so erhaben und moralisch motiviert.

Wie sie vorgeschlagen hatte, benutzte ich die Spitze des Stabes, um die Nägel herauszuziehen. Ich begann mit einem, der in ihrem Flügel steckte. Ich brachte es nicht über mich, an ihren Händen oder Füßen anzufangen – nicht nach all den Schmerzen, die ich ihr ohnehin schon zugefügt hatte. Sie

ERIK-03

stöhnte und stieß hin und wieder ein lautes Seufzen aus. Ich konnte ihr nicht mehr ins Gesicht schauen.

Es gelang mir, den ersten Nagel herauszuziehen. Sofort widmete ich mich dem zweiten.

»Meine Flügel sind wahrscheinlich ruiniert«, murmelte sie undeutlich.

»Wirst du denn noch fliegen können?«

»Fliegen?« Sie hob mühsam ihren Kopf. »Wer hat denn gesagt, dass ich fliegen kann?«

Ich hatte die Affenteufel mit den Flügeln zwar nie fliegen gesehen, aber trotzdem stets angenommen, dass sie es könnten, wenn sie wollten. Genau das antwortete ich.

»Die können auch nicht fliegen. Einige Dämonen können sich in die Lüfte schwingen, meinesgleichen aber nicht.«

»Und wofür sind euch dann Flügel gewachsen?«

»Gewachsen? Meinst du nicht eher, dass sie sich entwickelt haben? Gar nichts entwickelt sich. Siehst du, das ist genau die Art der Denkweise, die dich hierher gebracht hat.« Sie unterbrach sich und stieß ein Grunzen aus, als ich einen weiteren Nagel heraushebelte. »Es gibt Vögel mit Flügeln, die gar nicht fliegen, richtig? Pinguine und Strauße? Der Schöpfer hat meinesgleichen Flügel gegeben, ebenso wie Er dem Pfau sein wunderschönes Schwanzgefieder geschenkt hat. Es gefällt Ihm einfach so.«

Tja, warum ihr keine Flügel geben, wenn Ihm gerade der Sinn danach stand? Weshalb ihr nicht dieses außergewöhnliche Gesicht schenken? Es war genau wie bei der Gottesanbeterin, die ich in der Universität gefunden hatte: geheimnisvolle Schönheit um der Schönheit willen.

Schließlich, nachdem ich mir wirklich alle Mühe gegeben und mich völlig verausgabt hatte – meine Handflächen waren voller Blasen und an meinen Fingern klebte ihr Blut –, zog ich den letzten Nagel aus ihren Flügeln. Sie fielen in sich zusammen, wurden von krampfartigen Zuckungen erfasst und begannen dann zu flattern, so als wollten sie sich selbst wieder mit Blut versorgen. Auch nachdem es ihr gelungen war, sie wieder ein wenig unter Kontrolle zu bringen, zitterten sie immer noch merklich. Aus der Nähe konnte ich sehen, wie die dickeren Adern dort, wo ihre Flügel aus ihrem Rücken wuchsen, im Rhythmus ihres Blutstroms pulsierten.

Dann wandte ich mich ihren Händen zu.

Als ich ihre erste Hand befreite, drehte mir ihr Stöhnen den Magen um. Ich fühlte mich, als sei ich selbst ein Dämon und foltere einen der Verdammten. Die Rollen hatten sich vertauscht. Die Menschen, die sie überwältigt und hier festgenagelt hatten, mussten Gefallen an diesem Tausch gefunden haben. Angesichts der Körperhaltung, in der sie sie zurückgelassen hatten, fragte ich mich, ob sie sie wohl vergewaltigt hatten ... ich hatte jedoch Angst, sie danach zu fragen.

Sie streckte ihre Arme über ihren Kopf und krallte sich mit den Fingern in den tiefen Furchen der Rinde fest, um nicht nach vorne zu stürzen, während ich – wie in Anbetung – vor ihr kniete und die Nägel löste, die in ihren Füßen steckten. Bald war der erste Fuß frei. Dann, mit letzter Anstrengung und Muskelkraft, zog ich schweißgebadet auch den letzten Nagel heraus. Die Dämonin ließ sich nach vorne auf den Boden fallen, legte die Stirn auf dem Waldboden ab, stützte sich auf Ellbogen und Knie auf und streckte ihren Hintern in die Luft, während ihre Flügel sich zitternd über ihren Körper breiteten, wie ein in sich zusammengefallenes Zelt aus lebendiger Haut.

»Es tut mir leid«, sagte ich.

Dann richtete sie sich vor mir auf – so plötzlich und so groß und genau auf meiner Augenhöhe –, dass ich heftig zusammenzuckte.

»Danke, Kleiner«, säuselte sie. Sie versuchte, anmaßend zu klingen, so als habe sie sich wieder vollkommen unter Kontrolle. Eine stolze Kriegerin, eine Amazone mit Fledermausflügeln. Ich konnte aber kaum ihre geschwollenen Augen, ihre herunterhängenden Lider und die Anspannung in ihren Mundwinkeln übersehen. Sie fühlte sich beschämt angesichts all dessen, was man ihr angetan hatte. Erniedrigt, weil ich es gesehen hatte. Weil sie meine Hilfe benötigt hatte. Weil sie vielleicht sogar gestorben wäre, wenn ich nicht gekommen wäre.

Ich warf den Speer neben meinen Füßen ins Gras. Sie blickte zu ihm hinunter und beugte sich dann nach vorn, um ihn aufzuheben. Als sie sich wieder aufrichtete, zuckte sie zusammen und presste eine flache Hand auf ihren Bauch. Ich schluckte heftig – ich stellte mir vor, wie sie mir die Spitze des Speers ins Auge rammte … ihre Art, sich an den ehemaligen Sterblichen zu rächen, die sie bezwungen hatten.

»Ich sollte mich lieber beeilen, wenn ich deine Freundin noch einholen will.«

»Was? Warte … bitte …«

»Sie wollte mich umbringen.«

»Sie hatte Angst!«

»Die hattest du auch. Aber du hast mir geholfen.«

»Ich bin auch noch neu hier. Ich bin noch nicht so abgestumpft. Ich bin …«

»Hör auf mit diesen Ausreden. Sei lieber dankbar dafür, dass ich dir den hier nicht auch in den Arsch schiebe, wie ich es bei ihr tun werde.«

»Bitte!«, blaffte ich die Kreatur regelrecht an. »Tu das nicht! Tu es mir an, wenn du es unbedingt jemandem antun willst.«

Sie neigte ihren Kopf zur Seite. »Du bist ein seltsamer Vogel. Ja … du bist wirklich noch ein Grünschnabel, nicht wahr? Ihr seid nämlich nicht alle so wie du.« Sie hielt mir die Speerspitze unter die Nase. »Die anderen haben mich mit dem hier gefickt. Gefällt dir der Geruch?«

Ich drehte meinen Kopf weg. »Dann jag doch sie. Sie haben es verdient. Caroline nicht.«

»Liebst du sie?«

»Ich kenne sie kaum.«

»Aber du hast sie gefickt.« Sie beugte sich ganz nah an meinen Hals, holte tief Luft und hob dann ihren Kopf, sodass unsere Nasen sich beinahe berührten. »Ich kann den Sex an dir riechen.«

»Bitte«, wiederholte ich. Dank der Nähe nahm ich ihren beißenden Schweiß- und den metallischen Blutgeruch wahr. »Wenn du dich dafür revanchieren möchtest, dass ich dir geholfen habe, dann wirst du …«

»Revanchieren?«, knurrte sie. Der wilde Glanz in ihren Augen erschreckte mich. Wütend traten sie aus ihren Höhlen hervor. »Ich muss mich dafür nicht revanchieren. Hast du das verstanden? Ich habe keinen Handel mit dir abgeschlossen! Ich habe mir meine Freiheit nicht erkauft! Du bist hier der Bestrafte, ich bin die Strafende!«

»Es tut mir leid.«

»Dachtest du, ich würde mich mit Sex dafür revanchieren? Ist es das? Denkst du wirklich, du würdest es überleben, dich mit mir zu vereinen? Ich würde dir den verdammten Kopf abbeißen wie eine Gottesanbeterin, du erbärmlicher kleiner Arschkriecher!«

Sie warf den Speer. Der ganze Stab vibrierte, und seine Spitze bohrte sich zwischen meinen Füßen in den Boden.

»Den brauche ich nicht, um deine kleine Freundin zu bestrafen«, fauchte sie. Damit stürzte sie in den Wald davon und riss dabei die Pflanzen aus, zwischen denen Caroline verschwunden war. Selbst als ihre weiße Gestalt mit den flaggenähnlichen Flügeln schon nicht mehr zu sehen war, hörte ich in der Ferne noch das Unterholz knacken.

Ich riss den Speer aus dem Boden. Ich hatte das Gefühl, dass er sich noch als nützliche Waffe erweisen könnte. Da er bereits beinahe einen Teufel getötet hatte, würde er mich vielleicht vor weiteren beschützen. Für den Moment benutzte ich ihn als Wanderstab, während ich langsam hinter den beiden hertrottete, die vor meinen Augen in Richtung Oblivion verschwunden waren.

Neununddreissigster Tag

Es muss ein Engel gewesen sein, der mich mit diesem Pfeil getroffen hat. Ein Teufel kommt direkt auf dich zu, grinst dich an und säbelt dir die Schädeldecke ab. Doch es sind die Engel, die gerne heimlich umherschleichen, Fährten lesen und jagen. Das ist ihr Sport. Sie können jederzeit hierherkommen und tun, wonach ihnen der Sinn steht.

Ich verbrachte die Nacht – wie ich meine Stunden der Erholung noch immer nenne – in einer höhlenartigen Mulde am Fuß eines mächtigen Baumes, der bereits vor Jahren umgestürzt sein musste, vermutlich, weil er verrottet oder vom Blitz getroffen worden war. Falls er tatsächlich verkohlt war, lag der Beweis dafür nun unter dem violetten Moos verborgen, das seinen dicken Stamm bedeckte. Die Mulde war nicht sehr tief, aber immerhin tief genug, um mir Schutz zu bieten, als es zu regnen begann. Dieses Mal regnete es Wasser, kein Blut. Caroline und ich hatten den Wein zwar ausgetrunken, aber die Flasche hatte ich aufbewahrt, und ich stellte sie nun in den Regen, um etwas Wasser aufzufangen. Es gelang mir zwar nur wenig zu sammeln, aber ich war auch für das kleine bisschen dankbar.

Als der Tag anbrach, machte ich mich wieder auf den Weg – wie ich hoffte, in die richtige Richtung. Vielleicht hätten wir am Tag zuvor doch lieber auf dem Pfad bleiben sollen. Nur etwa eine Stunde, nachdem ich mein Versteck verlassen hatte, traf mich der Pfeil.

Es ist ein Armbrustpfeil, um genau zu sein. Wie nennen sie das noch – einen Bolzen? Er ist viel kürzer als ein normaler Pfeil und sieht aus wie ein kleiner Speer. Die Spitze muss mit schonungslosen Widerhaken versehen sein, denn nachdem er mich zu Boden gezwungen und ich versucht hatte, ihn wieder herauszuziehen, stellte ich fest, dass mir dies nicht möglich war, ohne mein Fleisch aufzureißen. Er ist komplett durch meinen Brustkorb gegangen und bis unter meine Rippen vorgedrungen. Ich befürchte, dass er sich tatsächlich in einer von ihnen verhakt hat.

Verzweifelt rappelte ich mich wieder auf, stürzte noch tiefer in den Wald hinein und versuchte fieberhaft, meinen Jäger abzuschütteln. Meine Lungen brannten so fürchterlich, dass ich mich fragte, ob sie sich wohl bereits mit Blut füllten. Jeden Moment rechnete ich damit, dass sich ein zweiter Bolzen direkt in meinen Hinterkopf bohrte …

Doch es wurden keine weiteren Bolzen mehr verschossen. Mein Jäger war verschwunden. Da er mein Fleisch ja nicht zwingend zu Nahrung oder meine Haut zu Leder verarbeiten musste, schien er sich bei seiner Freizeitbeschäftigung nicht übermäßig anstrengen zu wollen.

Das ist nun schon Stunden her. Ich blute zwar nicht mehr, aber die rasiermesserscharfe Pfeilspitze reibt nach wie vor meine Muskeln auf und schleift meine Knochen, wie ein Messer an einem Wetzstein. Hier besteht zwar kein wirklicher Bedarf an Ärzten, aber ich hoffe trotzdem sehr, dass es in Oblivion jemanden gibt, der bereit ist, mir zu helfen …

Ich empfinde es als Ironie, dass ich dieser Dämonin geholfen habe, indem ich den Speer, den ich noch immer bei mir trage, aus ihrem Körper entfernte, dass jetzt aber niemand hier ist, der mir helfen kann.

Ich habe mich auf einen mit bläulichen Flechten gesprenkelten Stein gesetzt, um mich auszuruhen. Und um den letzten Schluck Wasser aus meiner Flasche zu trinken. Ich hoffe, bald aus diesem trostlosen Wald hinauszufinden. Was, wenn er sich noch viele Meilen weit erstreckt? Wenn dieser Wald größer ist als alle Kontinente der Welt zusammen? Ich glaube, die Hölle ist größer als die Erde … auch wenn ich gehört habe, dass nun mehr Menschen auf der Welt leben, als je zuvor auf ihr gestorben sind. Dieser ganze Platz wartet nur darauf, von den unzähligen Generationen gefüllt zu werden, die noch folgen werden. Vielleicht wird man diesen Wald dann abholzen, um Platz für weitere Orte wie Caldera zu schaffen, für Städte wie Oblivion.

Ich habe mich schon zu sehr in mein Tagebuch vertieft. Es gibt keinen Grund, noch länger hierzubleiben. Und ich habe nach wie vor Angst, dass dieser Engel mich doch noch einholt. Also – weiter.

Später:
Ich habe keine Ahnung, wie viele Stunden ich durch diesen Wald gewandert bin. Vielleicht war es sogar mehr als ein Tag. Schließlich habe ich durch Zufall den Pfad wiedergefunden, der durch ihn hindurchführt, aber vielleicht war es auch ein anderer. Er war etwas breiter und wies außerdem Fahrrillen auf, die ganz offensichtlich von verschiedenen Rädern stammten. Und er verlief kerzengerade – so gerade, dass ich Oblivion in der Ferne am Horizont aufragen sehen konnte.

Ich habe zuvor ja bereits erwähnt, dass mich die pavianartigen Teufel mit den Spiralen-Brandzeichen an die fliegenden Affen aus dem Film *Der Zauberer von Oz* erinnern. Es fällt mir nicht schwer, den Film erneut als Vergleichsobjekt heranzuziehen: Meine Umgebung war so offensichtlich surreal, dass sie wirkte, als sei ich in einer riesigen, sehr detaillierten Filmkulisse gelandet. Der Wald erinnerte mich an den Zauberwald, durch den Dorothy und ihre Freunde wanderten, und die Stadt hinter dem Rand des großen Waldes ließ mich sofort an die Smaragdstadt denken, die am Ende des gelben Ziegelsteinwegs auftauchte.

Die goldgelben Ziegel sind allerdings längst weggekarrt worden, und die Smaragdstadt hat schon bessere Tage gesehen.

Oblivion ist eine Stadt der Dunkelheit. Je näher ich ihr kam, desto stärker wurde dieser Eindruck. Es sollte jedoch noch Stunden dauern, bis ich sie tatsächlich erreichte. Sie erschien mir ebenso weit entfernt wie hoch aufgetürmte, dunkle Gewitterwolken. Ich erkannte, dass die Stadt überwiegend aus schwarzem Metall erbaut worden ist – genau wie die Avernus-Universität, aber in noch weit größerem Stil als diese ohnehin schon sehr imposante Einrichtung. Dies scheint kein Ort wie

Caldera zu sein, den die Verdammten für sich selbst erbaut haben – hier müssen die Dämonen eine große, vermutlich sogar organisatorische Rolle gespielt haben. Warum sie allerdings einen Ort der Zuflucht und der Gemeinschaft für die Bewohner der Hölle schaffen sollten, ist mir ein Rätsel, und ich nehme nicht an, dass ich es jemals lösen werde.

Die Stadt wirkte mit jedem Schritt noch größer, weiter und imposanter, wie die zerklüftete Silhouette einer Gebirgskette. Sie erinnerte mich an den mächtigen Vulkan, dessen Bekanntschaft ich nahe Caldera gemacht hatte. Aber während der Vulkan gigantische Wolken in den Himmel ausstieß, die ihn noch mehr verdunkelten und bedeckten, war in Oblivion das Gegenteil der Fall: Der Himmel über der Stadt glühte orange, so als breche gerade die Morgen- oder die Abenddämmerung herein. Die übliche Wolkendecke, die eine freie Sicht auf den Himmel bisher stets verhindert hatte, öffnete sich in einem ungefähren Kreis weit über der Stadt. Es trat jedoch keine höhlenartige Decke aus Stein zum Vorschein, wie ich es eigentlich erwartet hatte – sondern Lava.

Ein Ozean aus geschmolzenem Gestein, in dem das Licht sanft hin- und herwogte. Es war einfach erstaunlich – ein hängender Ozean. Wie er sich der Erdanziehungskraft widersetzte, war mir schleierhaft. Versteckt sich dieser Anblick überall hinter der Wolkendecke der Hölle? Und warum wurde er hier enthüllt? Wenn überhaupt, dann müsste man doch annehmen, dass sich der Himmel über einer Stadt durch die Luftverschmutzung nur noch mehr verdunkelt. Aber vielleicht hat die Verschmutzung die Wolkenschicht über der Stadt ja auch irgendwie weggebrannt oder zerfressen.

Ich ging weiter und staunte mit offenem Mund über die Stadt und ihren geschmolzenen Himmel, als ich hinter mir ein Klappern hörte, das sich mir schnell näherte. Ich blickte über die Schulter zurück und sprang sofort von dem breiten Feldweg, als ich eine seltsame Kutsche auf Oblivion zurasen sah. Als sie näher heranrollte, konnte ich über ihre widerwärtige

Eigenartigkeit nur staunen: Sie sah aus wie Cinderellas verrottete Kürbiskutsche. Das Gehäuse bestand aus aufwendig verschlungenem schwarzem Eisen, sehr blumig und filigran, und selbst die Räder waren aus Metall. Dieser barocke Rahmen stützte eine riesige orangefarbene Kugel, die irgendwie organisch aussah und von der ein seltsames Leuchten ausging.

Die Kutsche wurde wie eine Rikscha von einer Gruppe von sechs Verdammten gezogen, die mit richtigen Geschirren vor die Kutsche gespannt waren: vier Männer und zwei Frauen, alle nackt, verschwitzt und verstaubt. Die beiden Frauen am Kopf der Gruppe trugen jede eine Ledermaske, aus deren hinterem Ende eine schwarze Feder wuchs. Jedem *Lasttier* waren allem Anschein nach die Augen entfernt worden, wobei man dicke schwarze Schrauben in die Höhlen gedreht hatte, um ein Nachwachsen zu verhindern.

Zunächst dachte ich, in der mächtigen orangenen Kugel sitze der Kutscher – dann wurde mir klar, dass sie der Kutscher *war*.

Das sphärische Wesen hatte vorne ein riesiges Gesicht, und seine kleinen Augen gingen in den gelatineartigen, durchsichtigen Fettrollen beinahe verloren … Seine Nase war breit, und der große Mund mit den dicken Lippen spaltete die Kugel beinahe in zwei Hälften. Keine Gliedmaßen, keine Ohren, nur dieses Gesicht. Seine Augen sahen vor dem Hintergrund des glühenden Fleisches vollkommen schwarz aus. Es schien sich um eine halb ätherische Kreatur zu handeln. Sie erinnerte mich an die Art, wie Kinder Sonnen malen: mit einem milden Lächeln im Gesicht. Es erinnerte mich aber auch an den abgehackten Kopf einer riesigen Buddha-Statue. Ich wusste jedoch, dass der freundliche Schein dieses sonnigen Buddha-Lächelns und der fröhlichen Augen trog.

Rollten die schwarzen Murmeln, die Augen dieses Dings, etwa ganz leicht in meine Richtung, als die Kutsche an mir vorbeirumpelte? Ich selbst senkte meinen Blick – scheinbar respektvoll, in Wahrheit jedoch aus Furcht. Die Kutsche hielt nicht an … und wurde, und dafür war ich sehr dankbar, in der

ERIK-02

Ferne schon bald immer kleiner … sie würde die Stadt lange vor mir erreichen.

Nach und nach erkannte ich immer mehr kleinere Pfade zu beiden Seiten des Hauptweges, der sich aus dem Wald herausschlängelte. Und ich traf auf Menschen, die auf diesen Nebenpfaden auftauchten und in dieselbe Richtung wollten wie ich. Manche von ihnen stolperten nur verwirrt an mir vorbei, möglicherweise Neuankömmlinge wie ich selbst … oder vielleicht hatten sie ihre geistige Gesundheit auch schon vor langer Zeit aufgegeben. Vielleicht waren diese armen Seelen aber auch im Leben bereits geisteskrank gewesen und hierher ins Exil geschickt worden, weil ihr Verstand nie gesund genug gewesen war, um die Idee des Sohnes anzunehmen.

Nach und nach tröpfelten immer mehr Menschen auf die Hauptstraße, bis die Szene beinahe einem Exodus glich, einer Pilgerreise nach Oblivion. Es ließ sich nicht vermeiden, dass ein paar meiner Mitreisenden für ein Stück des Weges neben mir gingen, sodass wir uns kurz unterhalten konnten. Einer von ihnen war ein etwa zwölfjähriger Junge mit britischem Akzent, der sich einen Weidenkorb auf den Rücken geschnallt hatte. Der Korb war mit kleinen Albino-Kürbissen gefüllt, die er, wie er sagte, in der Stadt gegen ein Paar neue Schuhe tauschen wollte. Er kam aus einer kleinen Stadt namens Limbus, die sich irgendwo im Wald befand. Während unserer Unterhaltung erfuhr ich, dass er sich bereits seit dem 19. Jahrhundert in der Hölle befand. Er hatte etwas Fatalistisches an sich und verfügte über einen leicht zynischen Humor. Ich glaube, er war der weltgewandteste Mensch, den ich je getroffen habe.

Hin und wieder überholten mich verschiedene weitere Kutschen, aber keine von ihnen wurde von einem Wesen gelenkt, das dieser Kürbislaternen-Kreatur ähnelte. Einmal war es ein mit Baumstämmen beladener Wagen, der von zwei schwerfälligen Tieren gezogen wurde, die wie stämmige, zottelige Yaks mit sechs geschwungenen Ziegenhörnern aussahen. Noch so ein Tier, das für diverse Zwecke gedacht war – genau wie die, die den amerikanischen Ureinwohnern, Neandertalern usw. für die Jagd zur Verfügung standen. Ich fragte meinen jugendlichen Begleiter, ob Katzen, Hunde und andere irdische Tiere in den Himmel kamen. Oder in die Hölle.

»Weder noch«, antwortete er. »Sie haben keine Seele.«

»Ich hatte in meinem Leben schon Hunde und Katzen, die mir definitiv so vorkamen, als hätten sie eine Seele. Sogar mehr Seele als viele Menschen, die ich kannte.«

Der Junge zuckte nur mit den Schultern. Es machte keinen Unterschied, ob er mir zustimmte oder nicht, und gegen seine Enthüllung zu protestieren war genauso sinnlos … selbst wenn sich meine eigene Seele noch so stark gegen diese Tatsache wehrte. Gegen diese himmlischen Urteile, diese kosmischen Pläne.

Nun, die Tiere haben eben Glück, oder nicht? Einfach sterben zu können, nicht mehr zu existieren. Danach habe ich mich an jenem Tag gesehnt, der nun viele Äonen zurückzuliegen scheint, als ich mein Gewehr zur Hand nahm …

Ich beneide auch die Dämonen. Für sie ist dieselbe Erlösung möglich. Für den Schöpfer müssen sie so etwas wie Tiere sein. Vielleicht betrachtet Er Seine Legionen der Teufel ja sogar als Unschuldige. Nur dazu getrieben, Menschen zu foltern – wie ein Pferd dazu getrieben wird, eine Kutsche zu ziehen.

Ein weiterer Mitreisender, der sich meinen Schritten anpasste, stellte sich mir als Jesus (»Che-sus«) vor – ich rechnete fest damit, dass ihn nach dieser Information ein Blitzschlag treffen würde. Er war ziemlich gesprächig und fröhlich, aber das auf seiner Stirn eingebrannte ›V‹, das für »Vergewaltiger« stand, erinnerte mich daran, dass es ein paar Leute in der Hölle gibt, die tatsächlich auch hier hingehören. Er erwähnte mit keinem Wort den Pfeil, der aus meinem Rücken ragte, so als sei so etwas die natürlichste Sache der Unterwelt. Als er erfuhr, dass ich in Sachen ewige Verdammnis im Allgemeinen und Oblivion im Besonderen noch ein ziemlicher Neuling war, verwandelte er sich in einen wahren Quell der Informationen.

»Wenn du Arbeit suchst, versuch es am besten in einer der Folterfabriken«, riet er mir. »Sie bezahlen dich dafür ...«

»Dann machen Dämonen diese Arbeit gar nicht?«

»Einen Teil davon schon, aber die meiste Zeit beaufsichtigen sie nur die Menschen. Es gefällt ihnen, die Menschen dazu zu bringen, sich gegenseitig diese Scheiße anzutun ... Ich schätze, sie finden das lustig.«

»Sie wollen sehen, wie weit wir uns erniedrigen lassen.«

»Aber hey, wie schon gesagt, sie bezahlen dich dafür. Dann kannst du dir eine bessere Unterkunft suchen. Vielleicht sogar deine eigene kleine Wohnung.«

»Ich könnte das nie einem anderen Menschen antun.«

»Na ja, wenn du nicht dort oder woanders arbeitest, dann musst du auf der Straße leben. Vielleicht in einer Gasse schlafen, in irgendeiner kleinen Ecke oder in einem einsamen Winkel, wenn du einen findest. Aber ich möchte nicht gerne draußen sein, wenn es regnet.« Er streckte seinen Kiefer in den wogenden Himmel über der Stadt. Ich folgte seinem Blick nach oben. Das Szenario, das ich mir ausmalte, war nicht besonders angenehm.

Ich trennte mich so schnell wie möglich wieder von Jesus. Eine indische Frau im mittleren Alter, die einen selbst gemachten Sari trug, war meine nächste vorübergehende Begleiterin. Sie fragte mich, weshalb ich nach Oblivion wollte.

Ich zuckte die Achseln: »Ich schätze, ich brauchte einfach irgendeinen Ort, zu dem ich gehen konnte. Er ist so gut wie jeder andere. Und man hat mir gesagt, in der Stadt sei es sicherer als draußen in der Wildnis.«

»Nicht unbedingt«, erwiderte sie. »Aber wenn du für die Dämonen arbeitest, sind sie manchmal nachsichtiger.«

»Treibst du in Oblivion Handel?« Sie trug ein Bündel bei sich, das vermutlich ihre bescheidene Habe enthielt.

»Nein, ich möchte mich für eine Weile dort niederlassen. Ich komme aus einer anderen Stadt. Die Dämonen sind in Scharen dort eingefallen, haben die Einwohner zusammengetrieben und die Menschen aus ihren Häusern gezerrt. Sogar die Arbeiter in den Folterfabriken.«

»Warum?«

»Aus keinem für uns begreiflichen Grund. Aber ich schätze, damit die Einwohner sich nicht zu selbstzufrieden fühlen. Zu geschützt. Viele von uns sind geflohen. Das Letzte, was ich aus der Ferne gesehen habe, war, dass meine Stadt in Flammen stand.«

»Es ist das Unbegreifliche, das mir am meisten Angst macht«, gestand ich. »Noch mehr als die Schmerzen, schätze ich.«

Nach einer Weile fragte ich: »Hattest du eine Familie und Freunde in der Stadt?«

»Freunde. Freunde aus der Hölle, keine Freunde aus meinen Lebzeiten … und ich habe hier noch nie jemanden aus meiner Familie getroffen. Meine Freunde wurden in dem Chaos in alle Winde zerstreut. Ich hoffe, dass ein paar von ihnen den Weg nach Oblivion finden.«

Ich nickte. »Hast du schon mal einen Prominenten oder eine berühmte Person in der Hölle gesehen? Vielleicht Ted Bundy … oder Lee Harvey Oswald?«

Die kleine Inderin sah mich verständnislos mit einem Stirnrunzeln an. »Ich bin 1927 gestorben«, erklärte sie.

»Oh, tut mir leid. Die Menschen kommen einem hier alle wie Zeitgenossen vor. Na ja … wie auch immer … damals, an der Avernus-Universität, hab ich mal gedacht, ich hätte Danny Kaye auf dem Korridor gesehen. Das war ein Filmschauspieler, ein Komiker. Ich habe seine Filme als Kind geliebt. Aber unser Ausbilder hat uns weiter über den Flur gehetzt, und da hab ich mich nicht getraut, ihn zu fragen. Ich weiß noch, dass ich dachte, wenn Danny Kaye in der Hölle ist, dann besteht für die Menschheit keine Hoffnung mehr. Er ist die einzige Berühmtheit, die ich vielleicht gesehen habe. Kein Jimmy Hoffa, kein Hitler …«

»*Den* Namen hab ich schon mal gehört«, sagte die Frau.

»Du bist schon so lange hier – glaubst du, dass es möglich ist, von hier zu fliehen?«

»Fliehen? Aus der Hölle? Oh nein … nein, nein …«

»Aber, ich meine, denk doch nur mal an die Visionen, die Höllen-Autoren wie Dante und Swedenborg oder die Propheten uns geschenkt haben. An die Hölle, die in der Bibel erwähnt wird … die höllenähnlichen Orte in all diesen verschiedenen Religionen und Kulturen. Wie sollten sie denn einen Einblick davon gewonnen haben, wenn sie nicht selbst kurz hier gewesen sind, aber danach wieder zurückkehren konnten?«

»Möglicherweise ist ein Teil von ihnen hier gewesen, als Projektion, aber es ist wahrscheinlicher, dass sich nur ein Fenster für sie geöffnet hat, durch das sie hindurchblicken konnten. Oder vielleicht haben sie die Hölle auch nur instinktiv gespürt. Aber wie dem auch sei: Niemand, der je gestorben ist und in die Hölle verdammt wurde, konnte ihr je wieder entkommen.«

»Orpheus ist in die Hölle gegangen und wieder zurückgekehrt.«

»Nur ein Mythos.«

»Ich hab früher auch immer behauptet, die Hölle sei nur ein Mythos.«

Einige Menschen waren nicht auf dem Weg nach Oblivion, sondern kamen gerade aus der Stadt. Der Verkehr wurde immer dichter, je näher ich der vor mir aufragenden Stadt kam … und nun wirkte sie wahrhaftig bedrohlich. Sie türmte sich wie die Skyline einer irdischen Großstadt über mir auf, und die höchsten Türme schienen beinahe an den Magma-Himmel heranzureichen, der sich nun direkt über meinem Kopf befand. Als ich zum Himmel und an den ebenholzfarbenen Wolkenkratzern hinaufsah, wurde mir schwindelig. Metall und Glas reflektierten das orangefarbene Licht und verbreiteten überall ein diffuses Leuchten, wodurch die Gesichter der Menschen aussahen, als hätten sie sich um ein Lagerfeuer gruppiert.

Viele der kleineren Gebäude schienen aus Ziegelsteinen erbaut zu sein, die entweder aus schwarzem Bimsstein gehauen oder aus Ton gebrannt waren, den man schwarz angestrichen hatte. Zwischen den größeren Bauten rundum wirkten sie wie Mietslums. Auf ihren flachen Dächern befanden sich Zelte und Wetterschutze, die aussahen wie eine Art erhöhte Barackensiedlung. Die imposantesten Gebäude waren jedoch noch mechanischer, als sie aus der Entfernung gewirkt hatten … ihre Mauern waren mit externen Kreislaufsystemen aus Rohrleitungen bedeckt, mit sich drehenden Uhrenzahnrädern, pumpenden Kolben und laufenden Transportbändern, die sich in tiefen Furchen in der rostigen Haut der verrußten schwarzen Gebäude bewegten. All das erfüllte allem Anschein nach nicht den geringsten Zweck.

Dort standen aber nicht nur mehrere gigantische Türme, die dem Empire State Building Konkurrenz gemacht hätten, sondern auch diverse Gebäude, die nicht nur gewaltig hoch, sondern schlicht und einfach gewaltig waren und mehrere Blocks einnahmen. Eines dieser Gebäude fiel mir besonders auf, denn es schien nicht ein einziges Fenster zu besitzen. Die meisten Türme hatten dieselben Fensterreihen wie irdische Wolkenkratzer, wobei einige von ihnen beleuchtet, andere dunkel waren, bei manchen das Glas intakt, bei anderen wiederum zerbrochen war. Viele von ihnen hatte man mit Brettern zugenagelt.

Aus Oblivion drang Lärm zu uns, aber es war nicht der übliche Lärm der Autos und Hupen, den ich aus normalen Städten kannte. Er bestand aus einer Vielzahl von Stimmen, knirschenden und klappernden Maschinen und dem zischenden Dampf, der aus den Ziegelschornsteinen und seltsamen Lüftungen und Gittern in den Rümpfen der Gebäude emporstieg. Oblivion wirkte wie eine gigantische Fabrik, die sich eifrig selbst herstellte.

Die gesamte Stadt umgab eine Mauer, die etwa vier Stockwerke hoch war und aus riesigen Eisenplatten bestand, die auf unmögliche Weise zusammengelötet und -geschweißt waren. Die Nähte sahen auf den dicken schwarzen Blechen aus wie silberne Narben. Hinter der Mauer erhob sich eine Art Raffinerie, und daneben ein riesiger Berg aus glitzernder Kohle. Und Bauwerke, die ebenso gut Kirchtürme wie Minarette sein konnten, mit vielschichtigen, reich verzierten Außenflächen. Auf verschiedenen Dächern drehten sich riesige Ventilatoren, möglicherweise Windräder, die Strom erzeugten. Auf anderen ruhten Wassertanks. Viele der hohen Gebäude waren durch Laufstege miteinander verbunden. Alles sah grässlich überfüllt und zusammengeflickt aus, so als habe man eine Stadt wie New York auf ihre halbe Länge und Breite gequetscht.

Die Mauer, die Oblivion einschloss, hatte die Form eines Sechsecks, wobei sich an jeder Ecke ein schlanker Turm aus Metall erhob. Wie skelettartige eiserne Leuchttürme waren sie alle von einer orange leuchtenden Glühlampe gekrönt. Dann sah ich, dass eine fahrstuhlartige Vorrichtung in einem dieser Nadeltürme eine illuminierte Kugel in Richtung seiner gegenwärtig unbeleuchteten Spitze transportierte. Mir wurde klar, dass es sich bei der Kugel um die buddhagesichtige Kürbislaterne handelte, die ich in der Kutsche gesehen hatte.

»Was ist das für ein Wesen?«, fragte ich die Inderin und zeigte darauf.

»Ein Aufseher.«

»Dann … überwachen sie die Stadt?«

»Ja. Mehr oder weniger.«

»Und wo ist der da hingegangen?«

»Er ist nicht gegangen. Er kommt gerade. Er muss wohl einen ersetzen, dessen Ende gekommen ist. Manchmal werden die Aufseher krank … leuchten schwächer, werden schwarz und sterben. Manchmal werden sie auch von den Verdammten getötet, weil man das Öl in ihren Körpern auch für Lampen benutzen kann.«

Ah! Ich erinnerte mich wieder an die geheimnisvolle Lampe, die Caroline und ich in Caldera benutzt hatten.

»Und woher kommt dann dieser hier?«

»Er wurde vermutlich in der Stadt Tartarus geboren. Dorther stammen die meisten Dämonen in dieser Gegend.«

»Bist du je dort gewesen?«

Die Frau drehte sich mit unbeschreiblichem Entsetzen in den Augen zu mir um. »Dort gewesen? Niemand geht jemals dorthin! Nicht freiwillig …«

Wir hatten die mächtigen Tore der Stadt beinahe erreicht. Sie verliefen auf Schienen, damit sie sich zuschieben und verriegeln ließen, um die Stadt abzusperren. Ich fragte meine Begleiterin, wem die Stadt wohl den Zugang würde versperren wollen.

»Manchmal kommen Engel hierher und belagern die eine oder andere Stadt. Kriegsspiele, zu ihrer Unterhaltung. Sie erwarten, dass wir und sogar die Dämonen ihnen einen anständigen Kampf liefern.«

Die Völkerwanderung in die Stadt verursachte eine Blockade am Eingangstor, sodass die Menschenkette nur langsam hindurchtröpfelte. Am Tor standen mehrere Dämonen Wache, die die Menschen in der Menge mit längeren Versionen jenes Metallspeers anstießen, wie auch ich einen bei mir trug, und sie so durch das Tor hinein- oder hinausleiteten. Ich erkannte, dass diese Dämonen derjenigen, die ich gerettet hatte, sehr ähnlich waren – sehr menschlich, sehr weiß, mit gezackten drachenartigen Flügeln. Von all den Teufeln, die ich bislang in der Hölle gesehen hatte, waren sie die einzigen, die mich an Dorés Illustrationen für Dantes *Göttliche Komödie* erinnerten – an deren wunderschöne muskulöse Körper, nur ohne die Hörner und Schwänze. Außerdem hatte ich angenommen, die Dämonin, die ich gerettet hatte, sei von ihren Peinigern entblößt worden, aber nun sah ich, dass auch diese vier männlichen Exemplare nackt umherliefen.

Einer der Dämonen stach einen Mann mit dem scharfen Ende der Lanze in den Hintern. »Beweg dich, du Schwein! Du blockierst den Verkehr!« Er ließ ein bellendes Lachen vernehmen.

Auch sein Kompagnon lachte, bis er sich mit einem Mal umdrehte – und *mich* anstarrte. Sein Blick wirkte wachsam, so als erkenne er mich wieder, und scheinbar gefiel ihm nicht, was er sah. Er schob sich durch die Menge auf mich zu.

»Was?«, wollte sein Freund wissen.

»Riechst du das nicht, Vetis?«, knurrte er. »Dämonenblut … an dem da!«

Es war der Speer in meiner Hand, wie mir mit Entsetzen bewusst wurde. Ich wollte ihn von mir werfen, aber es war bereits zu spät. Ich sah, wie die Inderin sich vor mir zwischen zwei Leuten durchquetschte, um sich von mir zu distanzieren. Ich nahm es ihr nicht übel.

»Warte«, sagte ich und stand wie angewurzelt da, während sich die anderen Seelen unbehaglich an mir vorbeidrängten und den Blick abwandten. »Hör mir zu …«

Der erste Dämon, der mich erreichte, riss mir den Eisenstab aus der Hand und hielt ihn sich unter die Nase. Der andere, der Vetis hieß, kam zu uns herüber, packte mich an den Haaren und schob mir die blutige Spitze seines Speers unter die Nase. Ich stöhnte auf, als sie mir die Haut aufriss.

»Es ist weibliches Blut«, grunzte der Erste. »Es ist Charas Blut!«

»Das muss einer von denen sein, die sie angegriffen haben … die sie verletzt haben«, knurrte Vetis. Ich spürte, wie die Spitze der Lanze meine Haut durchbohrte und Blut in einem dünnen Rinnsal meine Kehle hinunterfloss.

»Chara«, gurgelte ich verzweifelt. »Ist das die, die man an einen Baum genagelt hat?«

»Ah, dann gibst du es also zu!«

»Nein – ich bin der, der sie befreit hat! Ich habe diesen Stab aus ihrem Bauch gezogen!«

»Chara hat nichts davon erzählt, dass irgendein Wurm sie befreit hätte.«

»Hat sie nicht? Hat sie denn nicht erzählt, wie sie freigekommen ist? Das war ich … ich habe ihr geholfen! Fragt sie doch!«

»Wir werden dich zu ihr bringen, du Wurm. Und wenn sie

dich als einen ihrer Vergewaltiger identifiziert, dann wirst du leiden, wie noch nie zuvor in der Geschichte der Hölle eine Seele gelitten hat.«

»Dann bringt mich zu ihr … bitte!«

Und so bekam ich meine ganz persönliche Eskorte durch das Tor von Oblivion.

Vierzigster Tag

Ich habe die Nacht in dieser Zelle mit niedriger Decke und steinernen Mörtelwänden verbracht und, glaube ich zumindest, sogar ein paar Stunden auf dem Betonboden geschlafen. Nachdem sie mich auf Waffen durchsucht hatten, erlaubten meine Fänger mir, meinen Organbeutel mit diesem Buch und meinen Ersatzklamotten aus Caldera zu behalten. So hatte ich wenigstens die Möglichkeit, meine Reise nach und meine Ankunft in Oblivion niederzuschreiben.

Mein einziger Zellengenosse muss entweder geisteskrank oder in den Wahnsinn getrieben worden sein. Außerdem wurde er schwer verwundet … aber er hat sich – und etwas Vergleichbares habe ich wirklich noch nie gesehen – auf äußerst merkwürdige Weise regeneriert. Eigentlich ist er eher mutiert: Sein Kopf gleicht einer unbeschreiblichen, gequälten Blume aus Fleisch, wobei sein deformierter Schädel von einer Reihe gekräuselter, afterartiger Löcher umringt wird und sein Gehirn in kleinen, trockenen grauen Gewebstropfen aus diesen Öffnungen baumelt. Vielleicht wurde sein Heilungsprozess durch seine Geisteskrankheit ja irgendwie verzerrt. Er sitzt in einer Ecke, drückt seine Knie ganz fest an seine knochige Brust, den Kopf nach hinten gegen die Steinwand gelehnt, und flüstert immerfort eine Reihe von Zahlen, die ebenso gut mathematische Gleichungen wie vollkommen willkürlich sein könnten.

Es ist überraschend kühl hier drin, was ich als sehr erfrischend empfinde, obwohl man mir – wenig überraschend – weder

Essen noch Wasser noch eine Decke gegeben hat. Hinter den verrosteten Gitterstäben meiner Zelle kann ich einen düsteren Korridor erkennen, und hin und wieder höre ich das Echo kreischender Schreie, durchdringendes Geheul oder das Weinen eines Babys widerhallen. Darunter mischt sich das gedämpfte Knarren und Schleifen großer rotierender Zahnräder.

An der Wand über mir befinden sich, genau wie die Steine in das gemörtelte Mauerwerk eingefügt, zwei Kugeln, die eine gurgelnde, milchig-weiße Flüssigkeit enthalten. Ich habe die Kugeln angefasst, und sie fühlen sich irgendwie fleischig und elastisch an. Die Flüssigkeit leuchtet nicht, sodass mir ihre Funktion zunächst nicht ganz klar war. Sie erinnern mich an eine organische Eigenart Oblivions, die erst wirklich sichtbar wurde, als ich mich innerhalb der Stadtmauern befand: Unter die externen Leitungen, Rohre, Zahnräder und zahlreichen Einzelteile, aus denen die aufwendigen Außenskelette der Gebäude Oblivions bestehen, mischen sich hin und wieder auch gräuliche Kugeln, die aussehen wie riesige blinde Augen oder kranke Organe … an verschiedenen Stellen zweigen Rohrleitungen wie gigantische schwarze Adern in Schlangenlinien von ihnen ab … Zum Teil scheinen sie eher aus verkohlten schwarzen Knochen als aus Metall zu bestehen, auch wenn diese Knochen keiner mir bekannten Kreatur gehören können … aber vielleicht sind sie ja ausdrücklich für diese Zwecke gewachsen.

Ich frage mich, ob diese Gebäude wohl am Leben sind – wenn auch nur auf sehr primitive Weise. Jedes von ihnen ist vielleicht ein halb empfindsamer Dämon, in dem die Verdammten wie Parasiten leben.

Ich habe dieses Buch in meinen Schoß gelegt und seinen Ledereinband so lange gestreichelt, bis das schlummernde Auge in seiner Mitte erwachte. Wie schon so viele Male zuvor, redete ich beruhigend darauf ein. Das einsame blaue Auge schien sich auf meinen Mund zu fokussieren, und in dem Moment kam mir endlich der Gedanke, dass es möglicherweise in der Lage war, meine Lippen zu lesen, wenn ich langsam sprach und meine Worte besonders deutlich betonte.

»Kannst du verstehen, was ich sage?«, fragte ich es. »Wenn ja, dann blinzle zweimal.«

Das Auge blinzelte nicht. Ich änderte meine Taktik, riss eine Seite aus dem Buch, schrieb einen Satz darauf und hielt sie direkt vor den Einband: »Wenn du das lesen kannst, blinzle zweimal.«

Das Auge blinzelte zweimal. Mir war klar gewesen, dass das Buch meine Anwesenheit wahrnahm, aber ich hatte nie wirklich einschätzen können, welcher Intellekt sich noch dahinter verbarg. Ich hatte die ganze Zeit über einen stummen Begleiter mit mir herumgetragen. Ich fühlte mich mit einem Mal weniger einsam und schrieb eifrig: »Ich wüsste gern deinen Namen. Ich schreibe dir jetzt das Alphabet auf. Blinzle zweimal, wenn ich den ersten Buchstaben deines Vornamens erreiche, dann beim zweiten Buchstaben usw.«

Es war ein recht zeitaufwendiges Unterfangen, aber schließlich hatte ich den Namen der Seele buchstabiert, die als Einband dieses Buches gefangen ist und sich deshalb nicht mehr regenerieren kann. Der Gefangene teilte mir mit, sein Name sei Frank Lyre.

»Was müsst ihr doch für Verbrecher sein, dass sie euch in einem Buch gefangen halten, während wir anderen uns frei bewegen können? Ich schreibe noch mal das Alphabet auf. Blinzle zweimal, wenn wir den Buchstaben des ersten Wortes erreichen, das du sagen möchtest.«

Die Antwort, die ich so aufwendig dechiffrierte, lautete: »Schriftsteller, die den Schöpfer verärgert haben.«

»Ich hab mir schon gedacht, dass es etwas in dieser Art sein muss«, schrieb ich dem Auge zurück. »Ich wollte selbst Schriftsteller werden. Romanautor. Aber ich fürchte, ich hatte kein Glück.«

»Besser so«, bekam ich zur Antwort. »Wärst sonst vielleicht wie ich.«

»Werden sie dich je wieder freilassen?«, fragte ich.

»Weiß nicht.«

»Was würde passieren, wenn ich dein Auge aus diesem Einband holte? Würdest du dich dann regenerieren? Obwohl, das Leder ist ja auch ein Teil von dir. Wenn ich den Einband abreißen und verbrennen würde, könntest du dich dann endlich vollkommen wiederherstellen?«

»Weiß nicht«, wiederholte Lyre.

»Vielleicht würdest du dich auch nur als dieser Einband regenerieren«, überlegte ich laut, »als ein Hautfetzen mit einem Auge in der Mitte.« Ich wechselte das Thema und schrieb Lyre: »Weißt du, ob schon mal irgendwann jemand aus der Hölle geflohen ist?«

»Nein.«

»Denkst du, dass es zumindest möglich ist, den Lebenden da draußen eine Nachricht zu senden? Um sie zu warnen, sie vorzubereiten? Irgendetwas wie dieses Buch hier. Ist es möglich, einen Gegenstand nach draußen zu schmuggeln?«

»Glaub nicht.«

»Ich möchte es herausfinden«, erwiderte ich. »Ich möchte versuchen, dieses Buch zu mir nach Hause zu schicken. Vielleicht funktioniert es ja, wenn ich den Einband abreiße, schließlich steckt in dem ja deine Seele. Vielleicht finde ich ja irgendwie einen Weg, nur diese leblosen Seiten hinauszuschicken.«

»Weiß nicht«, sagte mein lebendiges Tagebuch erneut.

Seitdem sind Stunden vergangen. Ich hatte angenommen, sie würden die Dämonin Chara schnellstens zu mir bringen, damit sie nach mir sah. Ich vermutete daher, dass sie sich noch immer von ihren Qualen erholte. Ich fragte mich auch, ob sie Caroline wohl eingeholt hatte, bevor sie Oblivion erreichte. Aber was machte das letzten Endes schon für einen Unterschied? Caroline war dazu bestimmt, im Laufe der Ewigkeit von vielen Dämonen traktiert und verstümmelt zu werden – einer war so gut wie der andere.

Ich umfasste die rauen Gitterstäbe meiner Zelle und quetschte mein Gesicht zwischen zweien hindurch, um einen Blick in den schummrig beleuchteten Korridor dahinter zu werfen. Sporadisch leuchteten nackte Glühbirnen in kleinen Metallkäfigen, die selbst wie Miniaturzellen aussahen. Es gab noch mehr Zellen wie meine. Die, die meiner direkt gegenüber lag, war in völliger Dunkelheit versunken, sodass ich nicht erkennen konnte, ob sie ebenfalls bewohnt war. Ich bildete mir allerdings ein, das schwache Rascheln einer Bewegung darin zu vernehmen. Dann veranlasste mich ein rauschendes Gurgeln, meinen Blick in Richtung der niedrigen Decke zu wenden. Entlang der Decke verlief eine dicke Rohrleitung, organisch und durchsichtig. Durch die Leitung floss eine dunkle Flüssigkeit, in der allem Anschein nach auch Abfallklumpen schwammen. Es handelte sich jedoch nicht um eine Abwasserleitung: Die Flüssigkeit war rot, und die Klumpen bestanden aus Innereien, Eingeweiden und Stücken von rohem Fleisch. Es war, als lauschte man einem Zug, der durch die Nacht fährt, und als der Kloakenstrom vorbeigerauscht war, sah ich, dass in dem venenartigen Rohr, dessen Innenseite nun von roten Perlen übersät war, auch ein paar verirrte Bröckchen des abgetrennten Fleisches zurückgeblieben waren.

»Das kommt aus der Folterfabrik«, kicherte der unsichtbare Insasse der Zelle gegenüber, den mein misstrauischer, nach oben gerichteter Blick allem Anschein nach amüsierte. »Da gehen auch wir hin. Du und ich.«

»Du vielleicht«, erwiderte ich. »Ich nicht.«

»Ha! Verstehe … dein Anwalt holt dich hier raus, wie? Neue Beweise in letzter Minute?« Die Gestalt eines Mannes in zerlumpten Kleidern tauchte aus der Dunkelheit auf und grinste mich zwischen die Gitterstäbe hindurch an. »Vielleicht verwandeln sie dich ja auch in ein Buch«, fuhr er fort und deutete mit einem Nicken auf das Buch, das hinter mir auf dem Boden lag. »Das da haben sie dort auch gemacht.« Wieder ein Kichern. »Du hast immer noch dein Buch … das ist lustig. Was machst du damit? Arbeitest du an deiner Doktorarbeit? Hättest du gerne nen Titel?«

»Hey … sind wir hier denn nicht auf derselben Seite?«

»Seite?«

»Vergiss es. Also … du sagst, sie machen diese Bücher in den Folterfabriken?«

»Ja. Ich hab gesehen, wo sie sie herstellen. Ich hab mal in einer Druckerei gearbeitet, deshalb war das ziemlich interessant. Zuzusehen, wie sie sie binden und all das.« Er schnaubte. »Das wird mein drittes Mal in einer Folterfabrik. Ich lass mir von diesen Arschlöchern nichts gefallen. Es ist mir egal. Ich beuge mich denen bestimmt nicht.«

»Hast du denn keine Angst?«

»Klar hab ich Angst. Denkst du, ich bin verrückt? Aber alles, was mir hier noch geblieben ist, ist mein Stolz. Wenn ich den verliere, gewinnen die. Die können mich nicht brechen. Ich muss es ihnen allen zeigen … ich muss es dem Big Boss zeigen … dass ich immer noch eine eigene Persönlichkeit bin. Ich habe meinen Willen noch. Sie können diesen falschen Körper von mir aus komplett auseinanderreißen und mich den Abfluss runterspülen, aber sie können nicht zerstören, wer ich bin. Verstehst du? So können wir gewinnen. Wenn man es so betrachtet, gewinnen wir am Ende jedes Mal.«

»Ich verstehe, was du meinst. Trotzdem möchte ich die Dinge für mich so leicht wie möglich machen. Ich habe Angst vor den Schmerzen.«

»Darauf zählen sie. Das macht ihnen Spaß. Du kannst dich von deiner Angst nicht überwältigen lassen, ganz egal, was passiert. Manche Leute werden vor lauter Schmerzen und Angst total verrückt. Andere verwandeln sich in gefühllose Roboter, lassen sich einfach irgendwo wie ein Stein fallen und bleiben dort liegen. Wie im Koma. Tu das bloß nicht – wenn sie dich so finden, sammeln sie dich ein und stellen ein paar richtig extreme Sachen mit dir an, um deine Aufmerksamkeit zurückzugewinnen.

»Weißt du, was mein Zellengenosse gemacht hat?«

»Er ist Autist.«

»Und deswegen ist er in der Hölle?«

»Wenn er nicht genug begriff, um den Sohn anzuerkennen, dann wird er dafür bestraft.«

»Das ist einfach nicht fair«, zischte ich und warf erneut einen Blick auf meinen Zellengenossen, der noch immer seine endlosen Zahlenreihen vor sich hin murmelte. Vielleicht zählte er ja die Tage, die wir hier verbringen würden, die Stunden der Ewigkeit.

»Fair? Oh Mann, du bist eine Höllenjungfrau, oder?«

Während ich meinen Zellengenossen betrachtete, der in seiner Ecke hockte, erregten die blubbernden fleischigen Kugeln, die in die Wand eingelassen waren, erneut meine Aufmerksamkeit. In beiden schwamm jeweils ein unnatürlich großes Auge, aber möglicherweise wurden sie durch die milchige Flüssigkeit im Inneren der Kugeln auch nur optisch vergrößert. Die Augen blinzelten. Als sie bemerkten, dass ich sie gesehen hatte, zogen sie sich zurück … sie wurden unscharf und verschwanden schließlich ganz. Waren die Kugeln vielleicht eine Art Beobachtungsgeräte, mit deren Hilfe meine Fänger mich aus der Entfernung überwachen konnten?

Die Augen selbst waren mir irgendwie vertraut vorgekommen. Länglich und luchsartig, mit stark geschlitzten Lidern. Und einer grauen Iris.

Ich könnte schwören, dass es die Augen der Dämonin Chara waren.

Einundvierzigster Tag

Heute wurde ich vom Knarren meiner sich öffnenden Zellentür geweckt. Erschrocken blickte ich vom Boden auf und sah einen attraktiven, nackten Dämon auf der Schwelle stehen, die Flügel auf dem Rücken gefaltet.

»Steh auf«, befahl er mir. »Du darfst gehen.«

»Gehen? Ich dachte, Chara würde kommen, um mich zu identifizieren …«

»Sie hat dich identifiziert. Du warst keiner ihrer Angreifer. Sie hat bestätigt, dass du ihr geholfen hast. Genau, wie du behauptet hast.« Er deutete auf den Korridor hinter sich. »Deshalb kannst du gehen.«

Ich rappelte mich auf, hob meinen Büchersack auf, warf einen letzten Blick auf meinen bemitleidenswerten Zellengenossen, der in seiner Ecke noch immer Zahlen herunterbetete, und folgte dem Dämon dann in den Korridor.

Ich schaute in die Zelle gegenüber. Sie war dunkel, aber ich spürte, dass sie inzwischen leer war. Während ich geschlafen hatte, hatte man ihren Insassen zur Folterfabrik abtransportiert.

Als ich neben meinem statuenhaften Wärter den Gang entlangging, wurde mir bewusst, dass es tatsächlich Chara gewesen sein musste, die mich durch dieses organische Ding in der Wand beobachtet hatte. Seltsamerweise verspürte ich eine gewisse Enttäuschung darüber, dass sie mich auf diese Weise identifiziert hatte. Aus der Ferne. Ich musste mir eingestehen, dass ich ihren Besuch in meiner Zelle nicht nur aufgrund meines Freiheitswunsches herbeigesehnt hatte. Ich wollte sie noch einmal persönlich treffen …

Verrückt, sagte ich zu mir selbst. Du wirst langsam verrückt.

»Weißt du, wo ich hingehen kann, um mir diesen Pfeil aus der Schulter entfernen zu lassen?«, fragte ich den Dämon im Gehen. »Er ist …«

Der Wärter sah zu mir herüber, blieb stehen, umschloss den Armbrustbolzen mit seiner Faust und riss ihn mir aus dem Körper.

Ich fiel auf die Knie. Einige Augenblicke lang war mir schwarz vor Augen, während frisches Blut aus der aufgerissenen Wunde über meinen Rücken strömte. Mit seiner freien Hand – in der anderen hielt er noch immer den Pfeil – packte mich der Dämon am Ellbogen und hob mich wieder auf die Beine …

er stützte mich, während wir weitergingen. Auch wenn seine medizinische Hilfe und sein Griff eher rauer Natur waren, spürte ich, dass in seinem Verhalten auch Erbarmen lag. Was ich für Chara getan hatte, wurde zumindest teilweise gewürdigt.

Wir traten durch maurische Torbögen in immer neue Korridore. Einige waren mit weiteren Zellen, andere nur mit feuchtkalten, schmutzigen Steinen gesäumt. Nachdem wir mehrere Zimmer passiert hatten, die ich für Büros hielt, auch wenn ihre schwarzen Metalltüren geschlossen waren, erreichten wir die äußeren Mauern des Gefängnisses. Hier wurden die Korridore allmählich sauberer und bestanden aus glänzenden Obsidian-Blöcken, die wie Ziegel miteinander vermauert waren. Schließlich blieben wir vor einer der geschlossenen Eisentüren stehen. Der Wärter öffnete sie und schob mich in den Raum.

Hinter einem Schreibtisch, der ebenfalls aus zusammengenagelten schwarzen Eisenplatten bestand, saß einer dieser skelettartigen Dämonen mit den glühenden Augen. Sein mächtig geschwollener Kopf sah aus wie ein zum Platzen verdammter Ballon – er gehörte zur Gattung jener Dämonen, an denen auch die Neuankömmlinge vorbeigeschleust werden, wenn sie frisch in der Hölle eintreffen. Ohne ein Wort sah das leichenhafte Wesen mich an – für einen Moment schien es direkt in mein Gehirn zu starren, dann nickte es dem Wärter zu. Damit war die Sache erledigt, was auch immer die Sache gewesen war. Wir verließen das Zimmer wieder, der Wärter schloss die schwere Tür hinter sich und schon eine Minute später schob er mich aus dem Vordereingang in die Freiheit Oblivions.

Da ich bei meiner Ankunft in der Stadt sofort verhaftet worden war, gewann ich nun zum ersten Mal einen richtigen Eindruck vom Leben innerhalb ihrer Mauern.

Während ich eine breite Treppe aus schwarzem Marmor hinunterstolperte, schaute ich zurück auf das bedrohlich aufragende Gefängnis. Es war zwar ungeheuer weitläufig und hoch, aber ich hatte durchaus schon größere Gebäude gesehen

– ich nahm daher an, dass sich der Großteil unter der Erde befand. Eine Reihe durchsichtiger Adern unterschiedlicher Dicke – ähnlich wie diejenigen, die sich auch in einigen Gefängniskorridoren an der Decke entlangschlängelten – trat an einer Seite des Gefängnisses hervor und verband es mit einem noch höheren Gebäude nebenan. Ich sah zu, wie eine Mischung aus Blut und einer breiigen Masse durch eines dieser Verbindungsrohre gespült wurde. Bei dem Nachbargebäude musste es sich um die Folterfabrik handeln. Auf ihrem flachen Dach ragten vor dem grellen Rot, Gelb und Orange des Lavahimmels zwei Ziegelschornsteine auf, aus denen schwarzer Rauch quoll, der die Luft mit dem widerlichen Gestank brennenden Fleisches erfüllte.

Die Straße war sehr breit und mit Kopfsteinpflaster ausgelegt, und in ihrer Mitte verliefen zwei weit auseinanderliegende Schienenstränge, die aussahen wie die einer Straßenbahn – allerdings fuhren nirgendwo auf der Straße Kraftfahrzeuge. Verfügte Oblivion etwa über ein öffentliches Nahverkehrsnetz?

Ich bog um die Ecke des Häuserblocks und fand mich auf einer viel schmaleren Straße wieder, die hauptsächlich von ziemlich kleinen Wohnhäusern aus schwarzen Ziegelsteinen gesäumt war. Es überraschte mich, im Erdgeschoss der Häuser zahlreiche Ladenlokale zu sehen, die zwischen den schwarzen Fassaden hell leuchteten. Der einladende Geruch aus einer Bäckerei überdeckte die üble, schmutzige Luft beinahe. Außerdem entdeckte ich mehrere Bekleidungsläden. Während ich weitertrottete – meine eigene Kleidung noch immer nass vom Blut, obwohl meine Wunde sich bereits wieder zu schließen begann –, würdigte mich niemand eines weiteren Blickes.

Zwei Jungen im Teenageralter radelten auf klapprigen, schrecklich quietschenden Fahrrädern an mir vorbei. Vor mir zog eine alte Frau eine wackelige, mit Lebensmitteln beladene Karre über den Gehweg. Als er auf gleicher Höhe mit ihr war, langte einer der vorbeiradelnden Jungen hinunter und schnappte sich einen Sack von ihrem Wagen. Sie schrie auf und ich brüllte: »Hey!«, aber die Jungen bogen bereits mit triumphierendem Geheul um die nächste Kurve.

Von etwa jedem fünften Gebäude spannte sich ein Drahtseil über die Straße, und an diesen Drahtseilen hingen reihenweise kopflose Skelette – wie Wäsche auf einer Leine, vollkommen schwarz, so als seien sie verkohlt, ihre Gliedmaßen mit Drähten zusammengebunden. Sie wirkten beinahe wie ausgestellte Bastelarbeiten in einem Klassenzimmer. In der Brise schaukelten sie leicht hin und her und klapperten sanft gegeneinander, wie Windspiele aus Bambus. Den Menschen wuchsen zwar, wie auch in Carolines Fall, neue Körper nach, wenn sie geköpft wurden, der kopflose Körper verrottete jedoch einfach. Trotzdem war dies das erste Mal, dass ich menschliche Knochen in der Hölle sah. Ich hatte keinen Zweifel daran, dass die Stadt diese makabren Dekorationen der Folterfabrik zu verdanken hatte, die sich eine Straße weiter befand. Möglicherweise kennzeichnete Oblivion so seine äußeren Grenzen.

Über der nächsten überfüllten Straße, in der ich mich wiederfand, schaukelten hingegen keine Skelette. Sie glich eher einem bescheidenen Marktplatz: zusammengefaltete, auf Tischen ausgelegte Kleidung, an Haken hängende Töpfe und Pfannen, in düsteren Farben glasierte Töpferwaren, Seifen und Kerzen. Was Nahrung anging, so war die Auswahl ziemlich gering: Die meisten Händler boten körbeweise die typischen weißen Kürbisse an, während einige Badewannen mit Eis gefüllt hatten und jene Krebse darin präsentierten, von denen es auch auf der Vulkanebene vor Caldera gewimmelt hatte. Außerdem standen einige in Salz geräucherte, aalartige Viecher zur Auswahl, die genauso widerlich aussahen wie Tiefseefische und an einem schmuddeligen Stand an ihren Schwänzen aufgehängt waren. Sie hatten keine Augen, aber aus ihren hervorstehenden Kiefern quollen unzählige Reißzähne. Ich deutete darauf und sprach eine in Schwarz gehüllte Muslima an, die in der Warteschlange stand, um etwas zu kaufen.

»Ist hier irgendwo ein Ozean oder ein größeres Gewässer in der Nähe?«

»Hier in der Nähe ist das Rote Meer. Aber diese Fische kommen nicht aus dem Meer.«

»Woher kommen sie dann?«

Ihre schwarzen Augen – das Einzige, was von ihr sichtbar war – verengten sich angespannt, und in ihrer Stimme lag etwas sehr Geheimnisvolles und Ernsthaftes. »Man findet sie hauptsächlich im Tal des Dampfes. Sie schwimmen durch die Luft ... und wenn sich genügend von ihnen versammelt haben, können sie einen Menschen unglaublich schnell vertilgen und ihn immer wieder auffressen, bevor er seinen Körper vollständig regenerieren kann. Wer von ihnen angegriffen wird, braucht manchmal Monate, um weit genug aus dem Tal hinauszukriechen und sich wieder komplett zu regenerieren.«

Ich nickte. »Äh, danke. Tja ... ich schätze, dann ist es nur fair, wenn wir sie auch essen, oder?«

»Sie schmecken ganz gut«, versicherte sie mir.

Ich schlenderte weiter und betrachtete die essbaren Waren des Marktes. Ich sah dicke Leinensäcke und große Webkörbe, die mit einer Art Getreide gefüllt waren, aus dem, wie ich annahm, auch das Brot der Stadt gebacken wurde – wenigstens dieses Zeug schien in rauen Mengen vorhanden zu sein. Hier und da standen diverse Holzschalen voller knorriger Wurzeln, die aussahen wie die missgebildeten, geschwollenen Hände alter Frauen. Ansonsten gab es nicht viel zu sehen, was darauf hinwies, dass nicht allzu viele Lebensmittel ihren Weg in die Stadt fanden, obwohl Oblivion ein dicht besiedeltes Handelszentrum war.

Dann sah ich einen Mann mit einer blutgetränkten Schürze, der eine Schubkarre über den gepflasterten Gehweg schob, in der sich ein riesiges dunkelrotes Stück Fleisch befand, das mit Fett und Sehnen marmoriert war. Ich nahm an, dass es von einem der großen Tiere stammte, die den Urvölkern, Aborigines, amerikanischen Ureinwohnern und all den anderen

Völkern, die vor der Ankunft des Sohnes gelebt hatten, zur Verfügung standen, damit sie auch hier auf die Jagd nach Fleisch und Fell gehen konnten. Dieser geschlachtete Kadaver hatte jedoch etwas verstörend Menschenähnliches an sich. Mein Blick huschte zu der Tür hinüber, aus der der Mann mit der Schürze vor wenigen Augenblicken getreten war und die ihm ein ähnlich blutiger Assistent aufgehalten hatte.

Im Schaufenster des Ladens hingen die kopf-, arm- und beinlosen Torsos dreier hölzerner Schaufensterpuppen an Haken. Auf jede Puppe war ein Wort geschrieben: WALSH'S. ZARTES. FLEISCH.

»Oh … nein«, murmelte ich leise und schob mich näher an das erleuchtete Schaufenster heran, auch wenn ich mich noch nicht dazu überwinden konnte, den Laden auch zu betreten. Ich legte einem Mann, der sich der Türschwelle näherte, die Hand auf den Arm.

»Sind das … Verkaufen die da drinnen Menschenfleisch?«

»Neu?«

»Ich? Ja, ziemlich.«

Er lächelte. »Gutes Fleisch ist in der Hölle rar.«

»Aber andere Menschen zu essen! Andere Menschen zu töten! Quälen die Dämonen uns denn nicht schon genug, ohne dass wir uns gegenseitig so etwas antun?«, ereiferte ich mich.

Der Mann hielt seine feisten Hände in die Höhe. Er war stämmig, hatte einen dicken Hals und sah aus, als habe er zu Lebzeiten das eine oder andere Steak genossen. »Hey, hey … beruhig dich wieder … Vielleicht gibt's auch Metzger, die sich ihr Fleisch nicht von freiwilligen Opfern holen, aber Walsh tut so etwas nicht. Alle seine Waren wurden freiwillig abgegeben. Er bezahlt gutes Geld dafür.«

»Du meinst … die Leute verkaufen ihre eigenen Körper?«

»Sicher. Warum auch nicht? Sich den Kopf abhacken zu lassen, ist zwar beileibe kein Zuckerschlecken«, er hob die Schultern, »aber der Körper wächst ja wieder nach, nicht wahr? Und wenn man wirklich verzweifelt Geld braucht, ist

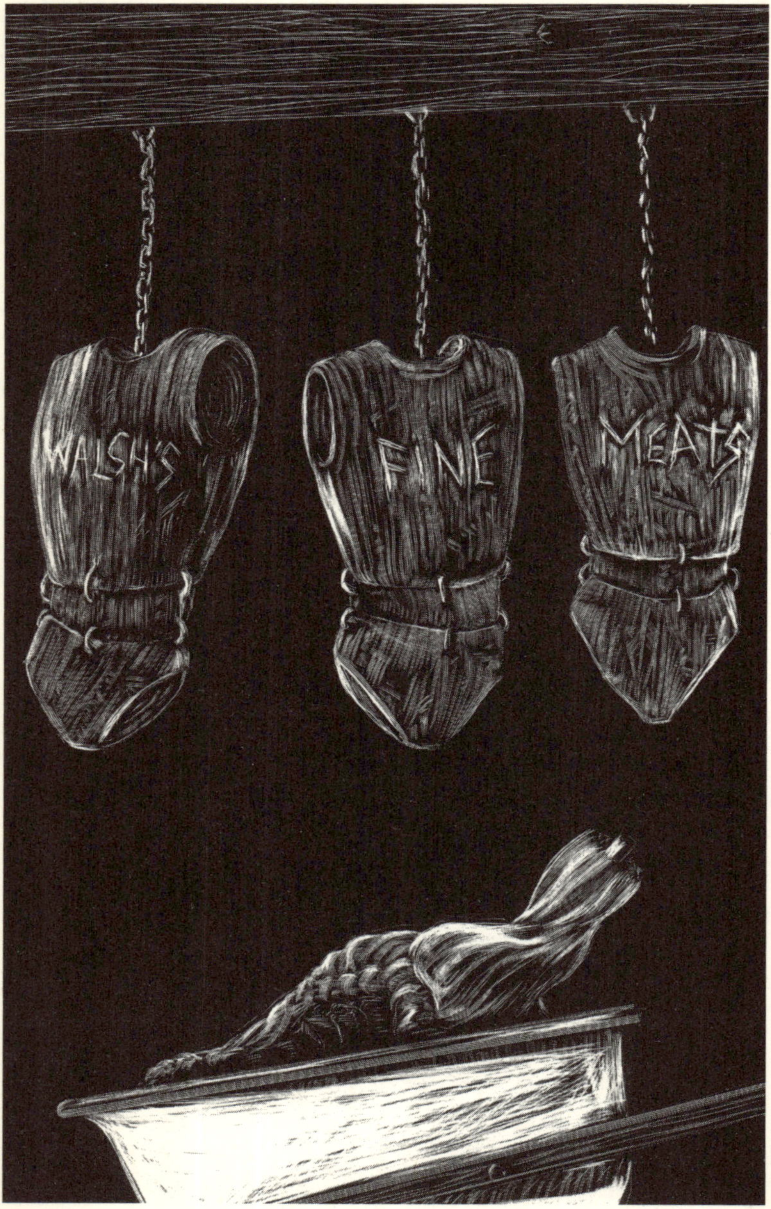
WALSH'S
FINE
MEATS

das eine gute Möglichkeit, sich ein nettes Sümmchen zu verdienen.«

»Das ist verrückt! Ich kann nicht glauben, dass irgendjemand sich so erniedrigen und seinen Körper verkaufen würde ... geschweige denn, den Körper eines anderen Menschen essen würde!«

»Hey, wir tun eben, was wir tun müssen.«

»Aber wir *müssen* nicht essen, um zu überleben!«

»Hier sind die Dinge ein wenig anders. Das wirst du noch feststellen, wenn du länger hier bist.«

»Siehst du nicht, dass wir unseren Stolz dringender brauchen als etwas zu essen?«

»Tun wir das? Warum? Wie dem auch sei«, er deutete mit dem Daumen auf den Laden, »es ist ja nicht wirklich Fleisch, oder? Es ist eine Illusion. Eine Kopie.« Er zwinkerte mir zu. »Und frisch vom Grill schmeckt es köstlich.« Und damit schob er sein eigenes massiges Fleisch durch die Ladentür.

Ich hielt meinen Kopf mit beiden Händen, ganz fest, weil ich beinahe fürchtete, die Verzweiflung meines Gewehrschusses könnte jeden Moment zurückkehren, und dann stolperte ich so schnell ich konnte die Straße hinunter. An der Straßenecke entdeckte ich eine Bäckerei, die einige ihrer Waren auch im Freien ausstellte: Körbe und Schalen voller Brötchen, Teilchen und Brotlaibe. Aus der Nähe rochen sie einfach himmlisch, und mein Magen rumorte so sehr, dass es wehtat. Ich machte die Frau, die hinter den Körben saß, auf mich aufmerksam.

»Ich möchte gerne etwas«, stammelte ich, »aber ich habe kein Geld. Würden Sie auch gegen irgendetwas tauschen?« Ich schwang meinen Büchersack von meiner Schulter und öffnete ihn. »Ich habe ein paar Klamotten ...«

Sie zuckte zusammen und entschuldigte sich aufrichtig: »Es tut mir leid, aber wir machen keine Tauschgeschäfte. Siehst du das Gebäude da unten? Mit dem Efeu?« Sie zeigte darauf und ich schaute hin. Über den Dächern der kleinen Ziegelhäuser des Wohnslums erhob sich ein kolossales Gebäude, das aus schwarzem Marmor zu bestehen schien und nur über wenige Fenster verfügte. Einige von ihnen wirkten wie Löcher in der violetten Efeudecke, die seine Fassade komplett bedeckte. »Das ist die Bank«, fuhr sie fort. »Dort nehmen sie Tauschwaren an. Die Kleidung akzeptieren sie vermutlich, wenn sie nicht zu schäbig ist.«

»Danke«, murmelte ich. Für einen flüchtigen Augenblick stellte ich mir vor, wie ich meinen Kopf auf einen Holzblock legte, während ein Mann in einer verkrusteten Schürze sein Hackmesser erhob. Wieso sollte Geld nicht auch in der Hölle von Bedeutung sein? Zu Lebzeiten war es für mich eine der tiefsten Sorgenquellen gewesen. Wie es aussah, musste ich mir einen Job suchen. Mir kamen, auch wenn ich mich bisher mit aller Gewalt gegen das Konzept gewehrt hatte, sofort wieder die Folterfabriken in den Sinn. Dies war der Grund, weshalb Bäckereien, Lebensmittelmärkte und ähnliche Annehmlichkeiten geduldet wurden: Wir mussten leiden und anderen Leid zufügen, um uns diese Dinge leisten zu können, wenn uns danach war.

Ja, ich hatte ein paar Klamotten, die ich eintauschen konnte … aber die Kleidung, die ich im Moment trug, war inzwischen völlig zerrissen, blutig und von Asche und Schweiß ganz schmutzig – ganz zu schweigen davon, dass sie bereits für diesen Mann auf dem Köpfe-Feld vor Caldera eine Quelle der Erheiterung gewesen war, da es sich dabei um die Uniform der Avernus-Universität handelte, die mich als offensichtlichen Neuling kennzeichnete. Ich beschloss, mir frische Kleider anzuziehen und nur das einzutauschen, was danach noch übrig blieb. Ich zwang mich, mir ins Gedächtnis zu rufen, dass ich nicht wirklich etwas essen musste, auch wenn mein Körper mir noch so vehement etwas anderes einreden wollte.

Die Gebäude in diesem Teil der Stadt standen so dicht aneinandergedrängt, dass sich zwischen ihnen nur sehr wenige Gassen befanden, aber schließlich fand ich doch noch eine, in die ich gerade so hineinpasste. Auch wenn die Dämonen hier nackt durch die Gegend spazierten und stolz ihre kraftvollen Körper präsentierten, war ich zu schüchtern, um mich mitten auf der Straße umzuziehen.

Auch der letzte kleine Winkel in der Gasse war mit Abfall, Glas- und Keramikscherben überfüllt. Ein alter Mann saß unter einem großen ausgemusterten Teppich, den er trotz der sommerlichen Wärme in den Straßen – möglicherweise eine Folge des Lavahimmels über uns – wie ein Zelt um sich gewickelt hatte, und blinzelte mich an. Nicht einmal in dieser winzigen Ecke gab es ein wenig Privatsphäre.

Ich schlüpfte in eine dunkelbraune Hose, die ein wenig sackartig an mir aussah, ein hellbraunes T-Shirt, ebenfalls etwas zu weit, und dazu saubere Socken und Unterwäsche. Der alte Mann streckte eine Hand aus seinem übel riechenden Nest – ich verstand, was er wollte, und reichte ihm meine alten Klamotten. Als ich wieder auf die Straße hinaustrat, fühlte ich mich zumindest ein wenig besser in meiner Haut. Schließlich musste ich annehmbar aussehen, wenn ich einen Job finden wollte. Annehmbar zu riechen lag für den Moment noch außerhalb meiner Möglichkeiten. Ich schwitzte zwar, aber wenigstens musste ich nicht auf die Toilette gehen, solange ich nichts aß.

Direkt vor mir kehrte eine Frau die Eingangstreppe eines großen Gebäudes und wirbelte dabei eine graue Wolke auf. Mir war inzwischen aufgefallen, dass hier sehr viel gekehrt wurde und dass sich zwischen den Pflastersteinen in den Straßen und Gassen jede Menge pudrige Asche ansammelte. Hier schien wirklich alles staubig zu sein, selbst die Einwohner. Ich fragte mich, ob Stürme wohl häufig vulkanische Asche in die Stadt wehten – vielleicht stammte sie ja sogar von dem Vulkanausbruch, den ich selbst miterlebt hatte.

Bevor ich mich jedoch auf die Suche nach einem Job begab, wollte ich mein Glück noch auf der Bank versuchen und machte mich auf den Weg in die entsprechende Richtung. Ich bog auf eine der selteneren breiteren Straßen ein, in deren

Mitte ebenfalls Schienen verliefen. Nach wie vor hatte ich jedoch weder eine Straßenbahn noch einen Zug gesehen.

Zwei Sphinxen aus schwarzem Marmor, die aussahen wie zweibeinige Löwen mit Adlerschwingen, wohlgeformten Frauenbrüsten und bloßen menschlichen Schädeln, flankierten den Torbogen am Vordereingang der Bank. Aus ihren geschorenen Marmorschädeln flackerten grell-violette Flammen empor. Als ich die gläsernen Ebenholzstufen hinaufstieg, fürchtete ich beinahe, einer dieser Giganten könnte zum Leben erwachen, mich packen und in seinen brennenden Schädel stopfen.

Das Innere der Bank schien hauptsächlich aus einem riesigen, hallenden Raum mit hoher Decke zu bestehen. Entlang der Wände reihten sich kleine offene Büros aneinander, und zahlreiche Menschen standen in Warteschlangen, um entweder an den Hauptschalter treten zu dürfen oder in einer der kleinen Kabinen an der Seite empfangen zu werden. Sämtliche Angestellte schienen verdammte Seelen zu sein, und nur die Eingangstür wurde von zwei nackten Dämonenkriegern flankiert, die nichts als ein Schwert in einer Scheide und einen langen Speer trugen. Je ein weiterer dieser Dämonen stand an den beiden Enden des langen Hauptschalters. Von der Decke hing eine Art riesiger schwarzer Vogelkäfig, in dem – wie eine eingesperrte Sonne – eine etwas kleinere Version der sechs ruhig lächelnden, orange leuchtenden Aufseher steckte, die in ihren Wachtürmen die Stadt umringten.

Nachdem ich die unterschiedlichen Transaktionen aus der Entfernung beobachtet hatte, entschied ich mich für eine der Warteschlangen – keinen Moment zu früh, da es aussah, als wolle einer der Dämonenwärter mir einen Stoß mit seiner Lanze verpassen. Einige der Kassierer holten kleine Beutel voller Münzen aus Regalen oder Schränken und reichten sie über den Schalter, sodass ich davon ausging, dass die Einwohner darauf vertrauen konnten, dass ihre Ersparnisse hier auch wirklich sicher waren. Nun, wenn man hier tatsächlich so schwer zu Geld kam, war es sinnvoll, es vor den restlichen Bewohnern zu schützen. Andere Kassierer wiederum nahmen Waren über den Schalter hinweg an und reichten den Leuten zum Tausch kleine Beutel mit Geld. Verkaufte die Bank diese Waren wieder umgehend an Händler, belieferte sie damit Läden, die ihr selbst gehörten, trieb sie Handel mit anderen Städten oder benutzte sie sie, um ihre menschlichen Angestellten zu bezahlen? Möglicherweise trafen sogar all diese Dinge zu, auch wenn ich annahm, dass das Ganze ohnehin nicht wirklich von Bedeutung war. Die Bank war nur eine Möglichkeit, ein gewisse Ordnung, ein gewisses System für die Stadt zu schaffen. Und Geld ist dazu nun mal besonders gut in der Lage.

Während ich mich langsam mit der Schlange nach vorne bewegte, beobachtete ich, wie die Arbeiter hinter dem Schalter Lebensmittel, Kleidung sowie diverse Handarbeiten und Waren auf Karren luden und sie durch verschiedene Türen entlang der schwarzen Wand aus der Halle zogen. Dann tauchte aus einer der weiter entfernt liegenden Metalltüren einer dieser blasenköpfigen, Halb-Insekt-Halb-Mensch-Dämonen der Verwaltungskaste auf. Ich zweifelte nicht daran, dass er der Direktor der Bank war – oder zumindest einer ihrer wichtigsten leitenden Angestellten, auch wenn ich keine Ahnung hatte, ob er oder der Aufseher die höhere Position innehatte.

Ja, es war für mich nun mehr als offensichtlich, dass es sich bei Oblivion – im Gegensatz zu Caldera, das allein von Menschen gegründet, erbaut und bewohnt gewesen war – um eine Stadt handelte, die den Verdammten nur zur Verfügung gestellt wurde. Die Dämonen beschränken ihre Anwesenheit hier zwar auf ein Minimum, aber sie hielten die Zügel in der Hand und zogen daran, wann immer es ihnen nötig schien.

Ich hatte allerdings keineswegs vor, ihnen in die Falle zu gehen und sie als unsere Wohltäter zu betrachten. Ich musste mich daran erinnern, dass Oblivion keine Zufluchtsstätte war, sondern nur eine andere Kulisse für unser Leiden. Darüber hinaus fielen die Engel, wie ich gelernt hatte, gelegentlich gern mit kompletten Armeen in der Hölle ein, um Schlachten gegen bestimmte Städte zu schlagen und zu vergewaltigen und zu brandschatzen wie wilde, lüsterne Wikinger. Oblivion gleicht einem aufwendigen Schloss aus Bauklötzen, das ein Kind sorgfältig gebaut hat, nur, um es dann mit sadistischem Vergnügen wieder zu zertrampeln.

Der skelettartige Dämon stakste in unheimlichem Zeitlupentempo davon, und dann war ich an der Reihe, an den Schalter zu treten. Die Kassiererin war eine hübsche Asiatin, der man ein B für Buddhist in die Stirn eingebrannt hatte. Ich zeigte ihr, was ich eintauschen wollte: einen weißen Bauernkittel mit langen Ärmeln, schwarze Shorts und ein Paar kratzige Wollsocken. Sie akzeptierte alles ohne Bedenken, aber anstatt eines hübschen kleinen Beutels schob sie drei einzelne Münzen über den schwarzen Marmortresen. Etwas entmutigt nahm ich sie an mich. In jede der Münzen – so schwer und grau als seien sie aus Blei – war in eine Seite eine jener feuerköpfigen Sphinxen geprägt, in die andere ein Auge, das mich an Frank Lyre auf diesem Tagebuch erinnerte, bis mir bewusst wurde, dass es den Schöpfer darstellen sollte.

»Was, denken Sie, bekomme ich dafür, was Essen und Unterkunft angeht?«, fragte ich die Frau.

»Kommt darauf an, wohin Sie gehen. Vielleicht drei Nächte im Hotel. Oder drei gute Mahlzeiten.«

»Ich glaube, dann versuche ich es mit einer Kombination aus beidem. Dankeschön.«

Ich verließ die Bank auf der Suche nach einer Unterkunft. Ich glaube, ich fühlte mich zu entmutigt durch die Tatsache, dass es in Oblivion so hart werden würde, mir meinen Lebensunterhalt zu verdienen, um auch die Sache mit dem Job direkt angehen zu können. Als ich weiter durch die Stadt wanderte, sah ich jedoch noch weit mehr als nur Folterfabriken: Ich kam an Schreinereien und qualmenden Schmieden vorbei und an kleinen Ziegelfabriken, in denen es geheimnisvoll klapperte und hämmerte. Ich versuchte, optimistisch zu sein – ich konnte nicht erwarten, mein Glück an einem Tag auf der Straße zu finden. Wenn ich es jedoch hier schaffte, dann konnte ich es überall schaffen.

Nachdem ich mehrere Blocks hinter mir gelassen hatte, näherte ich mich einem monumentalen Turm, der den geschmolzenen Himmel wie eine Säule zu stützen schien. Dort, wo die meisten Wolkenkratzer, in denen entweder normale Bürger oder die Dämonen Oblivions lebten, üblicherweise Fenster hatten, verfügte dieser nicht über ein einziges, und seine Seiten bestanden ausschließlich aus aufwendig verflochtenen schwarzen Leitungen und Apparaturen, an denen überall schorfiger Rost klebte, der aussah wie getrocknetes Blut. Außerdem surrte, gongte, klapperte, heulte, klingelte, zwitscherte, zischte und rumpelte das Maschinengebäude so heftig, dass alles in seiner unmittelbaren Umgebung vibrierte. Aus Ventilatoren, die über seine gesamte Länge verteilt waren, quollen Dampfschwaden und wirbelten wie Geister durch die Luft, so als entwichen sie aus dem gigantischen Obelisken eines Grabmals.

Am Fuße dieses metallenen Berges stand ein schäbiges, kümmerliches Hotel aus Ziegelsteinen, das von seinen benachbarten Brüdern erdrückt zu werden schien. Ich ging hinein. Hinter der Rezeption wartete ein Mann. Wie man mir bereits in der Bank gesagt hatte, würde mich eine Übernachtung eine der Münzen kosten. Der Mann sagte nur: »Eine Münze pro Nacht.« Ganz offensichtlich hatte nie jemand diesen Münzen, auf denen weder Worte noch Zahlen standen, einen Namen gegeben.

»Äh … erst mal nur eine Nacht. Kann ich hier etwas zu essen kaufen?«

»Wir können dir für eine Münze einen Teller Brühe, ein Stück Brot und eine Tasse Wasser bringen.«

»In Ordnung. Das hätte ich dann auch gerne. Danke.«

Der Besitzer rief ein Mädchen im Teenageralter mit schmutzigen Haaren aus einem der Hinterzimmer zu sich, und sie führte mich zu meinem Zimmer im dritten Stock. Die Aussicht aus dem einzigen Fenster war durch das mächtige Maschinengebäude versperrt, dessen Lärm die Fensterscheiben hörbar erzittern ließ. Der Anblick des Bettes entschädigte jedoch dafür, so dünn die Matratze auch aussehen mochte.

Unter den gegebenen Umständen konnte ich dem Mädchen kein Trinkgeld geben – aber ich hatte ja ohnehin kein Gepäck. Trotzdem blieb sie im Türrahmen stehen. Nach einigem Zögern sagte sie: »Für eine Münze kann ich dich heute Abend noch mal besuchen kommen.«

Ich war entsetzt, vor allem angesichts ihres Alters. Und sie tat mir leid. Ich wusste nicht, ob der Besitzer es von ihr erwartete oder ob sie diese Dinge tat, um sich etwas zu Essen beschaffen zu können. Da ich sie nicht beleidigen wollte, lächelte ich sie freundlich an und erwiderte: »Nein, danke. Ich bin … sehr müde … Ich muss mich jetzt ausruhen.«

Sie lächelte, scheinbar peinlich berührt, verschwand ohne ein weiteres Wort … und ließ mich in diesem Zimmer zurück, sodass ich die Geschehnisse und Eindrücke meines ersten Tages als Einwohner der Stadt Oblivion niederschreiben konnte.

Fünfzigster Tag

Heute ist mein freier Tag bei der Arbeit, deshalb dachte ich, ich könnte mich endlich wieder meinem vernachlässigten Tagebuch widmen. Ich glaube, Lyre hat sich gefreut, mich wiederzusehen, nachdem er über eine Woche in dem Sack gesteckt hat.

Meinen zweiten Tag als Stadtbewohner verbrachte ich damit, die Gegend rund um das Hotel nach Arbeit abzugrasen, schließlich hatte ich nur noch eine einzige Münze in der Tasche. Endlich, gegen Ende des Tages, fand ich in einer mehrere Blocks entfernten Fabrik einen Job. Das Fabrikgebäude ist zwar nur zwei Stockwerke hoch, erstreckt sich aber über eine weite Fläche, aus der sich ein riesiger, einsamer Schornstein erhebt. Ihr geteertes Dach ist von kleinen Hütten und Zelten übersät, wie ein von Flöhen durchzogenes Hundefell, und viele Einwohner dieser winzigen Dach-Barackensiedlung arbeiten ebenfalls in der Fabrik.

Eigentlich ist alles, was ich tun muss, an einer Art Fließband zu stehen, das mit weißen Markierungen versehen ist, ungefähr so wie bei einem Lineal. Hin und wieder befinden sich aber auch zusätzliche rote Markierungen auf dem Band, die seltsamerweise jedoch nicht in regelmäßigen Abständen angebracht sind. Einige dieser roten Markierungen liegen ziemlich dicht beieinander, und dann sehe ich wieder zehn Minuten lang keine einzige. Ich habe keine Ahnung, wie lang das Fließband ist und wie weit es in die mechanischen Eingeweide dieses Ortes hineinreicht. Aber wie auch immer: Jedes Mal, wenn eine dieser roten Markierungen erscheint und auf gleicher Höhe mit der Markierung ist, die in die Begrenzung des Fließbandes eingeritzt ist, muss ich einen Hebel betätigen. Das ist alles. Aber es ist eine sehr wichtige Aufgabe, wie mein Gruppenleiter mir nachdrücklich versichert hat. Wenn ich mich meinen Tagträumen hingebe und auch nur eine Markierung verpasse, wenn ich nur einmal nicht den Hebel umlege, dann werde ich gefeuert.

Es entzieht sich aber nicht nur meiner Kenntnis, was ich durch das Betätigen des Hebels auslöse, ich weiß noch nicht einmal, was in dieser Fabrik überhaupt hergestellt wird. Ich habe schon mehrere meiner Kollegen gefragt, aber sie scheinen in dieser Hinsicht ziemlich stur zu sein. Einer antwortete nur mit einem »Psst«, ein anderer mit: »Wen interessiert's?«, und irgendjemand sagte: »Ich glaube, wir machen Puppen. Auf meinem Fließband liegen Augen, kleine Augen … sie könnten aus Glas sein, vielleicht aber auch nicht.« Wieder ein anderer flüsterte: »Wir halten den Schöpfer in Gang.« Irgendjemand hat mir aber erklärt, dass dieser spezielle Kollege den Verstand verloren hat.

Wenigstens habe ich herausgefunden, worum es sich bei dem Staub in den Straßen handelt, der so häufig von den Pflastersteinen und Steinfliesen gekehrt wird. Ich kann in diesem Moment durch mein Fenster beobachten, wie er herabfällt – hell leuchtender Lavaregen aus dem Magma-Meer über der Stadt. Er trommelt gegen den Sims vor meinem Fenster und bildet sogar kleine Rinnsale und Pfützen, die jedoch schnell erkalten und zu grauer Asche verblassen. Zwischen den Pflastersteinen fließt orangefarbene Flüssigkeit, die aussieht wie ein glühendes Netz, wenn sie durch die Rinnsteine und schließlich in die Kanaldeckel strömt. Ich bin so froh, dass ich einen Platz gefunden habe, an dem ich bleiben kann, und dass ich das Glück hatte, einen Job zu finden. Ich bedaure die Menschen, die in den beengten kleinen Gassen schlafen oder in Zelten und anderen unzureichenden Unterschlüpfen hausen müssen. Tatsächlich kann ich, während ich dies schreibe, draußen jemanden fürchterlich schreien hören.

Ich glaube, es war an Tag 47, als ich von der Arbeit nach Hause ging und sah, wie zwei Dämonen aus einer der Behausungen stürzten und einen Mann an den Armen mit sich zerrten. Beide Dämonen waren weiblich: Eine hatte eine kurze Ponyfrisur à la Louise Brooks – ich fand, dass sie ihr gleichzeitig seltsam gut stand und irgendwie absurd aussah –, während die andere ihr Haar zu einem einzelnen dicken Zopf geflochten trug. Beide sahen mich an, doch die Dämonin mit dem Zopf erwiderte meinen Blick etwas länger.

Dann sah ich, dass es Chara war. Ich war mir sicher, dass sie mich ebenfalls erkannt hatte.

Die beiden zogen den weinenden, brabbelnden Mann mit sich fort, während ich mich einer Ansammlung eingeschüchterter Nachbarn näherte, die den Vorfall beobachteten.

»Was hat er getan?«, fragte ich.

»Nichts, vermutlich«, antwortete jemand. »Manchmal suchen sie die Leute wahllos für die Folterfabriken aus.«

»Warum?«

Der Mann sah mich angstvoll an. »Weil das hier die Hölle ist, darum!«

Ein Heulen lenkte meine Aufmerksamkeit wieder auf das Haus des Mannes, und ich sah, dass sich eine Frau an den Türrahmen klammerte und heftig schluchzte.

»Das ist seine Frau«, klärte mich jemand anders auf.

»Sind sie zusammen gestorben?«

»Nein … sie haben sich hier in der Hölle kennengelernt.«

Daraufhin habe ich mich wieder gefragt, wieso ich in der Hölle noch niemanden getroffen habe, den ich kenne … und ich meine nicht nur jemanden aus meiner Familie, wie etwa meinen Vater, der vor ein paar Jahren gestorben ist, oder meine Großeltern, Onkel, Tanten oder die verstorbenen Großeltern meiner Exfrau usw. Wenn irgendwann auch meine Frau stirbt und mal angenommen, sie kommt in den Himmel – was ich eigentlich bezweifle, da sie genau wie ich Agnostikerin war … aber vielleicht ist ihr neuer Freund ja Kirchgänger und kann ihre Seele noch retten –, werde ich ihr hier dann irgendwann über den Weg laufen? Die Hölle ist groß. Ich glaube, sie könnte sogar unendlich sein. Und selbst wenn ich sie eines Tages treffen sollte, könnte sie schließlich auch eine ältere Frau sein, die an einem Schlaganfall gestorben ist. Oder ein Alzheimer-Opfer, das sich noch nicht einmal an mich erinnern würde.

Ich vermisse sie. Ich hasse sie. Mir ist klar, dass ich sie immer noch liebe.

Ich habe eine Unterkunft. Ich habe etwas zu essen.

Aber ich bin einsam.

Ich habe Mitleid mit der Frau, die dabei zusehen musste, wie ihr Mann verschleppt wurde, um schreckliche Qualen zu erleiden, und ich hoffe, dass er bald zu ihr zurückkehren darf, obwohl ich Gerüchte gehört habe, dass manche Menschen nicht nur ein paar Tage, sondern mehrere Jahre in den Folterfabriken verbringen müssen.

Chara hat dabei geholfen, ihn wegzuschaffen. Sie ist böse. Sie hat keine Seele. Sie ist der Feind. Das darf ich niemals vergessen, ganz gleich, wie schön sie ist. Warum ich gehofft habe, sie wiederzusehen, ist mir ein Rätsel.

Der Regen lässt allmählich nach …

Fünfundfünfzigster Tag

Ich bin so müde von der Arbeit, dass ich eigentlich nicht einmal mehr die Energie habe, etwas aufzuschreiben. Es ist nicht so, dass die Arbeit anstrengend wäre, nur furchtbar einschläfernd. Ich bin nicht viel mehr als ein Roboter …

Auf meinem Fließband befindet sich auch eine grüne Markierung. Ich glaube, es gibt nur diese eine, aber vielleicht sehe ich auch mehrere, die einfach nur sehr weit auseinanderliegen. Steht irgendwo noch ein Arbeiter, der seinen Hebel bei dieser allem Anschein nach ebenso einsamen Markierung betätigt? Ich würde sagen, dass mir die grüne Markierung einmal pro Stunde begegnet. Und ich bin sehr versucht, meinen Hebel umzulegen, wenn sie auf die rote Marke trifft, die in die Begrenzung geritzt ist, nur um zu sehen, was dann passiert. Wenn mir jemand sagen würde, dass ich dadurch die gesamte Hölle in einer Kernexplosion in die Luft jagen könnte, durch die alles restlos verglühen würde, dann würde ich es tun. Ich würde diesen Hebel umlegen. Ich würde abdrücken.

Siebenundfünfzigster Tag

Weil ich mich langweile und in eher sardonischer Stimmung befinde, habe ich beschlossen, jeden Tag hier zum 31. Oktober zu machen, und deshalb habe ich auf dem Markt zwei weiße Kürbisse gekauft, sie ausgehöhlt, böse Gesichter hineingeschnitzt und Kerzen reingestellt. Einer von ihnen steht auf meinem Nachttisch, der andere im Fenster, mit Blick nach draußen. Ich habe ihn von der Straße aus bereits mit

großer Zufriedenheit betrachtet. Es gefällt mir, mich auf meinem Bett auszustrecken, das Zimmer nur von meinen Kürbislaternen beleuchtet, und dabei zuzusehen, wie wässrige, heiter-orangefarbene Lichtfiguren über Decke und Wände flackern.

Das Mädchen, das hier arbeitet, macht auch mein Zimmer sauber. Sie hat mich noch einmal gefragt, ob ich möchte, dass sie mich nachts besuchen kommt. Ich habe erneut abgelehnt, aber dieses Mal fiel es mir schwerer. Die Hölle kann dir das antun. Die Hölle schneidet dir deinen Sinn für Entrüstung förmlich aus dem Leib, aber im Gegensatz zu deinem Fleisch wächst er nicht wieder nach.

Wenn ich mich noch einmal umbringen könnte, würde ich es tun.

Sechzigster Tag

Heute habe ich zum ersten Mal Engel aus der Nähe gesehen.

Meine Schicht war gerade zu Ende und ich bog in meine Straße ein, als in der Ferne ein tiefes Donnern widerhallte. Für echte Donnerschläge klang es jedoch zu mechanisch, und an die verschiedenen Geräusche der Wolkenkratzer-Maschine, in deren Schatten mein Hotel stand, hatte ich mich bereits gewöhnt – daher konnte es also auch nicht stammen. Auch wenn einige Geräusche des Wolkenkratzers recht bedrohlich sein konnten und mich oft aus dem Schlaf rissen, war dieses Geräusch noch viel beunruhigender, weil mit jedem Donnern mein Gefühl anwuchs, dass es sich mir *näherte*. Und es klang irgendwie … vertraut.

Es war schon eine Weile her, dass ich das Dröhnen von Motorrädern gehört hatte. Einer ganzen Meute von Motorrädern.

Als ich das Geräusch erkannte, fühlte ich mich umgehend in

meine Heimatstadt Eastborough in Massachusetts zurückversetzt. Vor ein paar Jahren war dort ein Mädchen, das auf dem Motorrad seines Vaters mitfuhr, getötet worden, als ein betrunkener Autofahrer das Motorrad von der Straße drängte. Jedes Jahr, an ihrem Todestag, hatten sich die Biker der Region zu einer traurigen, dröhnend lauten Parade versammelt, die durch das Stadtzentrum zum Friedhof Stone Grove führte, auf dem das Mädchen beerdigt worden war. Ja … dieses Geräusch hörte sich ganz genauso an.

Als der erste Motorradfahrer laut knatternd in meine Straße einbog, war ich so erschlagen von der Erscheinung des Fahrers, dass ich seinem Motorrad nur wenig Beachtung schenkte – ich hätte nicht sagen können, ob es sich um ein irdisches Modell oder etwas Ausgefalleneres, Exotischeres, Himmlischeres, aber dennoch Materielles handelte. Da ich nie zu den Männern gehört habe, die beim bloßen Anblick von Autos, Trucks und anderen Penisverlängerungen sofort einspeicheln, schätze ich, dass die Motorräder für mich einfach wie große, schwarze, chrombesetzte Insekten aussahen.

Obwohl die Motorräder einheitlich schwarz waren, galt für ihre Fahrer das genaue Gegenteil. Ich wusste sofort, was sie waren, als ich den Ersten von ihnen sah.

Einige von ihnen trugen eine Art Mönchskutten, deren Kapuzen oder Hauben ihre Köpfe bedeckten oder über ihren Rücken fielen. Andere, etwa der erste Fahrer, trugen hohe, kegelartige Hauben, die entweder das gesamte Gesicht oder nur die Augen durch zwei Löcher im Stoff erkennen ließen. Einige ihrer Gewänder schimmerten wie Satin, während andere aus schlichten Stoffen bestanden … aber alle Fahrer waren komplett in Weiß gekleidet.

Als auch der Letzte an mir vorbeigedonnert und über die holprig gepflasterte Straße gerumpelt war, erkannte ich, dass ich unbewusst so weit auf den Bürgersteig zurückgewichen war, dass meine Schulterblätter die Ziegelmauer eines der trostlosen, staubigen Gebäude berührten, die die Straße säumten.

Ein paar der Engel hatten mir ihre Köpfe zugewandt und mir zugejohlt, aber glücklicherweise hatte keiner von ihnen angehalten, um mich zu behelligen. Vielleicht steuerten sie ja ein ganz bestimmtes Ziel an. Wie dem auch sei, es schien, als hätten sie bereits ihren Spaß gehabt: An mehr als einem von ihnen erkannte ich Blutflecken, die sich auf den weißen Stoffen besonders deutlich abzeichneten. Einige hatten Schwerter bei sich gehabt, genau wie die Dämonenkrieger von Oblivion, und jeder von ihnen trug ein Halfter mit einer Pistole an einem schwarzen Ledergürtel. Die meisten hatten außerdem Gewehre oder eine Maschinenpistole auf ihren Rücken geschnallt oder andere Waffen mit sich geführt, die in langen Säcken aus festem, schwarzem Leder steckten – wie Cowboys, die ihre Gewehre an ihrem Sattel befestigten.

Ich könnte schwören, dass einer von ihnen auch eine Armbrust trug.

Zum Glück verhallte das Donnern nun allmählich, aber allein zu wissen, dass sie sich immer noch innerhalb der Stadtmauern befanden, so weitläufig diese auch sein mochten, beunruhigte mich bereits. Ich bedauerte jeden, der ihnen näher kam als ich selbst. Anfangs hatte ich angenommen, sie seien auf dem Weg zur Voliere.

Die Voliere war eine lange Straße, die ich erst kürzlich entdeckt hatte, als ich die Stadt in meiner Freizeit erkundete. Die Ziegelgebäude, die sich auf ihrer gesamten Länge aneinanderreihten, glichen zwar den Läden in anderen Häuserblocks, aber statt Glasscheiben hatten sie Käfigfronten aus Hasendraht, netzartigem Maschenseil oder Eisenstangen, die teilweise so robust waren wie die einer Gefängniszelle, teilweise jedoch so filigran und blumig wie die Geländer verträumt-romantischer Terrassen. Bei der Ware, die in diesen diversen Vogelkäfigen ausgestellt war, handelte es sich um Prostituierte in noch bunterer Vielfalt: weiß, schwarz, asiatisch. Nackt oder bekleidet. Anorektisch oder übergewichtig. Grauhaarig oder jugendlich. Weiblich oder – wenn auch in geringerer Anzahl – männlich.

Die meisten Bewohner dieser Menagerie schienen wohl freiwillige Gefangene zu sein, die Passanten wie mir zuzwinkerten, etwas zuzwitscherten oder zuriefen, ihre Brüste entblößten, ihre Beine spreizten oder sich vornüberbeugten, um ihren Hintern zu präsentieren. Es gab aber auch andere, die unglücklich, verzweifelt, ja, sogar entsetzt aussahen, und ich nahm an, dass es sich bei ihnen um die Opfer anderer verdammter Seelen handelte, die sie ebenso ausbeuteten wie mein Vermieter allem Anschein nach seine junge Aushilfe. Ganz gewiss aber waren sie alle Opfer ihrer eigenen verzweifelten Not. Trotz der offen zur Schau gestellten »heimlichen Vergnügen« war diese Ausstellung letzten Endes nichts anderes als eine Straße voller Körper, die sich an Marterpfählen wanden. Ich bin seither nie wieder dort gewesen.

Nein, dachte ich dann jedoch … dort sind die Engel nicht hingefahren. Wo wäre denn da der Spaß? Lieber Zerstörung über all jene bringen, die ihre Körper nicht freiwillig verkauften. Und Frauen durch die Straßen jagen oder mit Gewalt aus ihren Häusern ziehen und vor den Augen ihrer Männer vergewaltigen.

Man hat mir erzählt, dass nicht wenige Menschen in der Hölle heiraten, wobei die Zeremonien heimlich von ehemaligen Friedensrichtern oder gelegentlich auch von Pfarrern durchgeführt werden, die bei ihrer Wiedergeburt ein böses Erwachen erlebten. Und obwohl Zeugungen in der Hölle unmöglich sind, gibt es hier dennoch zahlreiche Kinder, und es ist nicht ungewöhnlich, dass verheiratete Paare diese Kinder adoptieren. Verhaltensweisen wie diese geben mir im selben Maße wieder Zutrauen, wie ein Ort wie die Voliere mich desillusioniert. Darum ist dies auch genau die Art von Menschen, so nehme ich jedenfalls an, zu denen sich die Engel bei der Ausübung ihrer sportlichen Aktivitäten am stärksten hingezogen fühlen.

Das Einzige, was ich in jenem Moment jedoch wirklich mit Sicherheit wusste, war, dass ich unendlich froh war, dass der

Korso nicht bei mir angehalten hatte, um sich sportlich zu betätigen.

Zweiundsechzigster Tag

Ich habe mal gelesen, dass Träume sich oft über einen langen Zeitraum zu erstrecken scheinen, in Wirklichkeit aber nur wenige Minuten dauern. Oder waren es Sekunden? Verbogene, verdichtete, komprimierte Zeit.

Letzte Nacht raste mein Leben nach dem Tod in einem Traum an mir vorbei.

Anfangs war ich ein Junge – lebendig – und befand mich im Garten meiner Großmutter. Ich erlebte noch einmal den Moment, in dem ich eine Gottesanbeterin über ihren Fliederbusch krabbeln sah. Ich hatte diese Szene völlig vergessen – bis zu diesem Traum. Die Gottesanbeterin war allerdings grün, nicht violett.

In der Ferne schwoll ein Donnern an, wie ein herannahender Zug. Ich rannte zur Vorderseite des Hauses, blieb auf dem hellgrünen Rasen des Vorgartens stehen und schützte meine Augen mit der Hand gegen die Sommersonne, während ein Motorradkorso an mir vorbeizog, auf seiner alljährlichen Pilgerfahrt zum Pine-Grove-Friedhof … auf dem auch mein Vater inzwischen begraben liegt. Auf dem, wie ich annehme, wohl auch ich begraben liege.

Selbst in meinem Traum fragte ich mich, ob ich diese Dinge – die Gottesanbeterin, den Motorradkorso – wohl unterbewusst gestohlen hatte, sozusagen als Fundament für meine Erfahrungen in der Hölle. Selbst während des Träumens fragte ich mich, ob dies vielleicht nur ein Traum in einem Traum war …

Als auch der letzte Motorradfahrer vorbeigerauscht war, legte ich meinen Kopf in den Nacken und starrte in die Sonne. Ihr feuriger Schein schien sich über den gesamten Himmel auszubreiten. Dann begann der Himmel mit einem Mal zu

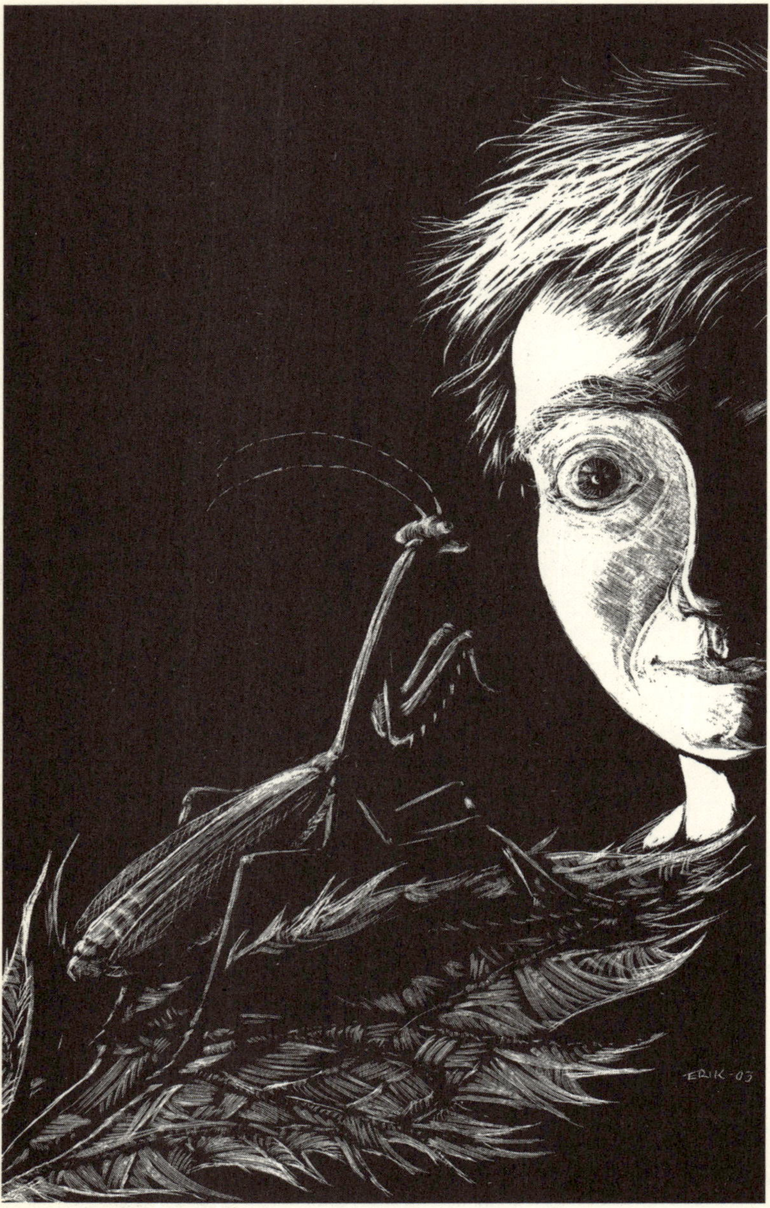
ERIK-03

schmelzen. Das grellweiße, blendende Licht verwandelte sich allmählich in ein diffuseres, rötliches Leuchten. Als ich meinen Blick wieder auf die Straße richtete, sah ich, dass sie sich in Kopfsteinpflaster verwandelt hatte. Die hübschen Neuengland-Häuser der South Street waren einer soliden Mauer aus Ziegelhäusern gewichen. Sie sahen so greifbar aus; ich wusste jedoch, dass sie das nicht waren. Jeder einzelne dieser Ziegelsteine bestand aus demselben Äther wie mein Körper – komprimiert und verdichtet, nur anders gegossen.

Ich beobachtete, wie einer der unzähligen Ziegel in einem der unzähligen Gebäude Oblivions zu wackeln und sich von seinem Platz zu lösen begann, sodass der Gips wie Staub herunterrieselte. Als der Ziegelstein sich schließlich befreit hatte, flog er auf meinen inzwischen erwachsenen Körper zu. Ich versuchte nicht, ihm auszuweichen. Der Ziegel traf mit dem sanftesten Hauch einer Berührung auf meinem Fleisch auf und verschwand dann in meinem Brustkorb.

Dann löste sich ein weiterer Ziegel. Und noch einer. Dann ein vierter aus einem anderen Gebäude. Sie flogen aus verschiedenen Richtungen auf mich zu, wie die Pfeile auf den Heiligen Sebastian – all diese verschwommenen Streifen – und verschwanden in meinem Körper, während ich meine Arme wie Flügel ausbreitete, um sie zu empfangen.

Ein Mann, der die Straße hinunterging, drehte sich plötzlich um, um das Schauspiel zu betrachten. Erschrocken rannte er davon. Als stünden seine Beine unter meinem Kommando, lenkten sie ihn jedoch in meine Richtung. Er stürzte kopfüber auf mich zu, und als er mit mir zusammenstieß, fühlte es sich wie lichter Nebel auf meinem Körper an. Dann war er verschwunden. Ich breitete meine Arme noch weiter aus. Meine Arme wurden länger. Ich war jetzt größer. Die Stadt nährte mich …

Offensichtlich gegen ihren Willen rannte im nächsten Moment eine Frau um die Häuserecke und direkt in meine offenen Arme. Ich verschlang auch sie. Ein Fenster zerbrach, und ein

Kleinkind schoss auf mich herab. Ich empfing es in meiner Brust.

Eine Parade aus Engeln rauschte über die Straße auf mich zu. Einer nach dem anderen stürzte sich auf mich, und schon bald war ich höher gewachsen als das Hotel, in dem ich wohne.

Eine riesige Meute strömte inzwischen auf mich zu, Körper fielen übereinander und stürzten wie Wellen über mir zusammen. Dämonen. Ich hielt nach Chara Ausschau, aber es war unmöglich, in der chaotischen Flut ein einzelnes Gesicht auszumachen.

Wenn wir schon die Macht hatten, unsere Körper neu wachsen zu lassen, hatten wir dann nicht auch die Macht, unsere Zellen selbst zu gestalten? Und dann beschlossen sämtliche Einwohner Oblivions, sämtliche Bewohner der Hölle, all ihre Zellen miteinander zu verschmelzen. Aber hätten wir demnach nicht auch einen anonymen, gemeinschaftlichen Verstand haben müssen? Ich erkannte jedoch, dass dieses Bewusstsein ganz allein mein Verstand war, meine eigene Persönlichkeit, mein eigenes individuelles Wesen. All die anderen waren verloren, darin erloschen, als sie in mich eindrangen. War ich mächtiger als sie? Nein, begriff ich schließlich. Und dann hatte ich plötzlich eine Erleuchtung. Ich hatte eine Offenbarung …

Das war der Grund, weshalb ich in der Hölle noch nie jemanden getroffen hatte, den ich kannte. Oder jemanden, von dem ich schon einmal gehört hatte. Keine historischen Persönlichkeiten, keine Berühmtheiten, keine Familienmitglieder. Diese Millionen, Milliarden von Menschen verloren sich nicht in mir – sie kehrten nach Hause zurück.

Ich nahm sie nach und nach in mir auf und empfing mit meinem Körper jeden Mann, jede Frau, jedes Kind – jeden Dämon, jeden Engel, jede Gottesanbeterin – in der gesamten Hölle. Jeder Einzelne von ihnen verschlungen, verarbeitet, ein Teil von mir. Jeder eine einzelne Zelle in meinem Körper, die immer weiter und weiter wuchs, wie ein Ozean, der sich mit jedem Regentropfen nährt – der Regen so sintflutartig wie am Anbeginn der Erde. Ich schwoll an, wurde größer, ein mächtiger Riese, der höher aufragte als die sechs Leuchttürme der Aufseher, höher als all die Wolkenkratzer. Ich durchbrach mit meinem Kopf die Decke aus glühender Lava. Das grelle Licht dahinter blendete mich so stark, dass ich zunächst dachte, ich stecke noch immer in der glühend heißen Lava. Aber nein. Es war tatsächlich Licht. Und dann dachte ich, ich sei im Himmel. Nein. Noch nicht. Vielleicht niemals …

Ich wuchs immer weiter, so als söge meine Seele immer mehr Materie durch die Sohlen meiner Füße auf. Doch dann stellte ich fest, dass mein ektoplasmischer Körper die Illusion seiner äußeren Erscheinung, seine physische Substanz, verloren hatte. Während ich jedoch an Substanz verlor, gewann das Licht um mich herum seinerseits an Substanz, so als hätten wir getauscht und als würde es nun durch mich genährt.

Im nächsten Moment tauchten in diesem Negativ der Tiefen des Weltalls rote Sterne auf. Einen von ihnen konnte ich aus der Nähe betrachten: ein leuchtend roter Planet, glatt wie ein Flusskiesel. In der Ferne dahinter ein weiterer … genauso leuchtend rot, nur ein wenig dunkler. Und dann noch einer – so nah, dass ich unzählige weitere sehen konnte, die sich in seiner glänzenden Oberfläche spiegelten, auch wenn ich mein eigenes Astralgesicht darin eigenartigerweise nicht erkennen konnte. Ein Planet nach dem anderen, immer neue, immer mehr – viel mehr als im gesamten Universum.

Schon bald waren sie überall um mich herum. Aber während ich immer höher schoss, bis ich schließlich keinen festen Boden mehr unter meinen Füßen spüren konnte – entweder war ich nach oben geflogen oder der Boden hatte sich unter mir aufgelöst –, schienen sich auch die Planeten unter mir ein Stück zu entfernen. Dabei waren sie so zahlreich, dass sie bald aussahen wie ganze Cluster und Galaxien. Darunter mischten sich nun auch immer wieder Planeten in anderen Farben. Weiße. Graue. Es könnten aber auch Asteroiden gewesen sein, da sie nicht dieselbe regelmäßige Form hatten wie die glatten roten Himmelskörper. Diese himmlischen Körper …

Das Licht rundum verlor seinen blendenden Schein. Nun erkannte ich etwas hinter den roten Sternenkonstellationen: einen Nebel, der stetig an Düsternis und Farbe zunahm. Ein Körper, der allmählich Gestalt annahm, während ich meinen verloren hatte, und sich in reine Kraft, in reine Essenz verwandelte. Ich wusste, wessen Körper das war. Ich hatte keine Angst mehr, Seinen Namen auszusprechen. Ich war zu mächtig, um mich vor Vergeltung, vor Strafe zu fürchten. Hinter den hängenden Sternen verdichtete sich die Gestalt des Schöpfers.

Ich befand mich in der Gegenwart Gottes.

Er befand sich jedoch nicht hinter den roten Sternen, sondern vielmehr unter ihnen. Ich schien mich über Seinem noch immer im Verborgenen liegenden Kopf zu erheben. Wie ein Vorhang verbargen Ihn die tiefroten Galaxien. Obwohl ich inzwischen zu gigantischer Größe herangewachsen war, war Er noch immer weitaus größer. Aber trotzdem … oder war es doch nur reine Selbsttäuschung, dass ich aus meinem Inneren die weitaus größere Kraft verspürte? Dass Seine verblasste, während meine stetig weiterwuchs? Dass Er in dieser gebirgshohen Gestalt gefangen war, die nun langsam immer deutlicher wurde, wohingegen ich frei war – ein reines Geistwesen?

Die roten Planeten unter mir waren nun so weit entfernt, dass sie eher wie Nebel und nicht mehr wie Galaxien aussahen – Nebel, die in einem unglaublich lang gezogenen Augenblick in der Zeit hingen. In stillstehender Zeit.

Stillstehend wie die Fotografie eines ausbrechenden Vulkans, der rote Feuertropfen in alle Himmelsrichtungen versprüht. So war auch Gottes Haupt in der Zeit eingefroren. Und es war ebenso wie ein Vulkan explodiert. Gottes Haupt hatte sich wie eine Blüte geöffnet, aus der unzählige Pollen strömten. Sein Heiligenschein war eine Wolke aus Blut – eine in der Luft, in der Zeit festhängende Aurora Borealis aus Blut. Ich selbst hing hingegen nicht fest, ich bewegte mich, erhob mich immer weiter, höher als alles andere … Ich würde alles hinter mir lassen, unter mir, bis es so klein und so weit entfernt war, dass es für mich verloren war. Dann gäbe es auch dieses Licht nicht mehr, das mich umgab – vielleicht ein Blitz aus einer Gewehrmündung, ebenso in der Zeit verloren? Selbst Licht war ja schließlich ein *Etwas*. Ich würde jedoch auch das Licht wie einen Kokon ablegen. Dann gäbe es nur noch Dunkelheit und süßes Nichts: Dies war der einzige Himmel, nach dem ich mich sehnen, an den ich glauben, den ich erfinden konnte.

Endlich … endlich … nach all meinen Leiden auf Erden … nach all meinen Leiden in der Hölle – auch wenn ich nun wusste, dass sie nur den Bruchteil einer Mikrosekunde gedauert hatten, in einem Geist, der durch seine Auslöschung vollkommen unbeständig, ja, wahnsinnig geworden war – war ich frei. Ich war von Frieden erfüllt.

Im Nichts wurde ich wiedergeboren. Ich war der Phönix des Vergessens.

Ich war der flüchtige Gedanke, die fliehende Seele eines suizidgefährdeten Gottes.

… Als ich jedoch wieder erwachte, starrte ich nur auf einige Risse in der Gipsdecke, die furchtbar real und irdisch-banal aussahen. Es war nur eine Illusion gewesen, dass all dies nur eine Illusion war. Nur ein Traum, dass all dies nur ein Traum war. Oder, besser gesagt, war die Zimmerdecke tatsächlich eine Illusion. Aber eine Illusion, die mich vor der Illusion des Lavaregens schützen würde. Auch der Hunger, der in meinem Magen gurgelte, war nur eine Illusion, aber trotzdem musste ich nun aufstehen, mein illusionäres Brot kauen und meinen halluzinatorischen Tee trinken.

Mein Kopf hat sich nach diesem Gewehrschuss nie mehr ganz regeneriert, jedenfalls nicht wirklich. Trotzdem hob ich ihn von meinem Kissen, um zu frühstücken und diese Worte niederzuschreiben.

VIERUNDSECHZIGSTER TAG

Ich habe dieses Virus oder diese Grippe nun schon seit mehreren Tagen. Es begann mit einer Erkältung, aber jetzt fühle ich mich fiebrig und schwindelig. An der Nasenwurzel und hinter einem meiner Augen verspüre ich einen intensiven, geballten Schmerz, ganz ähnlich wie bei Sinus-Kopfschmerzen. Seit meiner Ankunft in der Hölle habe ich immer wieder Menschen mit Ausschlägen und Wunden gesehen … Menschen, die niesten und schnieften, Schleim husteten oder sich auf offener Straße übergaben. Sind auch unsere Erkrankungen nur eingebildet, nur reine Illusion – in gewissem Sinne also psychosomatisch? Sind wir alle Hypochonder, in die Irre geführt, zu unseren Krankheiten getrieben? Oder erschafft der Schöpfer vielleicht auch dämonische Mikroorganismen – genauso, wie er diese fleischfressenden Krebse und in der Luft schwimmenden Aale erschafft –, um uns auch von innen heraus zu quälen?

Letzte Nacht hatte ich einen Fiebertraum, der von einem Gemälde aus dem 15. Jahrhundert inspiriert war, das ich aus einem der Kunstbücher meiner Eltern kenne und das mich als Junge ebenso erschreckte wie faszinierte. Es zeigt den Heiligen Antonius, gepeinigt von bunten, bizarren Dämonen, die an seinen Kleidern und seinen Haaren ziehen, ihn zerkratzen und Knüppel erheben, um auf ihn einzuschlagen. Ich stellte mir diese Dämonen im Inneren meines Körpers vor, wie sie meine Blutkörperchen zerfetzten, hineinbissen und sie in Stücke rissen. Wie mikroskopische Vampire.

So schlecht ich mich heute Abend auch fühlte, ich musste meinem klaustrophobischen Zimmer einfach mal für eine Weile entfliehen, und darum schleppte ich meine armselige Hülle in ein Café, das ich neulich auf einem meiner Spaziergänge entdeckt habe. Es trägt den schlichten Namen »Blue«. Ich schätze, jeder Laden, der sich in Oblivion »Hellishly Good«, »Devil's Food« oder irgendetwas ähnlich Pfiffiges nennen würde, würde schon bald von einer sehr humorlosen Meute auseinandergenommen.

Das Café besteht aus einem einzigen großen, düsteren Raum mit niedriger Decke, der fast ausschließlich von Gasflammen beleuchtet wird, die in nach oben offenen Glaskugeln brennen, die in die rauen Steinwände eingelassen sind. Das geruchlose, zischende Gas ist blau … daher auch der irgendwie wässrige Schimmer im ganzen Raum – und der Name des Etablissements.

Ich habe gehört, dass es in Oblivion geheime Orte gibt – illegale Kneipen –, in denen man Fusel und Selbstgebrannten kaufen kann, oder wie immer sie das halbgiftige Gebräu auch nennen mögen, das sie in den Schwarzmarktbrennereien zusammenpanschen. Außerdem habe ich gehört, dass man in Oblivion ganz gut an Drogen kommen soll, aber die waren auch zu Lebzeiten eigentlich nie wirklich mein Ding. Da sich das Blue jedoch gut sichtbar direkt an der Straße befindet, geht es derartige Risiken nicht ein. Es gibt auch Orte, an denen man Steaks kaufen kann, die von den Tieren stammen, die den Neandertalern und anderen Völkern zur Verfügung stehen, also kein Menschenfleisch sind. Wer jedoch dabei erwischt wird, wie er dieses Fleisch isst oder verkauft – das ja nicht für unseresgleichen bestimmt ist, die wir die Gelegenheit hatten, uns vom einzigen Kind des Schöpfers erleuchten zu lassen –, kann sich auf eine harte Strafe gefasst machen. Bei lebendigem Leib den Pavian-Dämonen zum Fraß vorgeworfen zu werden, ist, wie ich höre, eine ganz typische Antwort darauf.

Im Blue verspeisen die Gäste daher menschliche Fleischgerichte – ich allerdings nicht, denn ich habe diesem Drang noch immer nicht nachgegeben. Ich hoffe, dass ich es auch niemals tun werde. Zu trinken gibt es kühles Wasser, das Oblivion über unterirdische Rohrleitungen von außerhalb der Stadtgrenzen erreicht, wie man mir erklärte. In Oblivion selbst regnet es nur Lava, kein Wasser, weil es hier keine Wolken gibt, die den brennenden Himmel bedecken. Außerdem steht ein kunstvoll zusammengebrautes Kaffee-Imitat auf der Karte, das beinahe so köstlich ist wie der schlimmste koffeinfreie Kaffee, den ich je getrunken habe: wässrig, schwach und bitter, aber wenigstens heiß und schwarz. Ein entschieden größerer Erfolg ist der heiße Apfelglühwein, der so ähnlich schmeckt wie das Instantgetränk, das ich zu Lebzeiten gerne gekauft habe. Er kommt zwar nicht einmal annähernd an echten Apfelglühwein heran, ist aus nostalgischer Sicht aber vollkommen ausreichend. Als ich heute Abend über meinen kleinen, klebrigen Tisch gebeugt in einer höhlenartigen, steinigen Ecke des Cafés saß, mir eine Tasse davon gönnte und mir sein aromatischer Duft in die Nase stieg, hatte ich beinahe das Gefühl, er würde meine Nebenhöhlen reinigen.

Als ich das erste Mal hier war, habe ich zwei Musiker gesehen, die auf einem winzigen Stückchen Bühne saßen und auf ihren liebevoll gefertigten Lauten spielten. Einer der anderen Gäste erzählte mir, die Musiker seien schon vor Jahrhunderten gestorben. Während sie spielten, sah ich, dass die Frau am Nebentisch leise weinte.

Heute Abend waren keine Musiker da. Ich hatte gehofft, einen der Jazzkünstler zu sehen, von denen ich gehört hatte. Aber so begnügte ich mich eben damit, an meinem Salat zu knabbern, an meinem Drink zu nippen und die Unterhaltungen rund um mich zu belauschen. Die Nähe anderer Menschen, ihr Lachen und die Atmosphäre der Beinahe-Normalität spendeten mir Trost … ich hatte jedoch nicht das Bedürfnis, mit irgendeinem dieser Menschen näher in Kontakt zu treten. Bereits zu Lebzeiten war ich zwar stets reserviert und introvertiert gewesen – keine ungewöhnlichen Eigenschaften für einen Schriftsteller –, aber hier hat sich das noch verstärkt. Ich bin noch immer traumatisiert. Meine Seele betäubt und taumelnd, auch noch nach zwei Monaten in der Ewigkeit. Bei der Arbeit widerstehe ich den Bemühungen diverser Kollegen, die mir ihre Freundschaft aufdrängen wollen. Was das angeht, bin ich jedoch nicht allein: Laute, lachende Typen sind hier definitiv in der Minderheit. Viele von uns schlurfen einfach durch den Tag,

und wir schenken uns gegenseitig nur den Schatten eines Lächelns, wenn überhaupt. Die wandelnden Verwundeten.

Ich hatte nicht gehört, wie sich die Tür des Cafés öffnete, sondern bemerkte nur das plötzliche Abreißen der Unterhaltungen und das abrupte Unterdrücken von Gelächter, sodass ich meinen Blick auf die Eingangstür richtete. Auf der Türschwelle stand eine Dämonin, und ich erkannte ihren ansprechenden Haarschnitt wieder, der mich an Louise Brooks als Lulu in *Die Büchse der Pandora* erinnerte: kurz und glänzend schwarz, mit einem Pony, der ihre Augenbrauen verbarg. Es war dieselbe Dämonin, die ich – ich glaube, es war an Tag 47 – zusammen mit Chara gesehen hatte, als die beiden einen Mann aus seinem Haus zerrten …

Und tatsächlich war es auch dieses Mal Chara, die Lulu durch die Tür folgte, das Haar zu einem dicken Zopf zusammengebunden, wie sie es auch an jenem Tag getragen hatte.

Die beiden weiblichen Dämonen trugen nichts außer einem dicken Ledergürtel, in dem ein Schwert in einer Scheide steckte. Das von Lulu schien eine kurze, breite Klinge zu haben, wie der Gladius eines römischen Infanteristen, während Chara eine längere, schlankere, zweifellos doppelschneidige Klinge besaß. Die Spitze der Scheide berührte beinahe den Boden, so lang war sie.

Die beiden waren jedoch nicht allein: Zwei Engel folgten ihnen nach drinnen, der hintere schloss die Tür, und von jenem Moment an war die Atmosphäre im Café entschieden gedämpfter.

Einer der Engel trug eine weiße Kutte mit Kapuze. Er schob die Kapuze beim Eintreten von seinem nahezu kahlen Kopf. Der andere trug eine weiße Kopfbedeckung mit konischer Spitze. Keiner der beiden hatte ein Schwert, wie ich es bei ein paar der Motorradfahrer gesehen hatte, als sie durch die Stadt rasten, aber jeder von ihnen trug ein Halfter mit Pistole am Gürtel. Der Dickbäuchige, Kahlköpfige hatte außerdem eine Waffe auf dem Rücken, die aussah wie ein israelisches

Galil-Sturmgewehr, das der AK-47 ähnelt, wobei er den dünnen Gelenkschaft eingeklappt hatte, um es kompakter zu machen. Der lange Dünne mit dem Spitzhut, der ihn noch größer wirken ließ, trug ein MP5 Heckler & Koch-Maschinengewehr mit dem unverkennbaren kurzen Lauf und langen Magazin bei sich. Genau wie ein paar andere Amerikaner hatte auch ich mich zu Lebzeiten für Waffen interessiert – schließlich hatte ich ja auch eine nette Ithaca Kaliber 12 besessen: mein Ticket hierher.

Ich betrachtete zuerst den mit dem dicken Bauch, dann den Großen mit den Akne-Kratern in den hohlen Wangen und fand es merkwürdig, dass die Engel sich nicht alle in Mel Gibson oder Tom Cruise verwandelten, wenn sie in den Himmel kamen. Ich schätze, selbst dort müssen die Menschen sich mit der Eins-zu-Eins-Replik ihres lebendigen Selbst begnügen. Andererseits … lässt der Schöpfer es wirklich zu, dass sich der Himmel mit all den Milliarden alter, bettlägeriger Menschen füllt? Vielleicht können sie sich ja zumindest das Alter aussuchen, in dem sie wiedererweckt werden möchten.

Mit einer Mischung aus Überraschung, Abscheu und etwas, von dem ich in jenem Moment noch nicht zugeben konnte, dass es Eifersucht war, gewann ich zunächst den Eindruck, dass die beiden Teufel die Engel scheinbar auf einer Tour durch das Nachtleben der Stadt begleiteten. Ich stellte jedoch schon bald fest, dass dieser Eindruck täuschte.

»Hey, komm schon«, sagte der kleinere Mann und versuchte, die Spitze eines der zusammengefalteten Flügel Charas festzuhalten. »Wieso willst du dich denn nicht mit mir unterhalten, Missy?«

»Die kleinen Schmetterlinge fliegen davon«, sagte der Größere. Sein Südstaatenakzent war noch ausgeprägter als der seines Freundes.

»Hm-*mm*«, sagte der Erste und folgte den beiden Frauen zu einem Tisch in der Nähe des Tresens. Demonstrativ wählten die beiden jedoch einen mit zwei, nicht mit vier Stühlen. Er baute sich neben dem Tisch auf, während sie sich setzten. »Was bevorzugst du, Mr. Franklin?«, fragte er. »Flügel, Brust oder Keule?«

Schließlich blickte Chara die beiden Touristen intensiv an. Ihre tiefe Stimme klang eiskalt, aber beherrscht. »Den Herren könnte vielleicht ein Besuch in der Voliere zusagen. Sie ist gar nicht weit von hier entfernt und die ganze Nacht geöffnet ...«

»Wir wissen, was die Voliere ist.«

»Schon gesehen, schon ausprobiert«, sagte Franklin, der Größere.

»Was wir noch nicht ausprobiert haben«, fuhr der kahl werdende Engel fort, »ist etwas, das ein bisschen ... schärfer ist.« Und damit streckte er ganz unverschämt eine Hand aus und umfasste eine von Charas Brüsten – allem Anschein nach sehr fest, denn es war genau zu erkennen, wie das weiche Fleisch zwischen seinen Fingern hervorquoll.

Chara packte ihn am Handgelenk und schob seine Hand sehr bestimmt fort, jedoch ohne ihm Schmerzen zu verursachen. Ich sah, dass die Sehnen an ihrem Hals wie dicke Stützbalken hervortraten und auf ihrer Stirn eine Ader anschwoll, die wie ein eingebranntes A aussah. »Wenn es euch Jungs nichts ausmacht«, informierte sie ihn und zeigte ihm ihre Zähne, »hätten wir gern ein bisschen mehr Respekt.«

»Respekt?« Der Engel sah seinen Freund mit weit aufgerissenen Augen übertrieben schockiert an. »*Respekt?* Ein Engel soll eine Dämonenhure respektieren, die ihren Körper zur Schau stellt, als sei sie in einem Nudistencamp? Hast du gehört, was dieses Ding gesagt hat, Mr. Franklin?«

»Ich glaube, diese Teufelsschlampen sollten uns entschieden mehr Respekt entgegenbringen, Mr. Butler.«

Butler beugte sich zu Charas geisha-weißem Gesicht hinunter. »Ihr seelenlosen kleinen Teufel seid nichts weiter als die Aufziehspielzeuge meines Vaters, wisst ihr das denn nicht? Aber Mr. Franklin hier und ich, wir sind Seine *Kinder*. Ich denke, das solltet ihr Mädchen lieber nicht vergessen.«

Chara wandte ihr Gesicht ab; ihr Kiefer war angespannt, ihre schweren Lippen zu einem mürrischen Schmollmund verzogen.

»Hast du mich verstanden?«, beharrte Butler, wie ein Vater, der seinem Kind eine Lektion erteilt.

»Sag ihnen, dass sie mit uns kommen sollen, Mr. Butler«, warf der Große ein.

»Hast du gehört, was Mr. Franklin gesagt hat? Ihr seid die Diener meines Vaters. Und darum seid ihr auch *meine* Diener. Und deshalb befehle ich euch, uns in unser Hotel zu begleiten.«

Schüchtern näherte sich ein Kellner dem Tisch, unsicher, ob er eine Bestellung aufnehmen sollte. Franklin sah ihn mit leeren, toten Augen an. Der Kellner bog zu einem anderen Tisch ab.

»Ich frage dich jetzt zum letzten Mal«, spuckte Butler aus, und dieses Mal packte er Charas Zopf mit der Faust und riss ihren Kopf zurück, damit sie ihn ansehen musste. »Hast du gehört, was ich gesa–«

Doch Chara wirbelte auf ihrem Stuhl herum und schlug mit ihrem Unterarm auf Butlers Faust, sodass er den Griff um ihr Haar lösen musste.

»Du beschissene *Schlampe!*«, schrie Butler, eher überrascht als vor Schmerzen, und wich erschrocken einen Schritt vor ihr zurück.

Dann sah ich, wie sich seine plumpe Hand der Pistole in dem Halfter an seiner Hüfte näherte …

Ich fuhr von meinem Stuhl hoch und rief: »Lasst sie in Ruhe!«

Das ohnehin bereits verstummte Café erstarrte zu einer Grotte voller Statuen. Die Gäste starrten mich mit offenem Mund von ihren Tischen und der Bar aus an. Die beiden Engel, Butler und Franklin, sahen, benommen vor Überraschung, zu mir herüber. Auch die Dämonen, Chara und ihre Begleiterin, starrten mich an.

»Was hast du gesagt?« Butler war fassungslos. »Du … du hast das doch nicht wirklich zu mir gesagt, oder?«

»Du bekommst richtig Ärger, wenn du die beiden nicht in Ruhe lässt«, stammelte ich und versuchte, mit fester Stimme zu sprechen.

»Ärger? Ärger mit wem, du verdammter Grabwurm? Ich bin ein *Engel!*« Butlers dickliches Gesicht war nun knallrot. Er riss seine Glock mit solcher Wucht aus ihrem Halfter, dass sie ihm fast aus der Hand flog, aber schon im nächsten Moment zielte er damit quer durch den Raum auf mein Gesicht. »Erst muss ich mich mit den Unverschämtheiten dieser Hure herumplagen, und jetzt muss ich mir auch noch anhören, dass Ungeziefer wie du so mit mir spricht?«

»Erschieß den Hurensohn«, zischte Franklin.

»Erschießen ist zu gut für ihn. Ich bringe diesen Trottel höchstpersönlich in die nächste Folterfabrik, und ich werde dafür sorgen, dass sie ihn da nie wieder rauslassen. Hast du mich verstanden, Teufelfreund?« Spucke schoss wie Gift aus seinem Mund. »Sie werden dich bis zum Tag des Jüngsten Gerichts durch den Fleischwolf drehen!«

»Das ist der Tag des Jüngsten Gerichts«, sagte Chara, und mit einer einzigen eleganten, flüssigen Bewegung aus weißem Fleisch und aufblitzendem weißem Stahl erhob sie sich von ihrem Stuhl und zog ihr Schwert aus der Scheide.

Ein zischender Schlag. Ein dumpfer Stoß. Ein nasses Spritzen auf dem Fußboden, als die Klinge den Schädel des Engels direkt über dessen Augenbrauen durchschnitt. Seine kahle Schädeldecke knallte auf einen der Nachbartische und schaukelte wie ein durchgeschnittener Ball hin und her.

»Scheiße!«, platzte es aus dem unteren Teil von Butlers Kopf heraus.

»Verflucht!« Franklin trat hastig einen Schritt zurück und nahm die Heckler & Koch von seiner Schulter.

Lulu, wie ich sie insgeheim taufte, sprang ebenfalls von ihrem Stuhl auf, riss ihr Kurzschwert aus der Scheide und schlug immer wieder auf Butler ein. Mit einem geübten Stoß fuhr die Klinge mitten in die Brust des Engels. Sein Brustbein brach lautstark. Mit einem fürchterlichen Grunzen taumelte er erneut einige Schritte zurück.

Butlers Kopf glich nun einem Vulkan, der rote Lava ausspuckte, die seitlich an ihm hinunterfloss. Seine Augen funkelten vor Wut und Schmerz grellweiß unter dieser Haube aus Blut hervor. Seine Hand mit der Waffe war ins Schwanken geraten und gesunken, aber nun erhob er sie erneut und zielte damit wieder auf Chara.

Chara war jedoch noch nicht fertig mit ihm. Ihre Klinge tanzte wieder durch die Luft und beschrieb eine elegante Acht. Mit dem Schwung des Rückhandschlags, der den Schädel des Engels zerteilt hatte, sauste sie nun erneut quer in einem Aufwärtsschlag empor.

Dieses Mal traf die geschliffene Klinge Butler quer über seinem schwammigen Hals. Was von seinem Kopf noch übrig war, wurde von seinen Schultern abgetrennt und fiel nach hinten in seine Kapuze, die es wie der Korb einer Guillotine auffing.

Butler taumelte, aber es gelang ihm, einen Schuss abzufeuern, der jedoch vollkommen wirkungslos im Boden landete, schließlich brach er zusammen.

Mein Blick sprang zwischen den beiden blutenden Engeln hin und her, während ich mich halbwegs hinter meinem Tisch versteckte.

Franklin hatte sich von der Wucht von Lulus blitzschneller Antwort bereits erholt und sich wieder aufgerichtet. Obwohl das Schwert aus seiner Brust ragte, hatte er noch nicht einmal seinen spitzen Hut verloren. Nun war Lulu unbewaffnet. In seinen Augen lag derselbe leere, tote Ausdruck wie zuvor, als er den Schaft des Maschinengewehrs gegen seine Wange drückte.

Mit halb geöffneten Flügeln stürzte Lulu sich wie ein wütender Drache auf den einstigen Menschen und versuchte noch, den Lauf der Waffe zur Seite zu stoßen und eine ihrer kräftigen Hände an seine Kehle zu legen, doch Franklin drückte bereits den Abzug.

Das ratternde Knallen der Schüsse war durchdringend und ohrenbetäubend und hörte sich in dem abgeschlossenen Raum wie mehrere Presslufthämmer in meinen Ohren an. Durch den Schlag ihrer Hand lenkte Lulu die Salve, die sie mitten in der Brust hätte treffen sollen, etwas ab, sodass sie sie nur in der Seite traf … trotzdem sah ich eine Reihe von Austrittswunden in ihrem Rücken klaffen, und eine der Kugeln hatte ein Loch in die Haut ihres Flügels gerissen.

Als Chara nach ihr rief, erfuhr ich Lulus richtigen Namen: »Verdelet!«

Durch die Einschläge wurde Verdelet herumgewirbelt, hielt sich aber auf den Beinen.

Franklin war nun frei und konnte die Waffe erneut an seine Schulter legen, so als nehme er einen wilden Truthahn ins Visier.

Chara stürzte sich mit erhobenem Schwert auf ihn. Auch sie hatte ihre Flügel halb geöffnet. Sie sahen aus wie ein zerfetztes Cape, das hinter ihrem Körper wehte.

Die zweite kurze Gewehrsalve, dieses Mal durch nichts abgelenkt, traf Verdelet mitten ins Gesicht und schoss an der Rückseite ihres Schädels in einer Explosion aus Blut und Knochenschrapnellen wieder heraus. Gewebsklumpen, mit Haaren verklebt, spritzten auf die umliegenden Tische.

Nur eine Mikrosekunde später sauste Charas Schwert durch die Luft, traf Franklin auf den Kopf – sein alberner Hut stellte kein Hindernis dar – und spaltete seinen Schädel in der Mitte so tief, dass es, wäre es nur noch ein paar Zentimeter weiter gewandert, auf Verdelets Klinge getroffen wäre, die noch immer in seinem Brustbein steckte.

Franklin fiel zu Boden. Ich bildete mir ein, dass das Auge in der einen Hälfte seines zweigeteilten Schädels in der Höhle herumrollte und zu Chara hinaufschaute, als sie sich über ihn stellte und ihre Waffe erneut schwang. Sie traf ihn an seiner gespaltenen Kehle und trennte seinen aufgeschlitzten Kopf von seinen Schultern, bevor die beiden Hälften wieder zusammenwachsen konnten. Bei einer Enthauptung ist es, wie beispielsweise auch in Carolines Fall, normalerweise üblich, dass der Kopf sich regeneriert und der Körper verrottet … in einigen Fällen, wie auch bei mir und diesen beiden Engeln, deren Schädel zerstört worden waren, ersteht stattdessen der Körper wieder auf. Ich konnte sehen, wie sich Butlers Hände selbst jetzt noch öffneten und schlossen, während er am Boden lag.

Ich wusste, dass Engel sich mindestens doppelt so schnell regenerierten wie wir Verdammten. Ich hätte schwören können, dass ich ein irgendwie flüssiges Rascheln oder Knistern aus Butlers Richtung hörte, als sein neuer Kopf langsam begann, aus dem immer länger werdenden Stummel seines Halses zu wachsen. Mein einziger Trost war, dass auch Engel die entsetzlichen Qualen einer Wiederbelebung spürten, da auch sie all ihre menschlichen Empfindungen behielten, um Sex oder Speis und Trank besser genießen zu können, und dabei waren die Schmerzen ein Anreiz für sie, ihre Kriegszüge in die Hölle erfolgreich abzuschließen.

Nur Chara und ich standen nun noch. Wir sahen beide zu Verdelet hinunter. Ihr Gesicht wirkte verloren, so als habe man es so lange mit einem Meißel bearbeitet, bis es aussah wie ein nackter Obstkern. Unter ihr bildete sich eine Pfütze aus schwarzem Blut. Dämonen konnten Wunden ertragen, die einen Normalsterblichen töten würden, wie Chara selbst schon bewiesen hatte, aber diese Verletzungen waren viel zu schwer. Trotz ihrer immensen Stärke war ich der dämonischen Kriegerin, diesem gefallenen Engel, in dieser Hinsicht überlegen. Verdelet starb.

Ich nahm wahr, wie sich das Blue um mich herum leerte. Seine zu Tode erschrockenen Gäste eilten auf die Straße hinaus. Mir wurde ängstlich bewusst, dass wir für diesen ungeheuerlichen Kampf mit zwei Engeln auf Urlaub vermutlich höllisch büßen mussten.

Chara und ich blickten uns an. Der Ausdruck des Schmerzes

und des Verlustes in ihren Augen war beinahe herzzerreißend, aber der entsetzliche Hass, der sich daruntermischte, milderte mein Mitleid und ließ mich skeptisch bleiben.

»Geh!«, fauchte sie mich an.

»Du solltest besser auch verschwinden«, erwiderte ich.

Sie kickte Butlers fallen gelassene Glock zur Seite, sodass sie über den Boden schlitterte und kurz vor meinen Füßen liegen blieb.

»Geh!«, wiederholte sie.

Ich hielt ihrem Blick noch einen Augenblick stand und kniete mich dann hin, um die Pistole aufzuheben. Ich steckte sie in den Bund meiner Hose und versteckte den Griff unter dem Hemdzipfel. Während ich dort unten kniete, zog ich Franklins Handfeuerwaffe aus ihrem Halfter und steckte sie in meinen hinteren Hosenbund. Als ich mich wieder aufrichtete, sah ich, dass Chara ihr Schwert wieder in die Scheide geschoben hatte und gerade dabei war, die Heckler & Koch vom Boden aufzusammeln.

Die nassen, unangenehmen Geräusche, die Butlers Körper von sich gab, waren nun ein wenig nachdrücklicher, und auch Franklin machte sich inzwischen bemerkbar. Zwischen Butlers Schultern war bereits ein Gewebeknoten oder -klumpen gewachsen, der aussah wie die rot schimmernde Kugel eines Embryokopfes auf dem Körper eines Erwachsenen. Die Hände beider Körper ballten sich zusammen und verdrehten sich seltsam, auch ihre Beine hatten begonnen, langsam in die Luft zu treten. Butler schien sich zu sammeln und aufstehen zu wollen …

»Jetzt!«, befahl Chara mir und winkte mit der Waffe zur Tür.

»Komm mich besuchen«, sagte ich.

»Warum?«

»Damit wir über das hier reden können! Ich wohne …«

»Ich weiß, wo du wohnst«, unterbrach sie mich, stellte sich breitbeinig über Butler und zielte mit der Maschinenpistole auf seinen knospenden Kopf. »Verschwinde von hier!«

Dieses Mal gehorchte ich und durchquerte das Café zur weit

geöffneten Tür. Ich drehte mich nicht mehr um, nicht einmal, als ich das Gebrüll des Automatikfeuers hörte, durch das Chara ihren Frust abbaute und mir genügend Zeit verschaffte, um abzuhauen. Ich hörte eine ausführliche Salve, dann eine zweite, als sie ihre Aufmerksamkeit Franklin zuwandte. Selbst als ich bereits einen Block entfernt war, hörte ich noch immer Schüsse knallen. Ich war mir sicher, dass Chara das lange Magazin der Heckler & Koch leer geschossen hatte und zur Galil gewechselt war, um auch deren volle Ladung auf die Engel abzufeuern und den Prozess ihrer Wiederbelebung so langwierig und schmerzhaft wie möglich zu machen. Das anhaltende Prasseln der in der Ferne widerhallenden Schüsse gab mir das Gefühl, ich befände mich in einer Stadt im Kriegszustand.

Fünfundsechzigster Tag

Ich habe gestern Nacht wirklich geglaubt, Chara würde zu mir kommen – später, nachdem sich die Aufregung ein wenig gelegt hatte. Sie kam aber nicht. Ich schätze, es ist töricht gewesen, ernsthaft daran zu glauben …

Als ich ihr im Blue erklären wollte, wo ich wohnte, hatte sie behauptet, sie wisse es bereits. Selbst wenn eine Art statistisches Amt der Dämonen genau aufzeichnet, wo Oblivions Bürger wohnen, was ich stark zu bezweifeln wage, wieso sollte Chara dann ausgerechnet speziell über meine Wohnsituation Bescheid wissen? Es sei denn, sie hätte sich darüber informiert. Oder – und das war gleichzeitig realistischer und unwahrscheinlicher – sie hatte mich beobachtet und war mir eines Tages gefolgt, als ich zurück zu meinem Hotel lief.

Nachdem ich meinen gestrigen Tagebucheintrag noch einmal gelesen habe, um mir die Abfolge der Ereignisse im Blue besser ins Gedächtnis zurückrufen zu können, frage ich mich, ob Chara die Engel aus Verachtung über deren Verhalten ihr selbst gegenüber angegriffen hat oder aber, um mich vor ihnen zu beschützen, nachdem sie angedroht hatten, mich in eines ihrer Folterzentren zu verschleppen. Natürlich trifft beides zu. Aber sie handelte erst, als die Waffe auf mein Gesicht gerichtet war. Aber ich hätte mich doch schnell wieder von einer Kugel erholt. Auch jahrelanges Leiden in einer Folterfabrik hätte ich überlebt. Doch Chara … hätte man ihr während des Kampfes ins Gesicht geschossen, hätte sie es nicht überlebt. Genauso wenig wie Verdelet sich hatte regenerieren können. Ich kann nur hoffen, dass Chara jetzt nicht bereut, mich beschützt zu haben. Oder mich sogar verachtet, weil ihre Partnerin ihr Leben verloren hat.

Ich ging heute zur Arbeit, als sei dies ein Tag wie jeder andere, obwohl ich unterwegs ständig über die Schulter schaute, immer in der Angst, es könnten Engel auf Motorrädern – Hell's Angels – um die nächste Ecke rasen, weil sie nach Rache dürsteten.

Nach meiner langen, einschläfernden Schicht bestand mein Kollege Larry darauf, mich zu begleiten, obwohl ich mein Bestes getan hatte, um seine hundeähnliche Aufmerksamkeit zu dämpfen. Seine Versuche, meine Freundschaft zu gewinnen, gaben mir das Gefühl, ich sei eine Frau mit einem unerwünschten Verehrer. Er wollte einen Happen mit mir essen gehen – ich hingegen wollte nichts weiter, als mich in meinem Tollhaus von einem Hotel zu verstecken, die Kerzen in den Kürbissen anzuzünden und eine weitere Nacht in einer endlosen Kette von Halloween-Nächten zu verbringen.

»Hey«, zwitscherte Larry, der nun schon beinahe verzweifelt versuchte, mich irgendwie mitzureißen, »hast du mitgekriegt, dass sie fünf Typen geschnappt haben, die einen Dämon vergewaltigt und an einem Baum gekreuzigt haben? Ich hab gehört, sie foltern sie öffentlich … sie statuieren wirklich ein Exempel an ihnen …«

Damit gewann Larry schließlich doch meine ganze Aufmerksamkeit. Ich blieb stehen und sah ihn an. »Wo hast du das gehört?«

»Von Jarrod, bei der Arbeit. Er hat sie gestern gesehen. Sie werden öffentlich zur Schau gestellt. Jarrod hat gesagt, sie werden sie noch jahrelang ausstellen, nach allem, was die getan haben.«

»In welcher Folterfabrik sind sie?«

»In der unten beim Müllentsorgungszentrum. Willst du mitkommen und sie dir ansehen?«

»Ja … klar. Schauen wir sie uns mal an.«

»Klasse!«

Um das Müllentsorgungszentrum zu finden, musste man nur seiner Nase nachgehen. Es war riesig und verfügte über Hunderte von Angestellten, doch ich verspürte nicht den geringsten Wunsch, herauszufinden, was deren Job war … obwohl ich gehört hatte, dass manchmal Bürger tief im Inneren angekettet und gezwungen wurden, die Abfälle der Stadt zu vernichten, indem sie sie aßen – als Bestrafung. Vielleicht wurden sie ja von der Folterfabrik nebenan hierher geschickt.

Sowohl das Müllentsorgungszentrum als auch die Folterfabrik standen an einer weiteren dieser ungewöhnlich breiten Straßen, in deren Mitte Schienen für Züge verliefen, die ich allerdings nach wie vor noch nie gesehen hatte. Ich fragte Larry danach.

»Oh, die sind für die Schwarze Kathedrale.«

»Oh. Und was ist das?«

»Das ist eine Kirche, die durch die Stadt fährt, ein paar Tage in einer Straße hält und dann wieder weiterzieht. Ich hab gehört, sie ist sogar wie eine U-Bahn an ein unterirdisches Schienennetz angeschlossen und fährt auch in andere Städte.«

»Wozu?«

»Die Leute werden eingesammelt und in die Kirche gebracht. Mir ist das aber noch nie passiert – klopf auf Holz.« Er klopfte sich an die Stirn. »Drinnen foltern sie dich. Wofür sollte sie wohl sonst sein? Aber da machen sie es auf die *Psycho*-Tour.«

Ich nickte und hoffte, niemals Näheres darüber erfahren zu müssen.

Da ich gerade von Bestrafungsinstituten spreche: Vor mir erhob sich nun die größte Folterfabrik, die ich je in Oblivion gesehen hatte – ein Wolkenkratzer, der schon schwindelig machte, wenn man ihn nur von unten betrachtete. Er war viel größer als der fabrikähnliche Bau mit den Zwillingsschornsteinen neben dem Gefängnis, in dem man mich kurze Zeit festgehalten hatte. Die Flanken des Gebäudes schienen weitgehend mechanisch zu sein, und Fenster gab es kaum. Ich sah abgeschlossene, bewegliche Räume, die wie Außenfahrstühle an den Mauern hinauf- und hinunterfuhren und manchmal sogar quer über das mächtige Gebäude wanderten, bevor sie an ihren Platz rutschten. Aus Dutzenden von Gittern und Öffnungen zischte Dampf, und zähe, grünliche Schmiere ölte unzählige Zahnräder, Kurbelwellen und Ketten, die so immens waren, dass man mit Leichtigkeit ein Schlachtschiff an ihnen hätte vertäuen können.

Direkt hinter diesem Wolkenkratzer stand ein weiteres, ähnlich imposantes Gebäude. Larry klärte mich auf, dass dies die Hauptkaserne der Dämonen war. Sie führten dort drinnen kein übles Leben, sofern man das nach dem bisschen beurteilen konnte, was die wenigen, handverlesenen menschlichen Bediensteten berichteten, denen es erlaubt wurde, dort zu arbeiten. Larry meinte, er würde aber ebenso gern der Dämonenstadt Tartarus einen Besuch abstatten wie auch nur einen Fuß in diesen ominösen schwarzen Turm setzen.

Der Folterturm bestand aus verschiedenen terrassenartigen Bauten, diversen Stockwerken oder Schichten, die mit zunehmender Höhe des Gebäudes immer schmaler wurden, es also keilförmig zulief, wie bei einem sehr spitzen babylonischen Tempelturm. Auf der untersten, breitesten dieser Terrassen wurden die fünf Gefangenen zur Schau gestellt. Es hatte sich bereits eine kleine Gruppe von Passanten versammelt, die ihre Hälse reckten und ihre Augen mit halb angsterfülltem, halb morbidem Ausdruck vor dem glühenden Himmel abschirmten.

Die Gefangenen waren gleichmäßig über den vorderen Rand

dieses Absatzes verteilt, direkt über den mächtigen Eisentüren des Haupteingangs der Fabrik. Im selben Moment, in dem wir eintrafen, wurden sie hingerichtet. Zum wiederholten Mal.

Einer der Männer saß auf einem Stuhl, die Handgelenke an die Armlehnen gefesselt, die Knöchel an die Stuhlbeine, eine Schlinge um den Hals. Eine Falltür öffnete sich, er stürzte hinunter, schaukelte und drehte sich und wurde auf seinem Stuhl hin und her gerissen, sodass er würgte und beinahe erstickte, bis er schließlich das Bewusstsein verlor. Vielleicht lag es an der Art und Weise, wie die Schlinge um seinen Hals geknotet war oder an der geringen Tiefe des Falls oder vielleicht gab es auch irgendeinen anderen Grund, jedenfalls war dies kein schnelles, gnädiges Erhängen. Sobald der Mann jedoch das Bewusstsein verloren hatte, wurde er mitsamt dem Stuhl zurück nach oben gezogen, die Falltür schloss sich wieder und sie stellten den Stuhl wieder darauf ab. Irgendwann würde der Mann dann wieder vollständig heilen, sich erholen, wiedererwachen … nur, um alles von Neuem durchzumachen. Und das würde, wie Larry ständig wiederholte, mindestens ein Jahr so weitergehen. Wer weiß … vielleicht auch zehn. Oder vielleicht sogar für Generationen.

Ein weiterer Mann saß auf einem ähnlichen Metallstuhl, bei dem es sich jedoch um einen elektrischen Stuhl handelte. Wir konnten sein brennendes Fleisch riechen, während er entsetzlich auf seinem Stuhl zitterte und die Luft von den heftigen Stromstößen so laut knisterte, dass ich spürte, wie sich mir die Haare an meinen Armen aufstellten – trotz der relativ großen Entfernung. Wir sahen die Augen des Mannes zerplatzen. Blut quoll in dicken Strömen hervor und beschmutzte sein ohnehin schon vollkommen blutverschmiertes Hemd noch mehr. Auch die Augen würden wie ganzjährige Pflanzen immer wieder nachwachsen. Und erneut geerntet werden. Der endlose Kreislauf von Tod und Wiedergeburt. Yin und Yang.

Auch die anderen Männer litten durch ganz ähnliche Pseudohinrichtungen: eine Guillotine – dieses Opfer brauchte

natürlich länger als der Erhängte, um sich zu erholen – und eine Gaskammer aus dickem Glas, die ein wenig aussah wie eine Telefonzelle. Diese fünf jungen Männer litten aber nicht nur unter den immensen Schmerzen des Todes, immer und immer wieder, sondern auch – und das war noch schrecklicher – unter der Erwartung dieses Todes. Ob sie sich am Ende wohl daran gewöhnen würden? Oder sogar, ganz Zen-mäßig, einen Weg fanden, all das auszublenden und ihr Bewusstsein jenseits ihres Ichs zu projizieren? Oder würden sie sich auf ganz ähnliche Weise einfach in den Wahnsinn flüchten, aus dem sie möglicherweise nie wieder auferstehen würden?

Mit übertriebener Ehrfurcht in der Stimme sagte Larry: »Wenn ich diese fünf Jungs ansehe, sehe ich keine Ermahnung, mich besser zu benehmen. Weißt du, was ich sehe?«

»Was siehst du?«

»Ich sehe Märtyrer. Wie Heilige …«

Auf mich hatte das Geschehen eine verwirrendere, weniger eindeutige Wirkung. Ich hatte gesehen, was diese Männer Chara angetan hatten, wie sie sie gekreuzigt, einen Speer in ihren Körper gebohrt und sie dann einfach zum Sterben zurückgelassen hatten … sterben, wie sie selbst es nicht konnten – auch wenn sie vielleicht der Ansicht sein mochten, dass Chara in dieser Hinsicht die Glücklichere war. Und sie hatten sie mit diesem Speer geschändet, bevor sie ihn in ihr Fleisch gestoßen hatten. Sie war eine Frau. Und sie Männer.

Und dennoch … sie war auch ein Dämon, ein Ungeheuer. Und sie waren Menschen. Zu Lebzeiten waren sie vermutlich keine Vergewaltiger, Verbrecher oder Terroristen gewesen, sondern ganz normale Typen mit ganz normalen Jobs, wie ich. Sollte ich sie dafür, dass sie mutig genug gewesen waren, einen Dämon anzugreifen und ihn trotz seiner Stärke und kämpferischen Fähigkeiten zu bezwingen, nicht ebenso als Helden betrachten wie Larry es tat?

Larry streckte seine Hand hoch über seinen Kopf und machte das Peace-Zeichen, sodass die Gefangenen es sehen konnten und zumindest wussten, dass es auch Menschen gab, die ihre Mühen zu schätzen wussten und aufgrund ihrer Schmerzen Mitleid mit ihnen empfanden.

Ich sah, dass die Augen des Mannes, der bald erneut erhängt werden würde, angezogen von Larrys Geste kurz zu ihm hinüberstreiften und anschließend nervös zu mir weiterwanderten. Ich schenkte ihm jedoch keine solche Geste.

Auf dem Nachhauseweg hatte Larry die gefolterten Männer schon bald vergessen und betete eine Liste seiner Lieblingsfilme herunter – hauptsächlich unreife, frauenfeindliche Splatterstreifen. Ich war jedoch dankbar dafür, denn ich hätte ihm nur ungern offenbart, dass ich derjenige war, der den Dämon gerettet hatte, den seine fünf leidenden Heiligen gekreuzigt hatten.

Sechsundsechzigster Tag

Heute »Morgen« weckte mich mein kleiner Aufziehwecker, den ich gestern auf sechs Stunden eingestellt habe. Ich habe die ganze Nacht durchgeschlafen, ohne auch nur einmal aus einem Albtraum zu erwachen oder einen besonders lauten Schrei von draußen zu hören. Außerdem fühle ich mich insgesamt wieder besser, seit das Fieber allmählich abklingt.

Während ich mich für die Arbeit anzog, bildete ich mir ein, ein Rascheln oder eine Bewegung vor der Tür meiner Absteige zu hören. Ich vermutete, es sei die junge Assistentin des Besitzers, aber als ich mir mein Hemd über den Kopf zog und zur Tür ging, fand ich niemanden auf dem düsteren, schmalen Korridor dahinter.

War denn jemand da gewesen? Doch nicht das Mädchen?

Wem machte ich etwas vor? Chara würde nicht kommen, um mich zu besuchen. Nach allem, was ich wusste, hatte man sie längst geschnappt. Und hingerichtet …

Ich kam zu spät zur Arbeit, weil ich einen Lavaschauer

abwarten musste. Glücklicherweise hielt er nur kurze Zeit an. Ich rechnete damit, dass mein Gruppenleiter Bruce wütend auf mich sein würde, aber als ich mich meinem Arbeitsplatz näherte und sah, dass Bruce dort stattdessen ganz offensichtlich ziemlich eingeschüchtert auf mich wartete, verlagerten sich meine Befürchtungen in eine ganz andere Richtung: Mit ihm warteten ein Engel und ein Himmelsbote.

Der Engel wandte sich mir zu, während Bruce die ganze Zeit über stumm blieb – ebenso der Himmelsbote. Nachdem meine Identität bestätigt war, stellte der Engel sich selbst vor: »Ich bin Inspektor Turner.« Und dann streckte er ungelogen seine Hand aus, damit ich sie schütteln konnte, was ich auch tat. Er hatte einen leichten Südstaatenakzent und eine tiefe, sanfte Stimme. Seine silbernen Koteletten waren das einzige Haar, das unter dem spitzen weißen Hut hervorlugte, den er trug. Er war kleiner als ich, untersetzt.

Der Himmelsbote neben ihm war entschieden weniger derb gebaut. Während Inspektor Turner einst auch ein Mensch gewesen war, ähnelten Himmelsboten Dämonen insofern, als auch sie nie ein irdisches Leben gekannt haben – sie sind Golems ohne eine echte Seele. Dieses stumme Wesen hier war hochgewachsen, sehr schlank und trug nichts außer einer Art gemütlichen weißen Sarong um Hüften und Beine. Seine Brust darüber war flach und knochig. Es hatte keine Flügel, aber seine Haut war so weiß wie die eines Dämonenkriegers … eigentlich sogar noch weißer, denn sie schien über eine schwache Biolumineszenz zu verfügen. Dieses subtile Leuchten ließ es beinahe ein wenig verschwommen erscheinen. Sein Haar war ziemlich lang und eher weiß als blond … das Gesicht sehr hübsch, wenn auch mürrisch und so androgyn, dass ich sein Geschlecht kaum erkannt hätte. Doch er besaß keine Brüste. Allerdings hatte er, im Gegensatz zu menschenähnlichen Dämonen, nicht einmal Brustwarzen – oder einen Bauchnabel –, sodass das Geschlecht möglicherweise gar nicht von Bedeutung war. Seine Augen waren jedoch am beunruhigendsten:

unnatürlich blau, seltsam flach – wie die Augen einer Figur in einem Videospiel – und noch verschwommener als seine phosphoreszierende Haut. Selbst wenn es seinen Kopf nur leicht bewegte, schienen seine Augen kurze Farbspuren in die Luft zu malen.

»Was kann ich für Sie tun, Inspektor?«, fragte ich mit so höflicher und panikfreier Stimme, wie ich konnte.

»Wieso unterhalten wir uns nicht in Mr. Golds Büro? Dort ist es nicht so laut. Was meinen Sie?«

»Mr. Gold?«, fragte ich.

»Ihr Aufseher. Mr. Gold.«

Das war also sein Name? Ich hörte ihn zum ersten Mal. Ich sprach stets nur mit Bruce und wusste noch immer nicht mehr über den Sinn dieser Fabrik im Allgemeinen und meines Jobs im Besonderen als an meinem ersten Tag. Ich hegte den Verdacht, dass es gar keinen Sinn gab. Das Ganze war nur eine weitere Möglichkeit, um die Verdammten schuften zu lassen. Aber nach all dem zu urteilen, was ich bisher gehört hatte, war es immer noch besser, als in den glühend heißen Gießereien und Schmieden in der mehrstöckigen Kellerwelt unter Oblivion oder in den angrenzenden Minentunneln zu arbeiten, durch die das Erz aus den Schlacke-Bergen transportiert wurde. Wenn man freiwillig dort unten arbeitete, was viele taten, konnte man sich ein nettes Apartment leisten, vielleicht sogar ein eigenes kleines Haus. Viele schufteten dort hingegen nicht freiwillig: Wer arbeitslos, herumlungernd oder ziellos umherirrend aufgegriffen wurde, konnte dort als Sklave enden. So oder so würde ich auf jeden Fall bei meinem seltsamen Job bleiben und keine weiteren Fragen stellen.

Turner führte mich in einen kleinen Raum, der von einem Schreibtisch aus zusammengeschweißten Metallplatten dominiert wurde und so verrostet war, dass er aussah, als habe man ihn mit geronnenem, geflocktem Blut angestrichen. Als der Himmelsbote die Tür hinter mir schloss, drehte ich mich um und sah, dass Bruce uns nicht länger begleitete. Ich hätte nie gedacht, dass ich dieses kleine Arschloch eines Tages mal vermissen würde.

Turner gestikulierte in Richtung eines violetten Stuhls, und ich setzte mich. Er selbst quetschte sich hinter Mr. Golds unordentlichen Schreibtisch. Der Himmelsbote platzierte sich neben der Tür, was mich zusätzlich nervös machte, da er nun hinter mir stand und ich ihn nicht mehr sehen konnte, wenngleich ich mir einbildete, sein/ihr eiskaltes Leuchten zu spüren.

»Ich habe ein paar Fragen an Sie, über einen Dämon namens Chara, der vor einer Weile zwei Engel in einem Etablissement namens Blue angegriffen hat.« Er sagte nicht vor ein paar »Tagen« – vielleicht teilte er die Zeit ja anders ein als ich.

»Ich werde tun, was ich kann«, bot ich an, nachdem ich einen dicken Kloß hinuntergeschluckt hatte, von dem ich schon fürchtete, ich würde daran ersticken. Ich stellte mir vor, wie das ätherische Wesen mich von hinten festhielt, während der Engel vor mir irgendetwas Messerscharfes aus seinem Gewand zog.

»Zu Lebzeiten war ich Polizist, wissen Sie«, fuhr Turner fort, lehnte sich in dem quietschenden Stuhl zurück und blätterte abwesend in ein paar rätselhaften Diagrammen und Schaubildern auf Golds Schreibtisch. »Zweiunddreißig Jahre … Montgomery, Alabama.«

»Bin nie da gewesen. In Alabama.«

»Ahh. Und woher kommen Sie?«

»Eastborough, Massachusetts.«

»Kleinstadtjunge.«

»Ziemlich klein, ja.«

»Ich bin mal in Boston gewesen, auf einer Konferenz. Nette Altstadt.«

»Mm-hm.«

Turner lehnte sich wieder ein Stück nach vorne. »Sie haben diese Dämonin gerettet, wie ich höre, als Sie ihr zufällig auf Ihrem Weg nach Oblivion begegneten.«

»Ja. Ich habe sie an einen Baum genagelt gefunden, mit

einem Speer im Körper. Sie war schwach und wäre vielleicht gestorben. Ich schätze, ich hatte Mitleid mit ihr.«

»Mit einem Dämon. Interessant.«

»Ich hatte noch nie zuvor einen wie sie getroffen. Von der menschlichen Sorte. Das hat mich irgendwie … beeinflusst, schätze ich. Wenn ich früher schon mal welche getroffen hätte … von ihnen misshandelt worden wäre … ich weiß nicht … vielleicht hätte ich es dann nicht getan … ich weiß es nicht.«

»Nun, es war eine noble Geste. Sie müssen nicht versuchen, sie rational zu erklären.«

»Danke.« Ich verspürte das Bedürfnis, mich umzudrehen und diesen fleischgewordenen Geist anzustarren.

»Wussten Sie, dass die fünf Männer gefasst wurden, die ihr das angetan haben?«

»Ja, Sir – ich habe sie gestern gesehen.«

»Wie haben Sie davon erfahren?« Hatten sich seine Augen eben wirklich ein winziges bisschen verengt? Was dachte er denn, wo ich von der Gefangennahme der Männer erfahren hatte?

»Ein Kollege hat es mir erzählt. Er hat mich mitgenommen, damit wir sie uns mal ansehen können.«

»Ich verstehe.«

»Ich habe nie erfahren, was sie da draußen gemacht hat, im Wald, als sie sie geschnappt haben«, sagte ich wahrheitsgemäß, in der Hoffnung, er würde mich aufklären.

»Der Dämon Chara und ein paar andere haben eine Bande von Menschen aufgestöbert, die im Wald zelteten. Eine kleine Zigeunerbande von Tunichtguten. Sie hatten kurze Zeit zuvor einen Aufseher und dessen Assistenten getötet, vielleicht auch ein paar andere Dämonen. Scheinbar haben diese Männer daraus so etwas wie ihren Beruf gemacht. Ich schätze nur, ihr größter Fehler war, dass sie eines ihrer Opfer am Leben ließen, sodass es sie identifizieren konnte. Als Charas Gruppe das Lager der Menschen überfiel, rannten sie in alle Richtungen davon, und die Dämonen mussten sich aufteilen, um alle einzufangen. So wurden sie voneinander getrennt. Als ihre Begleiter Chara nicht wiederfanden, nahmen sie an, sie habe ihre Gefangenen bereits nach Oblivion zurückgetrieben, um sie angemessen zu bestrafen. Vielleicht wäre sie noch von einem Suchtrupp entdeckt worden, bevor sie gestorben wäre. Vielleicht aber auch nicht. Deshalb haben Sie ihr wirklich einen bewundernswerten Dienst erwiesen, mein Junge.« Er seufzte und betrachtete die Schaubilder und schmutzverschmierten Berichte, die überall an den Wänden des Raumes hingen.

»Und auch wenn es mir leid tut, dass diese arme Kreatur unter diesen Tunichtguten so sehr leiden musste und ich froh bin, dass die Übeltäter gefunden und ihrer gerechten Strafe zugeführt wurden, ist es doch eine Ironie des Schicksals und äußerst unglücklich, dass sie sich nun selbst einer schlimmen Verfehlung schuldig gemacht hat. Und dass sie selbst vor dem Gesetz geflohen ist, genau wie ihre Angreifer.«

Seine blauen Augen, die noch durchdringender waren als die des Himmelsboten, obwohl sie irdischer wirkten, richteten sich wieder fest auf mich und erwiderten meinen Blick. »Ihr Angriff auf die beiden Herren im Blue ist eine äußerst ernsthafte Angelegenheit. Engel, die die Hölle zu Kriegsspielen besuchen, rechnen zwar immer damit, angegriffen zu werden, zumindest im Rahmen dieser Spiele … aber ganz gewiss nicht auf diese Weise. Das war kein Spiel, sondern ein Akt der reinen Feindseligkeit und Respektlosigkeit. Dass ein Dämon sich zwei Engeln gegenüber so verhält …« Er schüttelte den Kopf, warf seine Hände in die Luft und ließ sie in einer dramatischen Geste wieder auf den Schreibtisch fallen. »Das geht weit über Ungehorsam hinaus. Das ist Blasphemie … ein Sakrileg.«

»Ich verstehe«, sagte ich matt.

»Wenigstens musste ihre Partnerin, die Dämonin Verdelet, bereits für ihre Mitwirkung bezahlen. Eigentlich ist es uns sogar erst durch die Identifizierung von Verdelets Leiche gelungen, zu ermitteln, wer unsere Flüchtige ist.

»Ich verstehe.«

Turner spielte mit einem Briefbeschwerer, einem grünlichen Klumpen aus halb geschmolzenem Glas. In seinem Inneren war irgendetwas eingeschlossen, wie ein in Bernstein gefangenes Insekt, das aussah wie ein Puppenauge, aber vielleicht war es auch etwas anderes. Er wiegte es in seiner Hand, so als wolle er abschätzen, wie widerstandsfähig ein Schädel sich ihm gegenüber wohl erweisen würde. »Meinem Bericht zufolge … also, laut der Aussage von Mr. Butler und Mr. Franklin … haben Sie sich gegenüber dem Dämon Chara in besagtem Etablissement, Blue, bereits zum zweiten Mal äußerst ritterlich verhalten.«

»Nun«, stammelte ich, »ich bin wohl einfach so erzogen worden, schätze ich. Ich weiß, dass sie ein Dämon ist, aber sie sieht so menschlich aus. Und als ich dann gesehen habe, dass sie von zwei Männern belästigt wurde … na ja … ich glaube, ich hatte das Gefühl, sie beschützen zu müssen, oder …«

»Ich verstehe Sie.« Er hob seine freie Hand. »Wirklich. Und ich weiß nun, dass Sie selbst gegenüber diesen beiden Herren keinerlei Gewalt ausgeübt haben. Ich muss Ihnen allerdings mitteilen, dass sie nicht allzu gut auf Sie zu sprechen sind.« Er kicherte ein wenig, so als hätten wir gemeinsam einen Scherz gemacht.

»Sie sähen es sehr gerne, wenn Sie schwer bestraft würden, allein aufgrund der Respektlosigkeit, die auch Sie ihnen gegenüber an den Tag gelegt haben …«

»Aber Sir, ich …«

Wieder dieses Kichern und die erhobene Handfläche, so als wolle er mir seinen Segen geben. Er stellte den Klumpen aus Glasabfall mit dem hoffentlich gefühllosen Auge zurück auf den Tisch. »Ich habe den Herren versichert, dass Sie uns weiterhelfen werden, wenn ich Sie befrage. Es ist schließlich offensichtlich, dass ein Mensch niemals mit einem Dämon im Bunde sein könnte.«

»Gut. Danke. Ich versuche ja, Ihnen zu helfen.«

»Und ich weiß das zu schätzen. Wie schon gesagt, ich

wusste, dass Sie sich kooperativ zeigen würden. Obwohl«, er verzog den Mund zu einem Schmollen und streckte seine leeren Hände aus, »es durchaus ungewöhnlich ist, dass Sie sich bei zwei verschiedenen Gelegenheiten gegenüber derselben Kreatur so ritterlich verhalten haben. Aber ich schätze, da war wohl der Zufall im Spiel.«

»Ja, Sir.«

»Sie hatten nicht die Absicht, Chara an diesem Abend im Blue zu treffen?«

»Nein, Sir. Ich hatte keine Ahnung, dass sie auch dort sein würde.«

»Sie haben sich nie privat mit ihr getroffen, ist das richtig?«

»Nein, Sir … nie. Wie Sie bereits sagten, so etwas gibt es nicht.«

Er nickte. »Selbstverständlich. Es ist nur … nun … Mr. Butler dachte, er hätte eine Unterhaltung zwischen Ihnen und dem Dämon mit angehört, aber zu diesem Zeitpunkt hatte sich sein Kopf noch kaum regeneriert, sodass er sich möglicherweise getäuscht hat …«

»Eine Unterhaltung?«

»Nun, er glaubte, etwas in der Art gehört zu haben, dass Chara Sie besuchen kommen solle. Woraufhin die Dämonin angeblich antwortete, sie wüsste, wo Sie wohnen.«

Ich versuchte, nicht wieder zu schlucken. Ich gab mir Mühe, nicht zu zögern oder zu stark zu protestieren, als ich erwiderte: »Mr. Butler muss sich geirrt haben, Mr. Turner. Wie Sie bereits sagten, sein Kopf war noch dabei, sich neu zu bilden. Ich habe nichts mit dieser Frau … diesem Dämon … zu tun … ganz egal, was ich vielleicht für sie getan habe. Sie ist eine Dämonin, Sir. Ich bin nichts weiter als ein Tier für sie, wenn überhaupt.«

»Vielleicht. Andererseits, nach allem, was ich von Zeugen gehört habe, besonders von den beiden Opfern, scheint es, als habe dieser Dämon versucht, Sie vor Mr. Butler zu beschützen.«

»Sir … nun, wissen Sie, vielleicht hat sie das tatsächlich.

Vielleicht hat sie versucht, sich für das zu revanchieren, was ich für sie getan habe. Aber ich habe sie nicht darum gebeten. Wie Sie schon sagten, habe ich mich in den eigentlichen Kampf nicht eingemischt. Vielleicht hat sie mich aber auch gar nicht beschützt … vielleicht haben die beiden sie einfach so sehr gereizt, dass sie sich nicht mehr zurückhalten konnte.«

»Das ist durchaus möglich. Aber das soll sie nicht entlasten – es gibt keine Entschuldigung für das, was sie getan hat, ganz gleich, wie sehr man sie vielleicht beleidigt hat ...«

»Aber wir sind keine Freunde, Sir«, und dieses Mal kicherte ich selbst, um zu betonen, wie absurd allein der Gedanke war. »Das wäre ja so, als würde man auf einen der Wachtürme klettern, um eine Partie Dame mit einem der Aufseher zu spielen.«

Turner grunzte ein halbherziges Lachen, schob seinen Stuhl zurück und erhob sich. Ich tat dasselbe. Als er hinter dem Schreibtisch hervortrat, schüttelte er mir erneut die Hand.

»Ich weiß Ihre Aufrichtigkeit zu schätzen«, bedankte er sich. »Und bitte … falls Sie Chara je wieder in Oblivion sehen sollten, melden Sie dies umgehend einem anderen Dämon. Sie haben Anweisung, sie zu fassen, auch wenn sie vielleicht ein komisches Gefühl dabei haben, weil sie eine von ihnen ist. Sie wissen, dass ihre Loyalität zuallererst ihrer Aufgabe gelten muss.«

»Ich vermute eher, dass sie Oblivion ein für alle Mal den Rücken gekehrt hat, so schnell sie konnte.«

»Vielleicht haben Sie recht. Andererseits ist es eine große Stadt. Mit jeder Menge dunkler Ecken und Winkel.«

Wir verließen das Büro meines angeblichen Aufsehers – vielleicht gab es in Wahrheit ja gar keinen Mr. Gold und all dies war nur ein weiterer Schwindel. Ich war erleichtert, als ich sah, wie sich der leichenhafte Rücken des Himmelsboten von mir entfernte. Doch dann drehte sich Turner noch einmal zu mir um, und auch der Himmelsbote blieb stehen.

»Nur noch eine Sache, Sir«, entschuldigte sich Turner. »Als Butler und Franklin wiederhergestellt waren, fanden sie zwar ihre Maschinengewehre neben sich, aber die Pistolen der beiden waren verschwunden. Wissen Sie irgendetwas darüber?«

»Über die verschwundenen Pistolen? Nein, Sir … weiß ich nicht.«

»Tja, vielleicht ist einer der Gäste zurückgekommen und hat sie sich geschnappt. Und natürlich ist es absolut möglich, dass Chara selbst sie mitgenommen hat. Auch wenn Dämonen ihre Schwerter und dergleichen bevorzugen, können sie durchaus mit einer Schusswaffe umgehen, wenn sie müssen … wie Chara bereits mit diesen Maschinengewehren bewiesen hat.«

»Ja, Sir.«

Turner klatschte in die Hände, so als wolle er eine Fliege fangen. »Nun gut. Das genügt fürs Erste. Vielen Dank noch mal.«

»Jederzeit, Sir.« Ich zwang mich zu einem Lächeln, während ich zusah, wie der Engel-Ermittler und sein Leibwächter auf einen düsteren Korridor abbogen. Ich erwartete beinahe, dass der freundliche Inspektor sich noch einmal umdrehen und mir zuwinken würde.

Wie hatte Turner herausgefunden, wo ich arbeitete? Ich nahm an, dass der Fabrikbesitzer meine Anstellung irgendeiner Behörde der dämonischen Regierung der Stadt hatte melden müssen. Und gab vielleicht auch der Besitzer des Hotels die Namen seiner Gäste weiter, die, wie ich selbst, längerfristig ein Zimmer bei ihm mieteten? Möglicherweise gab es in Oblivion ja doch ein statistisches Amt …

Wusste Turner, genau wie Chara, daher ebenfalls, wo ich wohnte?

Siebenundsechzigster Tag

Ich nahm den längeren Weg nach Hause, den ich seit einer Weile bevorzugte. Der Gehweg entlang dieser Straße bestand aus rußigen schwarzen Ziegeln, genauso wie die dicht stehenden

Gebäude, die ihn säumten. In der Ritze zwischen dem Gehweg und den Mauern wuchsen graues, durchscheinendes Gras und Unkraut. Es war mir gelungen, Larrys Versuche, mich nach Hause zu begleiten, abzuwehren.

Ich machte eine kurze Pause in einem kleinen Buchladen, wie ich es schon des Öfteren getan hatte. Im Hinterzimmer stand eine Druckerpresse – ich hatte sie durch die halb geöffnete Tür gesehen und ihr Rumpeln gehört. Das Angebot war klein: Groschenhefte, am Rücken zusammengetackert, nichts fest Eingebundenes. Memoiren, kurze Autobiografien. Lyrik oder Kurzgeschichtensammlungen, höchstens mal eine Novelle. Keinerlei religiöse Propaganda oder dergleichen – dies war alles andere als ein diabolischer Laden. Er wurde von einer kleinen Gruppe von Bürgern geführt und unterhalten, die die literarischen Werke anderer Bürger veröffentlichten und vertrieben.

Natürlich war das meiste, was ich bisher erstanden hatte, ziemlich amateurhaft und unreif. Schreibfehler fand ich zwar nur wenige – wobei ich dies eher den Herausgebern zuschrieb als den Autoren selbst –, aber die eigentliche Prosa überstieg nur selten das Niveau von einem Kurs an der High School für Kreatives Schreiben. Die Belletristik war klischeehaft, oft rührselig, und die Sachliteratur meist nicht sonderlich interessant für diejenigen, die das Beschriebene nicht selbst miterlebt hatten. Und trotzdem war ich auch für die schlechtesten Ergüsse dankbar und gab nur allzu gerne meine hart verdienten Münzen dafür aus. Trotzdem wünschte ich mir, Anne Sexton und Yukio Mishima – zwei Schriftsteller, die mich brennend interessierten, weil sie beide, genau wie ich, ihrem Leben freiwillig ein Ende gesetzt hatten – seien ebenfalls Einwohner Oblivions. Heute habe ich jedoch eine dünne Gedichtsammlung eines weiteren unbekannten Autors gekauft.

Nicht zum ersten Mal fragte ich mich, ob dieser Verlag – Necropolitan Press – möglicherweise Interesse daran hätte, mein Tagebuch zu veröffentlichen. Ich habe mir oft vorgestellt, wie ich es durch einen Spalt in der Mauer der Hölle schiebe oder es durch irgendein Portal in die Welt der Lebenden schmuggle. Haben vielleicht auch ein paar der infernalischen Bücher unserer Welt auf diese Weise ihren Weg in die Hände von Satanisten gefunden? Und werden diese Satanisten meine Warnungen ernst nehmen und sich bessern, um meinem Schicksal zu entgehen?

Es erscheint mir jedoch nicht sehr wahrscheinlich, dass dies tatsächlich möglich ist. Es heißt, der Geist könne sich nicht wieder in Materie verwandeln. Wenn dem so wäre, könnte ich auch ebenso gut versuchen, mich selbst durch einen solchen Spalt zu quetschen. Ich habe gehört, dass nur Dämonen und Himmelsboten zu diesem Kunststück fähig sind, da sie ohnehin nie sterbliches Fleisch besessen haben … auch wenn es ihnen grundsätzlich verboten ist, es zu tun, und ich mir sicher bin, dass es ihnen nur zu den seltensten Gelegenheiten gestattet wird. Und Gerüchten zufolge sind sie in diesen seltenen Fällen für sterbliche Augen dann sowieso fast vollkommen unsichtbar.

Aber da ich nun einmal Schriftsteller bin, sehne ich mich nach Lesern. Es wäre die reinste Ironie, wenn ich in der Hölle erfolgreicher damit wäre, sie zu finden, als ich es zu Lebzeiten war. Das würde aus meiner Sicht selbst der Hölle einen positiven Aspekt verleihen, und diese Vorstellung gefällt mir: der Gedanke, meine Bestrafung in etwas zu verwandeln, das zu meinem Vorteil ist, wenn auch nur auf sehr bescheidene Weise. Ja … ich sollte die Besitzer dieses Buchladens, dieses Verlages in nicht allzu ferner Zukunft darauf ansprechen. Bevor mein Tagebuch zu dick für das Format wird, das sie drucken. Ich könnte schließlich jederzeit einen zweiten und dritten Band usw. schreiben. Eine fortlaufende Reihe, wenn die Leserschaft danach verlangt. Vielleicht werden sich einige dadurch, dass sie von meinen Erfahrungen in der Hölle lesen, weniger allein in ihrem Leiden und ihren Mitmenschen wieder verbundener fühlen. Schließlich strebt die Kunst genau danach: nachzufühlen, zu verbinden. Ich werde mich aber nicht auf diese Memoiren beschränken. Ich werde auch über die Welt schreiben, die wir zurückgelassen haben. Ich werde auch Eskapistisches verfassen, denn die Kunst dient auch diesem weniger erhabenen, aber nicht minder wertvollen Zweck. Meine eigenen Gedicht- und Kurzgeschichtensammlungen. Ja … das ist etwas, worauf ich mich freuen kann – aber ich werde nicht sagen: etwas, wofür es sich zu leben lohnt.

Zwischen einigen dieser schwarzen Ziegelreihenhäuser, die an den Kolonialstil erinnerten und von denen ich annahm, dass sie zu den ältesten Gebäuden in Oblivion gehörten, befanden sich vereinzelte schmale Gassen. Als ich an einer dieser Gassen vorbeiging, deren Eingang mit einem schwarzen Eisengitter versperrt war, drang eine Stimme aus ihrem schattigen Schlund zu mir heraus: »Hier drinnen … schnell.«

Ich blieb stehen, blickte in die Gasse und erkannte an ihrem Ende eine weiße Erscheinung. Ich trat einen Schritt nach vorne. Es war Chara.

Ich schaute zurück auf die Straße, um sicherzugehen, dass niemand nahe genug war, um mich zu erkennen, und stieß dann die Gittertür auf. Ihre rostigen Scharniere quietschten, als sie aufschwang. Ich huschte in die Gasse, schloss das Tor hinter mir und ging auf Chara zu.

»Ich wohne nicht mehr in meiner Kaserne, ich habe jetzt ein Zimmer. Ich nehme dich mit dorthin, wenn du willst«, flüsterte sie. Sie wirkte ernst, angespannt. Kein Lächeln zur Begrüßung – aber warum auch? Andererseits, wieso sollte sie überhaupt hier sein? Sie hatte offensichtlich meinen neuen Nachhauseweg von der Arbeit ausgekundschaftet.

»Ja«, entgegnete ich. Dann fragte ich sie: »Wirst du von den anderen deiner Art gejagt?«

»Von einigen schon. Nicht von allen.«

»Ein Ermittler hat mich bei der Arbeit aufgesucht und mich ausgefragt. Er war ein Engel. Er …«

Sie sah nun noch ernster aus und sagte: »Warte, bis wir bei mir sind. Dann kannst du mir alles erzählen.«

Ich nickte und folgte ihr zum anderen Ende der Gasse. Sie mündete in eine größere Gasse, in der haufenweise kaputte Möbel, halb zerstörte, nicht zu identifizierende Maschinenteile lagen und Mülltonnen über den gesamten Schutt wachten. Dann tauchten wir in eine weitere Gasse ein und kamen auf einer Straße wieder heraus, die mit unebenen Steinfliesen gepflastert und fast ebenso schmal wie die anderen Gassen war.

Wir gingen noch eine ganze Weile weiter; irgendwann verlor ich die Orientierung. Wir befanden uns in einem obskuren Labyrinth aus Straßen, das ich noch nie zuvor erkundet hatte. Wir wurden zwar von mehreren Passanten gesehen, aber sie alle lenkten ihren Blick aus Angst vor Chara in Richtung Boden. Glücklicherweise begegneten wir keinen Dämonen, die in Oblivion ohnehin in der Minderheit waren. Nun erst sah ich, dass ihr Haar nicht zu einem Zopf zusammengebunden war, wie sie es normalerweise trug, sondern offen über ihren Rücken fiel, wie damals, als ich ihr zum ersten Mal begegnet war. Sie trug ihr Schwert bei sich. Ich wünschte, ich hätte meine Waffen mitgenommen, aber sie lagen gut versteckt in meinem Zimmer. Wie so oft in letzter Zeit hatte ich dieses Buch gegen mein Fenster gelehnt, damit Lyre wenigstens den Ausblick auf die Straße genießen konnte – wenn schon nicht auf die Skyline, die durch das riesige Maschinengebäude verdeckt war –, während er seine unerträglichen Stunden verlebte. Ich hoffte, dass er sich keine Sorgen machte, weil ich so lange wegblieb.

»Tu so, als seist du mein Gefangener«, zischte Chara mir zu, als wir auf eine breitere Straße abbogen. Sie zog ihr Schwert und umschloss es mit ihrer Faust, während ihre andere Hand mein Handgelenk packte und sie mich sehr glaubwürdig hinter sich herzerrte, sodass ich ins Stolpern geriet. Nun, da sie sahen, dass Chara es ganz offensichtlich sehr ernst meinte, hatten die Menschen erst recht Angst, sie anzusehen, obwohl sie, wie ich annahm, Mitleid mit mir empfanden.

Wir stiegen eine Steintreppe hinauf, die zwischen zwei dicht nebeneinanderstehenden Wohnhäusern eingequetscht war, und erreichten so eine höher gelegene Straße. Während ich hinter Chara die Treppe hinaufging, konnte ich meinen Blick einfach nicht von ihrem wackelnden Hintern abwenden, von ihren starken Beinen und ihren auf dem Rücken zusammengefalteten Flügeln. Ich fragte mich, ob sie mit ihren Flügeln wohl auch etwas empfinden konnte und wie es sich wohl für sie anfühlte, wenn ich sie berührte. Ich fühlte mich wegen meiner heimlichen Lust schuldig, besonders, weil ich wusste, wie sehr andere Menschen bereits unter diesem Wesen gelitten hatten – es war, als würde man einen Nazi begehren. Aber es schien mir schlicht unmöglich, nicht auf ihr strahlend weißes Fleisch zu starren.

Vor uns lag eine Brücke, über die zahlreiche Menschen gingen. Bei näherer Betrachtung war sie jedoch auch nichts anderes als eine weitere nutzbare Baufläche, die komplett mit Häusern bedeckt war und mich an Fotografien der Ponte Vecchio in Florenz erinnerte, die ich irgendwann einmal gesehen hatte. Wir gingen durch einen der schattigen Bögen ihres steinernen Fundaments hindurch. Als wir uns unter der Brücke befanden, holte Chara einen Schlüssel aus einem kleinen Beutel, der am Scheidengürtel ihres Schwertes befestigt war. Sie schloss eine von Rost durchzogene Metalltür auf, die in den breiten Brückenpfeiler eingelassen war, und führte mich in das kleine Apartment, das sie gemietet hatte.

Es war zwar größer als mein eigenes Zimmer, verfügte im Gegensatz dazu aber noch nicht einmal über ein einziges Fenster. Wände und Decke waren komplett mit Kupfer bedeckt und hatten reichlich Patina angesetzt, besonders die Decke, an der blanke Rohre verliefen, die Flüssigkeit ausschwitzten. Die abgelagerten Minerale hatten sich dort so weit ausgebreitet, dass sie die Rohre an einzelnen Stellen komplett verschluckten und sich hier und da winzige Stalaktiten gebildet hatten. Aus mehreren Wänden zischte Gas. In einer der Mauern befand sich außerdem eine ganze Reihe von Hebeln, sodass ich annahm, dass dies ursprünglich eine Art Technikraum gewesen war. Chara schob einen mächtigen Riegel vor, um die Eisentür zu sichern, und wandte sich dann wieder mir zu.

»Als du mich damals befreit hast«, brachte sie hervor, »dachte ich, du hättest es vielleicht getan, weil du Angst hattest, es nicht zu tun. Ich dachte, du seist vielleicht einfach ein Arschkriecher – und ein Feigling.«

»Ich habe es aus Mitleid getan!«, protestierte ich.

Sie hob eine Hand. »Aber als du diesen verdammten Schweinen im Blue die Stirn geboten hast, wurde mir klar, dass du stärker bist, als ich vermutet hatte.«

»Hör zu, da ist dieser komische Polizist, der mich bei der Arbeit aufgesucht hat …«

Bevor ich meinen Satz beenden konnte, kam Chara auf mich zu. Einen Augenblick lang legte entsetzliche Angst meinen Verstand komplett lahm. Hatte sie mich nur hierher gelockt, um mich zu bestrafen? Glaubte sie, ich hätte sie an Inspektor Turner verraten?

Sie nahm meinen Kopf in ihre Hände. Ihr Gesicht beugte sich zu meinem hinunter. Sie hatte ihren Kopf leicht nach vorne gekippt, sodass ihre dunkel umrandeten Augen unter ihren Brauen zu mir heraufschauten, ihre viel zu vollen Lippen hielt sie nur so weit geöffnet, dass ich die untere Reihe ihrer Zähne sehen konnte. Dann berührte ihr lüsterner Mund meinen. Ihre Zunge schob sich in meine Seele.

Charas Mund drückte sich verzweifelt gegen meinen. Es fühlte sich an, als wolle sie mir den Atem aussaugen. Meine Arme hielten sie umschlungen, und meine Hände wanderten über ihr warmes nacktes Fleisch, bis sie unbeholfen die unvertraute Stelle erreichten, an der ihre Flügel aus ihrem Körper wuchsen. Es war schon sehr lange her, dass ich Caroline in den Ruinen von Caldera in meinen Armen gehalten hatte – und vor ihr meine Frau, die mich zurückgewiesen hatte. Mein gesamter Körper schmerzte vor Verlangen, das weit über Lust hinausging, und wohl auch über Leidenschaft. Chara schien ebenso wild zu brennen. Ich hörte, wie mein Hemd zerriss, als sie es über meinen Kopf zog.

In dem Zimmer stand ein Bett, das nicht viel mehr als eine Pritsche war. Chara packte mich und warf mich darauf, dann setzte sie sich mit gespreizten Beinen auf mich. Sie schob ihre Hand zwischen uns, um mich in sie einzuführen, und ließ sich dann mit ihrem gesamten Gewicht mit einem heftigen Ruck auf mich fallen, sodass ich eher vor Schreck als vor Wohlgefallen aufschrie. In dieser reitenden Position bewegte sich die Teufelin mit rhythmisch kreisenden, heftigen Bewegungen auf meinem Körper.

Ihre Flügel öffneten sich zu ihrer vollen Größe und erzitterten leicht unter der Anspannung ihres gesamten Körpers. Sie breiteten sich wie ein Zelt über uns aus, während von hinten ein Gasstrahl durch ihre durchsichtige Haut leuchtete, sodass sich die Silhouetten ihrer dunklen Adern abzeichneten, die heftig zu pulsieren schienen. Nun konnte ich auch die dicken Narben erkennen, die sich über die gesamte Länge ihrer Flügel zogen … zweifellos von ihrer Kreuzigung im Wald. Aus diesem Winkel konnte ich allerdings weder ihre Hände noch ihre Füße sehen, an denen sie gewiss noch weitere Narben trug. Wie Chara mir selbst erklärt hatte, konnten Dämonen zwar heilen, aber nicht so vollständig wie wir Menschen. Mein Blick fiel auf ihren Bauchnabel, der von dem Eisenspeer durchbohrt worden war, aber in der schattigen Vertiefung war keine Wunde zu erkennen. Sein verführerisches Geheimnis war unversehrt. Irgendwie gleicht ein Nabel ebenso einem Auge wie einer Vagina.

Stöhnend fuhr ich mit den Händen über Charas glatte Schenkel, schob sie auseinander, umfasste ihre Taille, während sie mich ritt. Ich streckte meine Hände aus, um ihre papierweißen Brüste zu greifen, deren graue Brustwarzen sich gummiartig und hart auf meinen Handflächen anfühlten.

Nachdem wir uns beide völlig verausgabt hatten, legte sie sich auf den Bauch, während ich auf dem Rücken liegen blieb. Einer ihrer Arme und einer ihrer geöffneten Flügel breitete sich über meinen Körper, während wir abkühlten, glänzend vor Schweiß, die Luft feucht von unserem Atem und der Hitze. Der Flügel war wie eine Decke. Ich ließ meine Finger ganz sanft darüberwandern, folgte den Adern und berührte vorsichtig eine der hervortretenden weißen Narben. Stigmata. Unauffällig blickte ich in ihr Gesicht. Ihre dicken grauen Lippen hatten sich zu der leisesten Andeutung eines zufriedenen Lächelns verzogen, ihre schweren Augenlider waren geschlossen. Ihre Schönheit schnürte mir beinahe schmerzhaft die Luft in meiner Brust ab.

»Ich wollte dich von der ersten Sekunde, als ich dich gesehen habe«, flüsterte ich.

Ohne die Augen zu öffnen, entgegnete sie: »Wusstest du, dass Verdelet mehr war als nur meine Partnerin?« Sie machte eine Pause, aber ich sagte nichts. »Sie war auch meine Liebhaberin.«

»Es tut mir leid.« Ich meinte es so, aber dennoch verspürte ich einen albernen Stich der Eifersucht und fragte mich, ob sie sich mit ihren geschlossenen Augen wohl vorstellte, dass sie ihre Wange an die Schulter ihrer toten Liebhaberin schmiegte. Ich sah, dass ihr Lächeln verblasst war. Sie öffnete die Augen und hob ihren Kopf, um mich anzusehen.

»Du bist anders. Du bist der erste Mensch, von dem ich nicht wollte, dass er Angst vor mir hat.«

»Ich will auch keine Angst vor dir haben.« Ich lächelte sie an.

»Ich weiß nicht, warum ich dich hierher gebracht habe. Ich weiß überhaupt nicht, was ich hier mache.«

»Du rebellierst. Gegen all das hier. Gegen die Engel und das, was sie dir jetzt antun wollen. Gegen deinen Job, der bestimmt genauso todlangweilig ist wie meiner. Gegen den Mangel an Freiheit, unter dem du ganz sicher genauso sehr leidest wie ich …«

»Ich langweile mich tatsächlich«, gestand sie. Ihr Blick wanderte zur gegenüberliegenden Wand. »Wusstest du, dass wir Dämonen uns nur deshalb immer neue Arten ausdenken, um die Menschen zu quälen, damit die ganze Angelegenheit nicht mehr so langweilig ist?«

Ich wollte erst einen Witz darüber machen, wie furchtbar das doch sein musste und wie sehr mir das Herz für die armen Dämonen blutete, aber tatsächlich verspürte ich noch immer Angst vor ihr. Deshalb schwieg ich.

»Wir werden ebenso bestraft wie ihr, genau wie du gesagt hast. Wir sind nicht frei. Wir werden wie die Ameisen in einen Haufen hineingeboren. Nichts und niemandem im Universum wird Gerechtigkeit versprochen, aber trotzdem schreit mein Herz noch immer nach dieser nicht existierenden Gerechtigkeit, genau wie deines. Der Gerechtigkeitssinn des Vaters ist mir genauso fremd wie dir – wenn man nicht darüber nachdenkt, kann man ihn akzeptieren, aber wenn man den Fehler macht, ihn genauer zu analysieren, dann ergibt nichts mehr einen Sinn. Wenigstens hattest du eine Chance auf den Himmel. Ich und meinesgleichen werden als Erwachsene geboren, unser Schicksal ist besiegelt. Es gibt keinen Satan, keinen Luzifer, aber ich wünschte, es gäbe ihn – meinen eigenen Gott, der sich um seinesgleichen kümmert …«

»Bist du jetzt mit mir zusammen, weil du dich langweilst? Weil das hier etwas Neues, Aufregendes für dich ist? Oder sind wir hier, weil du gerührt davon warst, dass ich dir Gnade erwiesen habe?«

»Beides«, antwortete sie ohne zu zögern.

Ich hingegen zögerte, bevor ich anfügte: »Es tut mir wirklich sehr leid wegen Verdelet. Wenn du nicht gekämpft hättest, um mich zu beschützen, wäre sie vielleicht noch am Leben.«

»Daran habe ich auch schon gedacht. Aber es ist nicht deine Schuld. Ich werfe es dir nicht vor.«

»Das ist sehr christlich von dir.«

Ihre brennenden Augen blickten flackernd zu meinen hinauf.

»Du solltest mein Mitgefühl nicht so gering schätzen. Und du solltest es nicht als selbstverständlich ansehen.«

»Das tue ich nicht«, versicherte ich. »Aber ich vertraue darauf. Ich weiß, dass du Integrität besitzt. Und Loyalität. Deshalb verstehe ich auch nicht, wie du Menschen wehtun kannst.«

»Das ist mein Job. Ich wurde dafür geboren, das habe ich dir doch erklärt. Eine Ameise geht nicht zur Schule. Ich wurde genauso geboren, wie ich jetzt bin. Es liegt in meiner Natur. Die Tatsache, dass ich jetzt gegen meine Natur handle, zeigt, was für ein Freak ich inzwischen geworden bin. Wie sehr die endlosen Jahre des ewig Gleichen meine Gedanken verzerrt und mich in die geistige Umnachtung geführt haben. Ich wünschte mir beinahe, ich könnte wieder so werden, wie ich einst war.«

»Bitte tu das nicht«, flüsterte ich und streichelte die weiche Rundung ihrer Schulter. »Das solltest du nicht einmal sagen.«

»Deine Freundin aus dem Wald«, begann sie.

»Caroline.«

»Ich habe sie nicht eingeholt. Ich weiß nicht, ob sie es bis nach Oblivion geschafft hat oder nicht.«

»Aber wenn du sie gefunden hättest, dann hättest du sie bestraft. Weil sie wollte, dass ich dich töte.«

»Ich habe sie ja nicht gefunden«, blaffte Chara mich an. »Ich wollte dir das nur sagen. Du hast dich sicher schon gefragt, was passiert ist.«

»Sie war nicht meine Freundin. Wir hatten nur einmal Sex. Aus Einsamkeit.«

»Ich habe dich nicht danach gefragt, oder?« Sie seufzte und beruhigte sich wieder etwas. »Erzähl mir von dem Mann, der dich aufgesucht hat. Erzähl mir alles …«

Ich berichtete ihr von Turners Besuch. Und ich erzählte ihr von dem Himmelsboten.

»So furchteinflößend sie auch aussehen mögen, sie können genauso getötet werden wie wir Dämonen«, teilte Chara mir mit, um mich ein wenig zu beruhigen. »Sie sind zwar schwerer zu töten und heilen schneller wieder, aber sie können sterben. Genau wie Dämonen sind sie keine echten Seelen. Keine menschlichen Seelen. Wir sind nicht unsterblich, im Gegensatz zu euch Verdammten und den Engeln.«

»Du hast gesagt, dass einige Dämonen dich jagen. Aber nicht alle?«

»Ich glaube, dass die meisten meiner Art so tun würden, als hätten sie mich nicht gesehen, wenn sie mir begegneten ... selbst Abbadon. Er ist der Befehlshaber der Dämonensoldaten in Oblivion. Aber in der Stadt gibt's noch andere Dämonenrassen, die nicht zu meinesgleichen gehören und nicht so verständnisvoll sind. Ich kann hier trotzdem keinem Dämon mehr trauen, wenn ich ganz sichergehen will.«

»Solltest du dann nicht aus Oblivion verschwinden? Irgendwohin, weit weg, in eine andere Stadt oder an einen abgeschiedenen Ort?«

»Ich schätze, genau das werde ich auch tun.«

»Worauf hast du dann die ganze Zeit noch gewartet?«

Einige Herzschläge Stille, dann: »Ich habe darauf gewartet, dich zu sehen.«

Ich hob meine Hand, um ihr über das verschwitzte schwarze Haar zu streichen, und küsste dann ihre feuchte weiße Stirn. »Ich möchte mit dir gehen.«

»Einverstanden«, erwiderte sie, auch wenn sie in jenem Moment von ihren unvertrauten Gefühlen vielleicht zu peinlich berührt war, um meinen Blick zu erwidern.

Wir sprachen noch nicht über unsere weiteren Pläne oder mögliche Zufluchtsorte. Stattdessen liebten wir uns erneut. Dieses Mal erlaubte Chara mir, eine etwas aggressivere Position einzunehmen, und so drang ich von hinten in sie ein und hielt sie an der Taille fest, während ich hungrig immer wieder in sie stieß. Ihre Drachenschwingen breiteten sich einmal mehr zu ihrer vollen Größe aus. Ich streckte die Arme nach ihnen aus und fuhr mit meinen Händen über ihre straffe Haut, packte sie schließlich an den Wurzeln und bohrte mich noch tiefer in

Charas Körper hinein. Ich schrie ein paarmal stöhnend auf, als ich kam, und dabei klang ich, als würde ich gefoltert.

Achtundsechzigster Tag

In den Pausen, wenn wir uns gerade nicht liebten, erzählte Chara mir von einigen der abgeschiedeneren Orte, an die wir fliehen konnten …

Sie erzählte mir auch vom Roten Meer, das nicht weit entfernt lag. Es war ein Ozean aus lebendigem Blut. Ich stellte mir dieses Meer vor, wie es sich weit über den Horizont erstreckt, während mächtige, schaumgekrönte Wellen aus Blut Richtung Ufer rollen und an Obsidianfelsen und Stränden aus glitzernd schwarzem Sand brechen. Bei Ebbe verdickt sich das Blut in den flachen Gezeitenbecken. Regelmäßig werden Klumpen aus gelatineartiger Masse – klein wie eine Faust oder groß wie ein Wal – am Ufer angespült und von den aalartigen Kreaturen gefressen, die durch die Luft schwimmen. Chara versicherte mir, dass es auch Küstenstreifen gibt, an denen diese gefräßigen Aale weniger verbreitet sind. Sie warnte mich jedoch auch davor, dass gelegentlich Engel in Schnellbooten über das Meer rasen und die Verdammten mit Harpunen jagen, während diese versuchen, auf Flößen die abgeschiedenen Obsidian-Inseln zu erreichen, die hier und da vor der Küste liegen.

Abgesehen von diesen kleineren Inseln befinden sich in den Klippen aus vulkanischem Glas, die turmhoch über einigen Teilen des Roten Meeres aufragen, vereinzelte Höhlen. Insgesamt erschienen mir diese Aussichten jedoch nicht sonderlich attraktiv – sie klangen nach einem recht kargen Leben. Ich gestand ihr, dass ich noch nie wirklich ein Naturbursche gewesen war und dass es mir schwerfiel, mich an den Gedanken zu gewöhnen, nicht mehr in einer Stadt zu leben.

Außerdem, so erzählte Chara weiter, lag auf dem Grund dieses Ozeans eine Stadt namens Scheol. Sie zu erreichen war zwar alles andere als einfach, aber wir Verdammten konnten schließlich nicht wirklich ertrinken oder ersticken. Wenn man sich erst einmal in den abgeschlossenen Bereichen der Stadt befand, konnte man wieder richtig atmen. Die Dämonen, die über die Stadt wachten, gehörten einer Wasserrasse mit Kiemen an. Chara hingegen konnte sehr wohl ertrinken, weshalb man ihresgleichen auch nicht unter den Bewohnern der Stadt fand … und genau deshalb kam diese Stadt auch nicht für uns infrage, ebenso wenig wie eigentlich jede andere größere Stadt … zumindest hier in der Nähe.

Etwas weiter entfernt lag eine möglicherweise etwas sicherere Gegend: eine gefrorene Ödnis aus Schnee und Eis, viele Tagesmärsche weit weg. Dort gab es kleinere Dörfer und eine größere Stadt namens Pluto, die größtenteils aus Eis erbaut war. Die meisten ihrer Dämonen gehörten einer Rasse aus zotteligen, primitiven Wolfswesen an, aber auch Charas Art war dort nicht unbekannt. Es klang nach einer guten Alternative, auch wenn sich die ständige Kälte nicht sonderlich behaglich anhörte. Trotzdem erschien mir die Vorstellung daran immer noch attraktiver als die an die glühend heißen Wüstengebiete, die Chara anschließend beschrieb. Wenn man mich vor die Wahl zwischen Hitze und Kälte stellt, dann halte ich die Kälte für das kleinere Übel.

Chara ging in ihrem Zimmer auf und ab und murmelte: »Die meiste Zeit werden wir so tun müssen, als seist du mein Diener. Oder mein Gefangener.« Dann überlegte sie laut: »Vielleicht sollte ich mir die Flügel abschneiden. Dann könnte ich eine Kutte und einen Hut tragen und würde von Weitem als Mensch durchgehen …«

»Nein«, protestierte ich. »Sag das nicht. Ich liebe deine Flügel.« Mein Ausbruch war mir sofort ein wenig peinlich, aber sie sah mich an und lächelte.

»Wie auch immer, aus der Nähe würden deine Haut und deine grauen Lippen sowieso auffallen, und …«

»Ich wäre nicht der einzige verkrüppelte Dämon in der

Hölle. Wie dem auch sei … seit ich angegriffen und gekreuzigt wurde, bereiten meine Flügel mir Schmerzen.«

»Das tut mir leid. Das wusste ich nicht.« Ich hoffte, dass ich sie in der Hitze der Ekstase nicht zu grob angefasst hatte.

»Es war auch nur so ein Gedanke«, murmelte sie und ging wie schon zuvor auf und ab.

»Es ist doch die reinste Ironie, dass sie dich jagen, während sie gleichzeitig die Männer foltern, die dich angegriffen haben. Turner hat mir erzählt, was vor dem Angriff passiert ist … dass du und ein paar andere diese Männer gejagt habt und dass ihr getrennt wurdet …«

»Sie machen sie zu Märtyrern, wenn sie sie so in aller Öffentlichkeit foltern. Dadurch könnten sie noch mehr Menschen dazu bringen, sich ihrer Sache anzuschließen – anstatt sie abzuschrecken, ihnen zu folgen.«

»Ihrer Sache?«

Chara hörte auf, wie eine Löwin im Käfig auf und ab zu gehen, und sah mich an. »Turner hat dir also nicht alles erzählt.«

»Was hat er mir nicht erzählt?«

»Diese Männer, die wir aufgespürt haben … die mich angegriffen haben … das sind Rebellen. Sie versuchen, ein Heer aufzustellen, eine Armee. Die meisten dieser Gruppen sind klein und überall verstreut, aber einige von ihnen haben versucht, sich zusammenzuschließen. Die Männer gehörten zu einer der entschlosseneren Einheiten.«

»Rebellen? Bei Turner hörte es sich eher so an, als seien sie eine einzelne kleine Bande, die Dämonen aus Boshaftigkeit tötet, oder aus Rache.«

»Viel organisierter sind sie auch nicht. Noch nicht. Aber es gibt Gerüchte, dass sie stärker werden und bald bereit für einen Großangriff sind. Möglicherweise auf Städte wie Tartarus, wo viele von uns Dämonen geboren und ausgebildet werden.«

»Klingt wie reiner Selbstmord.«

»Vielleicht. Aber vergiss nicht … auch wenn Tartarus wie am

Fließband immer neue Dämonen hervorbringen kann, um die getöteten zu ersetzen, sieht es letzten Endes doch so aus, dass Dämonen getötet werden können, die Verdammten aber nicht. Und wie ich dir schon gesagt habe: Selbst wenn die Himmelsboten hier heruntergesandt würden, um eine ausgewachsene Rebellion niederzuschlagen, könnten auch sie getötet werden. Eine vernünftig organisierte Armee der Verdammten könnte, wenn sie groß genug ist, höchstens aufgehalten, auseinandergesprengt, gestört oder dazu gebracht werden, ihr Vorhaben aufzugeben. Aber sie könnte niemals getötet werden. Nicht einmal von einer Armee von Engeln. Diese größte Angst teilen Dämonen und Engel. Kein Wunder, dass Turner dir nicht alle Einzelheiten erzählt hat.«

Nun war ich es, der grübelnd im Zimmer auf und ab ging. »Wow«, war jedoch alles, was mir in diesem Augenblick einfiel.

»Dann sympathisierst du also mit diesen Arschlöchern, die mich angegriffen haben?«

»Ich rechtfertige nicht, was sie getan haben. Dass sie dich vergewaltigt haben. Und gefoltert. Nicht mal einen Moment lang. Aber …«

»Nun, sie verdienen ja wohl, was sie gerade bekommen, oder nicht?«, forderte sie mich mit eiskalter Stimme heraus.

»Ja!«, warf ich ihr entgegen. »Das tun sie! Jeder Einzelne von ihnen verdient es. Aber ich kann ihren Hass verstehen, und ihre Sache …«

»Sie werden sich nie zu einer ausreichend großen Gruppe zusammenschließen können, um die Hölle zu erobern. Vielleicht ein Dorf. Vielleicht sogar eine Stadt. Aber am Ende werden sie immer gestürzt werden, und dann wird es ihnen genauso leidtun, wie es diesen Arschlöchern jetzt leidtut. Deshalb geben die meisten Verdammten diesen rebellischen Gefühlen auch nicht nach.«

»Du hast mir doch eben erklärt, dass eine Armee der Verdammten unzerstörbar wäre.«

»Sie kann nicht getötet werden. Aber man kann sie aufhalten. Die Menschen haben Angst vor Schmerz, auch wenn sie sich wieder davon erholen. Die Menschen sind Schafe, und man kann sie sehr leicht brechen. Und die Menschen sind selbstsüchtig und wählen lieber den einfacheren Ausweg, selbst wenn er in ewige Drangsal führt. Immer noch besser als die ewige Folter, der diese Rebellen entgegensahen.« Ihre Augen verengten sich zu bösartigen Schlitzen. »Falls du je mit dem Gedanken spielen solltest, dich einer solchen Sache anzuschließen, dann kannst du dich von mir verabschieden.«

»Aber du hasst den Schöpfer, die Engel und dieses ganze System doch auch!«

»Was soll ich deiner Meinung nach denn tun? Mit einer Sache sympathisieren, in der du dich gegen meinesgleichen stellen würdest? Dir dabei helfen, meinesgleichen abzuschlachten?«

»Ich bitte dich nicht, damit zu sympathisieren. Nur, es zu … verstehen.«

Mit sanfterer Stimme erwiderte sie: »Das tue ich. Ich verstehe es. Aber jetzt ist nicht der passende Zeitpunkt, sich von dem Gedanken an eine Revolution mitreißen zu lassen. Wir müssen an uns selbst denken, an dich und mich. Das ist die einzige Sache, der wir uns gemeinsam verschreiben können. Ein Krieg würde uns zwangsläufig trennen.«

Ich trat näher an Chara heran. »Ich bin dabei, mich in dich zu verlieben.« Ich sah, wie sie ihre Augen abwandte. »Liebst du mich auch?«

»Ich kann nicht lieben.«

»Nein? Was ist dann das hier?«

»Ich sehne mich nach deiner Gesellschaft.« Sie machte eine Pause und suchte nach Worten. »Weil du mich interessierst.«

Ich wollte die Sache nicht weiter vertiefen und sie so sehr reizen, dass sich ihr Leugnen in Zorn verwandelte. Deshalb lenkte ich uns von diesem intimeren Thema wieder in Richtung unserer gesamten Situation. »Ich verstehe deine Verbundenheit mit deinesgleichen. Aber ich habe auch eine Verantwortung gegenüber meinesgleichen.«

»Gut für dich. Aber du wirst noch sehen, dass nur sehr wenige deiner Art so edel sind wie du. Es ist Zeitverschwendung, über diese Dinge nachzudenken. Aber wenn du abhauen und dich ihnen anschließen möchtest, dann bitte sehr. Kämpfe Seite an Seite mit Männern wie jenen, die mich geschändet haben.«

»Ich habe dir doch gesagt, dass ich nicht dulde, was sie dir angetan haben!«

»Diese Menschen sind Terroristen!«

»Sie sind Guerilla.«

»Das sind doch alles nur Begrifflichkeiten.«

»Da hast du recht. Ich würde vielleicht eher einen Dämon als Terroristen bezeichnen. Weil er Menschen wie mich in Schrecken versetzt. Kannst du das denn dulden?«

»Es ist alles schrecklich. Alles.« Ihre Stimme zitterte. »Alles. Deshalb will ich auch, dass es nur noch um uns beide geht. Keine Armeen, keine Rassen, keine Gefangenen oder Bestrafenden. Nur du und ich. Ist das denn so schrecklich?«

»Nein«, seufzte ich. »Ist es nicht. Das wünsche ich mir doch auch mehr als alles andere.« Ich ging zu ihr hinüber und nahm sie zärtlich in die Arme, und dieses Mal war ich wegen der ständigen Schmerzen in ihren Flügeln vorsichtiger. Chara hatte sie auf ihrem Rücken zusammengefaltet, und ich streichelte sanft darüber. »Lass uns nach Pluto gehen. Ich habe den Winter sowieso immer lieber gemocht als den Sommer.«

»Dann sollten wir aber bald aufbrechen. Oder vielleicht warten wir besser noch ein paar Tage, bis sie nicht mehr so intensiv nach mir suchen. Sie werden annehmen, ich sei schon längst abgehauen. Außerdem habe ich gehört, dass diese Engel-Gang, die durch die Stadt gerast ist, in ein paar Tagen wieder verschwindet. Ich bezweifle, dass die beiden, die nach meinem Blut schreien, hierbleiben werden.«

»Gut. Dann habe ich Zeit, ein paar dickere Klamotten zu

kaufen, meine Sachen zu packen und noch ein bisschen Geld zu verdienen, bevor wir gehen.«

»Dann solltest du besser wieder nach Hause gehen und zur Arbeit. Verhalte dich ganz normal. Ich melde mich dann bei dir, irgendwie.«

»In Ordnung. Aber wenn ich in ein paar Tagen immer noch nichts von dir gehört habe, dann komme ich her und sehe nach dir.«

Chara widersprach nicht.

Ich ließ sie in ihrer Kammer unter der viaduktartigen Brücke zurück und fand nach einigen Mühen endlich den Weg in mein eigenes Viertel.

Als ich schließlich vor meinem Zimmer stand und die Tür aufschloss, bemerkte ich leise Schritte und einen schwachen Lichtschein, der meinen Schatten vor mich warf. Ich wirbelte herum.

»Tut mir leid, wenn ich Sie erschreckt habe!« Inspektor Turner kicherte wohlwollend und hob beschwichtigend eine Hand. »Ich hätte Sie zuerst ansprechen sollen.«

Der androgyne Himmelsbote stand neben dem Engel, der in ein langes Gewand gehüllt war. In der Dunkelheit des Flurs schien er noch heller zu leuchten als beim letzten Mal in der Fabrik.

Ich lächelte unsicher. »Das macht doch nichts, Inspektor. Äh … Kann ich Ihnen helfen?«

»Nun, es tut mir leid, dass ich Sie noch einmal stören muss, zumal ich weiß, dass unsere letzte Unterhaltung noch gar nicht lange her ist, aber ich dachte, ich sollte mich noch einmal bei Ihnen melden … und sehen, ob Sie schon etwas Neues gehört haben. Ich war bei Ihrer Arbeitsstelle, aber dort sagte man mir, heute sei Ihr freier Tag. Deshalb hat man mich hierher geschickt. Aber … hier waren Sie auch nicht.« Er warf die Hände in die Luft. »Ich habe angenommen, Sie seien einkaufen oder einen Freund besuchen gegangen. Also bin ich später noch einmal hergekommen, aber Sie waren immer noch nicht da. Ich habe schon geglaubt, Sie hätten Oblivion verlassen.« Er kicherte erneut. »Aber ich dachte, ich sollte es noch ein letztes Mal in Ihrem Hotel versuchen, und da sind Sie nun!« Er lächelte.

»Ja … tut mir leid. Ich habe einen Freund besucht. Hey, äh, wollen Sie vielleicht reinkommen, damit wir drinnen weiterreden können?«

»Wir können auch hier reden, wenn es Ihnen Umstände bereitet …«

»Oh nein, das ist schon okay. Hier, kommen Sie rein …«

Als ich die Tür jedoch bereits aufgeschlossen hatte, stolperte mein Verstand aufgeregt vor mir ins Zimmer: Hatte ich vielleicht irgendetwas herumliegen lassen, das mir Ärger einbringen konnte? Die Waffen waren sicher versteckt. Ich konnte nur hoffen, dass Himmelsboten nicht über denselben ausgeprägten Geruchssinn verfügten wie Dämonen. Zweifellos bildete ich mir das nur ein, aber ich war fast sicher, dass ein Hauch Maschinenöl von meinen beiden gestohlenen Pistolen in der Luft hing.

»Setzen Sie sich doch«, bot ich an. »Kann ich Ihnen eine Tasse Kaffee anbieten oder …«

»Oh nein, nein. Wir können nicht lange bleiben.« Turner machte eine winkende Geste. »Ein nettes kleines Zuhause haben Sie hier.« Er zeigte auf einen meiner geschnitzten Kürbisse, der allmählich verfaulte und aussah wie das Gesicht eines zahnlosen Achtzigjährigen. »Hübsch. Ja, das ist ein gemütliches Zimmer, auf seine Art. Ich will wirklich nicht angeben, aber ich habe selbst ein sehr nettes Plätzchen zu Hause. Ich habe es nach meinen Wünschen anfertigen lassen – ein kompletter Nachbau des Hauses, in dem ich aufgewachsen bin. Viele Engel wünschen sich Schlösser, Paläste oder Plantagen, und natürlich können sie die auch bekommen. Aber meine Bedürfnisse sind bescheidener. Ich war nie ein Freund von Prunk und Pomp.«

»Ich weiß, was Sie meinen.«

Wie schon bei unserer letzten Begegnung sagte der Himmelsbote auch dieses Mal kein Wort. Seine verschwommen wirkenden blauen Augen schienen sich auf nichts Bestimmtes zu konzentrieren, noch nicht einmal auf mich – das beunruhigte mich mehr, als wenn er mich offen angestarrt hätte.

»Also … Sie bekommen sogar manchmal einen Tag frei?«, begann Turner erneut. »Das ist sehr gut. Das machen nicht alle. Wie oft?«

»Alle neun Tage. Oder sagen wir: alle neun Arbeitseinheiten. Wie immer man das auch sehen möchte. Ich weiß nicht, warum es neun sind.«

»Nun, Sie sind ein Glückspilz.«

»Stimmt. Also, wie kann ich Ihnen helfen, Inspektor?«, wiederholte ich.

»Immer noch keinerlei Anzeichen des Dämons Chara? Sie hat Sie hier nicht aufgesucht?«

»Nein, Sir. Und ich habe wirklich keine Ahnung, weshalb sie das tun sollte. Selbst nachdem ich sie vor diesen Rebellen gerettet hatte, schien sie mich noch zu verachten.«

»Nun, zumindest hat sie Sie nicht so sehr verachtet, dass sie sich nicht verpflichtet gefühlt hätte, Ihnen im Blue zu Hilfe zu kommen.« Turner beugte sich nach unten, um eine weitere meiner Kürbislaternen zu betrachten, aber plötzlich sah er wieder mit festem Blick zu mir empor. »Rebellen? Das ist ein ziemlich glamouröses Wort für eine Handvoll Tunichtgute.«

Scheiße. Wieder geriet mein aufgeregter Verstand ins Stolpern. »Na ja, was immer sie eben sein mögen.«

Turner richtete sich auf. Er zog eine Metalldose unter seinem Gewand hervor, und für einen Augenblick zuckte ich in Erwartung einer Waffe zusammen. Er klappte die Dose auf – in ihr befanden sich Zigarren. »Kann ich Ihnen eine anbieten?«

»Oh, nein danke. Die Dinger bringen einen um.«

»Ha! Das ist lustig. Stört es Sie, wenn ich …?«

»Aber nein, bitte sehr.« Ich stellte eine Kaffeetasse vor ihm auf den Tisch und bedeutete ihm mit einer Geste, dass er sie als Aschenbecher benutzen konnte.

»Sind Sie sicher? Manche Leute hassen den Geruch wirklich.«

»Eigentlich mag ich den Geruch von Zigarren und Pfeifen, obwohl ich sie nie selbst geraucht habe.« Da er einst Polizist gewesen war, erwähnte ich nicht, dass dasselbe für den Geruch von Hasch galt.

Turner zündete die Zigarre an und blies Rauch aus. Er kostete den Moment genüsslich aus. Seinem Begleiter hatte er keine Zigarre angeboten. »Sehen Sie? Selbst in der Hölle finden sich noch kleine Vorzüge. Hier kann man rauchen, ohne sich vor den Auswirkungen zu fürchten.«

»Vielleicht sollte ich dann ja doch noch damit anfangen.«

Turner lächelte mich an und sagte in beiläufigem Tonfall: »Seit wir uns das letzte Mal gesehen haben, war ich damit beschäftigt, mich mit Dämonen zu unterhalten. Mit allen möglichen Dämonen – von Charas Artgenossen bis hin zu Aufsehern. Niemand hat sie gesehen. Und wenn doch, dann geben sie es nicht zu.«

»Es kann doch sein, dass sie bereits aus Oblivion geflohen ist und sie die Wahrheit sagen.«

»Mm. Nun, das hoffe ich wirklich, um ihretwillen. Selbst Captain Abbadon behauptet, nicht zu wissen, wo sie sich aufhält. Dabei hätte ich angenommen, dass die anderen sie dank ihrer außergewöhnlichen Fähigkeiten im Bereich des Spurenlesens und des Aufspürens entflohener Menschen und dank ihres großartigen Geruchssinns schon längst hätten finden müssen.« Er zuckte ratlos die Achseln.

»Deshalb bin ich mir ja so sicher, dass sie schon längst fort ist. Vielleicht sollten Sie einen Suchtrupp hinter Oblivions Stadtgrenzen schicken und …«

»Oh, wir haben schon ein Team damit betraut.« Er blies erneut Rauch aus.

Wie sehr würde das unsere Flucht nach Pluto erschweren?

Und bestand diese Jagdgesellschaft aus Engeln, Dämonen oder – und das machte mir am meisten Angst – Himmelsboten?

»Aber wenn sie noch immer hier in Oblivion ist«, fuhr Turner fort, »muss ich möglicherweise zu drastischeren Maßnahmen greifen. Sehen Sie, Mr. Butler und Mr. Franklin sind noch immer sehr verärgert darüber, wie sie behandelt wurden, und sie erwarten von mir, dass ich dafür sorge, dass der Gerechtigkeit Genüge getan wird.« Er machte ein Gesicht, das Sympathie bei mir hervorrufen sollte. »Ich habe daher Captain Abbadon mitgeteilt, dass ich erwarte, dass er seine Bemühungen steigert, den Dämon Chara ausfindig zu machen. Und ich habe ihm auch mitgeteilt, dass es gut möglich ist, dass wir bald jeden einzelnen Dämon in Oblivion werden einfangen und hinrichten müssen … jeden Einzelnen von ihnen … und dass wir sie mit brandneuen Dämonen aus Tartarus werden ersetzen müssen … um allen Dämonenrassen eine wichtige Lektion darin zu erteilen, wo ihre Loyalität wirklich liegen sollte.«

»Das klingt sehr drastisch«, brachte ich hervor. Ich fühlte mich völlig benommen angesichts der Gleichgültigkeit, mit der Turner mir diese Möglichkeit vor Augen führte.

»Nun, wir sprechen hier von Dämonen. Und wir sprechen von zwei Engeln, die von Dämonen misshandelt wurden. Dämonen sind ersetzbar, aber die Ehre eines Engels ist etwas ganz anderes.«

»Natürlich«, murmelte ich.

Turner ging zu meinem Fenster hinüber, an das ich Lyre so gelehnt hatte, dass sein Zyklopenauge auf die Straße hinunterblickte. Das Glas vibrierte unter den gedämpften Geräuschen, die das Maschinengebäude von sich gab, das die Skyline verdunkelte. Als der Inspektor das Buch hochhob und es in seinen Händen hin- und herwiegte, fühlte es sich an, als habe er mir mein Herz direkt aus der Brust gerissen und drehe es in seinen Händen hin und her. Er schlug das Buch vorne auf und las einige Zeilen der mir einst auferlegten Selbsterniedrigung.

»Sie haben Ihr Übungsbuch aus Ihrer Universitätszeit behalten?« Er sah zu mir hoch.

»Ja. Ich lese manchmal gerne nach, was ich da reingeschrieben habe. Um mich daran zu erinnern, wie unrecht ich damit hatte, dem Wort des Sohnes nicht zu folgen. Und um mich daran zu erinnern, wie tief ich deswegen gesunken bin.«

»Hm. Sehen Sie, mein Freund, genau das ist das Tragische an Leuten wie Ihnen. Sie haben ein paar wirklich gute Eigenschaften. Sie waren fast da, Sie hätten es fast geschafft.«

»Ich wünschte, es gäbe eine Möglichkeit für uns, Buße zu tun.«

»Nun, das ist genau der Punkt. Man muss zu Lebzeiten Buße tun. Nicht erst, wenn es zu spät ist.« Ohne das Buch umzudrehen und es auf den hinteren Seiten aufzuschlagen, auf denen ich dieses Tagebuch niederschreibe, stellte Turner es wieder so ins Fenster, wie er es vorgefunden hatte. »Was ist das … Ihr Wachposten?«, scherzte er.

»Wohl kaum, ohne Mund«, witzelte ich zurück. »Ich, äh, ich möchte nur, dass es etwas zum Anschauen hat.«

»Sie haben ein sehr großes Herz, nicht wahr? Jede Menge Mitgefühl für Dämonen. Und Menschen wie ihn, die besonders streng gemaßregelt wurden …«

»Vielleicht ist das meine Charakterschwäche.«

»Weniger eine Charakterschwäche als vielmehr fehlgeleitete Güte. Ich respektiere Sie dafür – das tue ich wirklich.« Turner seufzte. »Ah, nun ja, es war einen Versuch wert, Sie erneut aufzusuchen … ich kann mir nicht vorstellen, dass diese Chara viel davon hätte, sich mit Ihnen zu treffen. Sollte sie jedoch wirklich so verrückt sein, dann teilen Sie ihr bitte mit, worüber wir nachdenken – dass wir die gesamte Dämonenbevölkerung Oblivions austauschen wollen. Vielleicht stellt sie sich ja freiwillig, wenn sie ihren Artgenossen gegenüber ebenso große Loyalität empfindet wie diese es anscheinend ihr gegenüber tun.«

»Falls ich sie je sehen sollte, Sir, dann seien Sie versichert, dass ich es ihr ausrichten werde.«

»Guter Mann.« Er tätschelte mir den Arm, als er an mir vorbeiging. Der Himmelsbote schwebte vor ihm her, um meine Tür für ihn zu öffnen. Turner war bereits auf die Schwelle getreten, als er sich noch einmal zu mir umdrehte und sagte: »Sie sollten den Umgang mit Nadel und Faden üben, das ist nicht allzu schwer. Keine Fertigkeit, derer sich ein Mann schämen müsste.«

»Sir?«

Turner deutete auf den Riss in meinem Hemd, der entstanden war, als Chara es mir vom Körper gerissen hatte.

»Oh … nun … ja, das habe ich tatsächlich noch nie probiert. Aber das sollte ich wohl.«

»Ja, sollten Sie. Meine Mama hat es mir beigebracht. Hat sich schon mehr als einmal in meinem Leben als nützlich erwiesen.«

»Ich weiß, dass ich ziemlich schäbig aussehe, und ich will mich auch wirklich nicht über mein wohlverdientes Schicksal beschweren, Sir, aber ich bin ein armer Mann.«

»Ja, aber Sie haben noch immer Ihren Stolz, nicht wahr? Stolz ist keine Sünde, sage ich immer.« Er gestand dies mit einem Flüstern, so als wolle er verhindern, dass der Himmelsbote ihn hörte. »Nur übertriebener Stolz.«

»Ja, Sir.«

»Dieser Freund, den Sie besucht haben, als ich vorhin schon einmal hier war … war das eine Frau?«

»Sir?«

»Wenn dieser Freund eine Frau ist, vielleicht könnte sie Ihnen dann ja bei den Näharbeiten helfen.«

»Oh. Nun, nein, es war ein männlicher Arbeitskollege. Aber vielleicht weiß er ja auch, wie man näht.«

»Haben Sie keine Angst davor, etwas Neues zu lernen«, tadelte er mich scherzhaft. Dann drehte er sich endlich um und der Himmelsbote schwebte gespenstisch hinter ihm her.

In meiner halb erstickten Panik hätte ich beinahe die Tür zugeknallt, so quälend war es, sie langsam und leise zu schließen. Trotzdem fiel es mir schwer, mir nicht einzureden, Inspektor Turner stehe noch immer direkt vor meiner verschlossenen Tür.

Neunundsechzigster Tag

Hast du gehört, was passiert ist?«, platzte es aus Larry heraus, als er in den Pausenraum stürzte. Ich hatte mir ein bescheidenes Mittagessen mitgebracht und saß allein an einem fest im Boden verankerten Metalltisch. Der Mann am Nebentisch hatte seinen Kopf auf seine verschlungenen Arme gelegt und schluchzte leise.

Mit lautem Rauschen schoss irgendeine Flüssigkeit, vielleicht Abwässer oder Chemieabfälle, durch das dicke Rohr, das an der Decke entlanglief und unter der Masse sichtbar erzitterte, und ich wartete, bis das Geräusch verklungen war, bevor ich fragte: »Nein, was ist denn passiert?«

»Ich schätze, du konntest die Schüsse von deinem Platz aus nicht hören.«

»Welche Schüsse?«

»Bei mir drüben haben wir sie gehört, aber natürlich konnten wir nicht rausgehen, um nachzusehen. Aber Jarrods Freundin ist gerade zum Mittagessen vorbeigekommen und hat ihm erzählt, was passiert ist …«

»Und das wäre?«

»Eine Gruppe von Verdammten hat den Folterturm gestürmt, in dem diese fünf Teufelsvergewaltiger öffentlich zur Schau gestellt wurden. Weißt du noch, die, die wir gesehen haben?«

»Ja … und diese Leute haben wirklich die Folterfabrik gestürmt? Warum?«

»Um diese fünf Typen zu befreien! Ist das zu fassen, was die für Eier haben? Sie haben es tatsächlich geschafft, drei von ihnen zu befreien, bevor die Dämonen eingegriffen haben … das war ein wirklich gut geplanter Angriff …«

»*Mann.* Und … wie viele Angreifer waren es?«

»Zehn, vielleicht auch ein Dutzend. Wie auch immer, die Dämonen haben drei von ihnen geschnappt, und sie haben sich einen von den Vergewaltigern wiedergeholt, die sie befreit hatten, aber die anderen sieben bis neun Männer sind mit den beiden restlichen Teufelsvergewaltigern entkommen. Ist das zu glauben? Und um dem Ganzen die Krone aufzusetzen: Sie haben dabei vier Dämonen getötet.«

»Oh … wow …«

»Sie hatten ein paar Knarren dabei. Deshalb waren sie überhaupt nur dazu in der Lage. Ich habe keine Ahnung, woher sie die hatten. Wahrscheinlich von Engeln, die sie in einen Hinterhalt gelockt haben, aber hin und wieder hab ich auch schon einen Dämon mit einer Schusswaffe gesehen.«

Ich hatte keine Ahnung, was ich von diesen neuen Ereignissen halten sollte. Selbst für mich, der ich erst so kurze Zeit in der Hölle war, schien es undenkbar. Aber dann erinnerte ich mich an das, was Chara mir über die Rebellenbewegungen in der Hölle erzählt hatte … sie hatte auch gesagt, die Männer, die sie angegriffen hatten, seien Mitglieder einer solchen Bewegung gewesen – und dass sie versucht hatten, diese Gruppen aufzuspüren.

»Die Dämonen werden jetzt ganz sicher richtig hart gegen uns vorgehen«, prognostizierte Larry.

»Es könnte schlimmer sein«, murmelte ich und dachte an Inspektor Turner und daran, was er mir erst gestern über die Möglichkeit gesagt hatte, jeder Dämon in Oblivion könne hingerichtet und durch einen neuen ersetzt werden, um ein Exempel zu statuieren. Sahen die Engel, die Himmelsboten und der Schöpfer selbst die jüngsten Taten möglicherweise als ein zusätzliches Zeichen dafür an, dass Oblivion außer Kontrolle geraten war?

»Muss es nicht furchtbar sein, einer der Angreifer zu sein, die erwischt wurden?«, fuhr Larry fort. »Oder dieser eine Gefangene, den sie wieder geschnappt haben? Diese Jungs werden gefoltert werden, wie noch *niemand* jemals gefoltert wurde.«

»Daran zweifle ich nicht.«

»Arme Schweine … sie tun mir leid. Wenn ich so mutig wäre wie sie, würde ich meine eigene kleine Armee zusammentrommeln, da reingehen und sie alle befreien.«

»Ich vermute, diejenigen, die öffentlich zur Schau gestellt werden, wird man von nun an bewachen – sofern man sie weiterhin öffentlich ausstellt.«

»Bestimmt werden sie irgendeine neue öffentliche Show aufziehen, noch furchteinflößender, zur Abschreckung. Wenn sie ihre öffentlichen Zurschaustellungen aufgeben würden, sähe es aus, als hätten sie die Situation nicht mehr unter Kontrolle … und sie werden bestimmt nicht so einfach das Gesicht verlieren wollen.«

Larry versuchte, mich dazu zu überreden, ihn nach der Arbeit zu dem riesigen Folterzentrum zu begleiten, um zu sehen, ob die Vergewaltiger noch immer zur Schau gestellt wurden und ob man die drei Rebellen zu ihnen gebracht hatte. Ich überzeugte ihn jedoch davon, dass wir im Moment wahrscheinlich sowieso nicht nahe genug herankommen würden. Die Dämonen, die argwöhnisch einen weiteren Angriff befürchteten, würden das Gebiet gewiss absperren. Aber vor allem wollte ich einfach nur nach Hause, um zu sehen, ob Chara versuchen würde, irgendwie Kontakt zu mir aufzunehmen.

Ich klärte Larry nicht darüber auf, was Chara mir über die Männer erzählt hatte, dass sie einer aufkeimenden Rebellenbewegung angehörten. Welcher Dämonen hassende Mensch würde die Intimität zwischen uns schon akzeptieren? Ich bin mir allerdings sicher, dass sich schon viele Männer nach diesen wunderschönen Dämonenkriegerinnen verzehrt haben, aber ich bin mir ebenso sicher, dass nur wenige von ihnen, wenn überhaupt, meine Gefühle für eine von ihnen verstehen würden.

Als ich alleine nach Hause ging, hoffte ich beinahe, Chara würde mich an diesem Abend nicht aufsuchen. Was, wenn

Turner mich beobachtete? Oder andere Dämonen, die Chara gegenüber nicht mehr loyal waren und Angst vor Turners Drohungen hatten? Gleichzeitig sehnte ich mich jedoch so sehr danach, sie wiederzusehen, als seien wir wochenlang getrennt gewesen.

Sollte ich es wagen, stattdessen sie aufzusuchen? Ich hatte Angst, lauernde Feinde zu ihrem Versteck zu führen. Ich wollte ihr sagen, dass Turner herausgefunden hatte, wo ich wohnte, zu mir nach Hause gekommen war und damit gedroht hatte, all ihre dämonischen Artgenossen zu töten. Hegte er nicht schon längst den Verdacht, dass ich mit Chara in Kontakt stand? Und entsprach es daher nicht genau seiner Absicht, dass ich Chara von seinen Drohungen berichtete … in der Hoffnung, sie würde sich opfern, um ihre Kameraden zu schützen?

Ich konnte nicht riskieren, einen Engel oder einen Dämon zu ihr zu führen. Ich musste Geduld haben. Sie hatte mir versichert, dass sie mich irgendwann, irgendwie kontaktieren wird. Ich hoffte nur, dass sie lange genug lebte, um das auch zu tun.

Siebzigster Tag

Auf meinem Weg zur Arbeit heute Morgen wurde ich Opfer eines Drive-by-Shootings … ich wurde von einem der beiden Engel, die auf ihren Motorrädern an mir vorbeidonnerten, von Kugeln durchlöchert. Ganz offensichtlich haben sie die Stadt noch nicht verlassen.

Als ich das Bewusstsein wiedererlangte, während ich auf dem Gehweg aus schwarzen Ziegelsteinen lag und mein Blut durch den Rinnstein in ein Gitter floss, konnte ich meine durchbohrte Brust durch mein zerfetztes, blutgetränktes Hemd sehen. Verdammt. Ich musste zurück nach Hause gehen, es wegwerfen und mir ein frisches anziehen. Ich würde zu spät zur Arbeit kommen, wo mein Gruppenleiter Bruce mir die Hölle heißmachen würde – entschuldigen Sie bitte diesen

Kalauer. Aber das Allerschlimmste in jenem Moment war der Schmerz, der mir die Tränen über die Wangen trieb. Ich krümmte mich wie ein Fötus schluchzend auf dem Boden zusammen. Jeder Schluchzer, der mich schüttelte, machte die Schmerzen nur noch schlimmer.

Ich war zu sehr in meine eigenen Qualen versunken und nahm daher nur beiläufig wahr, dass einem etwa neunjährigen Mädchen neben mir beim selben Überfall die komplette Schädeldecke weggeschossen worden war. Es lag nun in den Armen der verdammten Frau, die es wie ihr eigenes Kind bei sich aufgenommen hatte. Die Ersatzmutter weinte zwar nicht, aber der verstörte Ausdruck der ohnmächtigen Wut und des erschöpften Fatalismus auf ihrem Gesicht war mindestens ebenso tragisch. Ich sah, wie die dünnen Beine des Mädchens zuckten und sich verkrampften, als ihre qualvolle Wiederherstellung begann.

Endlich, obwohl ich noch immer Blut aus den größeren Austrittswunden in meinem Rücken verlor – wenigstens würden nach dem Heilungsprozess keine lästigen Kugeln in meinem Körper zurückbleiben –, konnte ich mich zurück in mein Zimmer schleppen. Dort setzte ich mich, bis meine Heilung noch etwas weiter fortgeschritten und die Schmerzen etwas dumpfer geworden waren. Die Eintrittswunden glichen blutlosen, runzligen Kratern, die ich nun mithilfe meiner Finger durch mein sauberes Hemd hindurch abzählte (sechs), während ich zurück hinaus auf die Straße trat und langsam zur Arbeit trottete, in der Hoffnung, dass keine weiteren Engel meinen Weg kreuzten. Als ich die Fabrik schließlich erreichte, wartete Bruce bereits wütend auf mich und wiegte eine Art Schraubenschlüssel mit Zähnen in der Hand, der wirklich furchterregend aussah. Ein solches Werkzeug hatte ich weder zu Lebzeiten noch im Tode je zuvor gesehen.

»Wo, verdammt noch mal, warst du?«, schnaubte er mich mit hochrotem Kopf an. »Ich hab Yolanda geholt, damit sie dein Band übernimmt. Was meinst du? Soll ich sie in Zukunft immer deinen Job machen lassen und dich feuern? Wieso bist du dieses Mal zu spät … hat's mal wieder geregnet?«

»Beruhig dich«, murmelte ich. So aufgebracht hatte ich ihn noch nie erlebt, und um die Sache noch schlimmer zu machen, starrten bereits einige der anderen Arbeiter zu mir herüber.

»Sag mir nicht, dass ich mich beruhigen soll! Ich sollte dir den Schädel einschlagen!« Er hob das ölige, schwere Werkzeug etwas höher. »Wir müssen die Dinge hier am Laufen halten, verstehst du das?«

»Nein«, blaffte ich ihn an und hob den Blick, um ihm in die Augen zu sehen, »das verstehe ich nicht. Was genau halten wir hier eigentlich am Laufen? Und warum drohst du damit, mir den Schädel einzuschlagen, Bruce? Bist du heute als Dämon aufgewacht? Vielleicht solltest du mal in den Spiegel schauen … du bist immer noch ein Mensch. Ein Mensch wie ich. Sind wir denn nicht auf derselben Seite?«

»Welche Seite? Wir haben hier einen Job zu erledigen, und es steht uns nicht zu, nach dem Was und Warum zu fragen. Willst du dich deswegen lieber mit Mr. Gold streiten anstatt mit mir? Er wird allerdings nicht nur damit drohen, dir den Schädel einzuschlagen, er wird dafür sorgen, dass du im tiefsten Keller einer Folterfabrik landest. Und jetzt stell dich an dein Fließband!«

»Ich hab mich in dir getäuscht, Bruce«, sagte ich, während ich mich entfernte. »Du bist doch kein Mensch. Du bist nur ein Möchtegern-Dämon.«

»Noch ein Wort, und ich melde dich Mr. Gold. Mach nur so weiter.« Er grinste mich wütend an.

Ich lächelte nur kurz zurück und trottete dann in Richtung meines Arbeitsplatzes davon. Das war genau der Grund, weshalb die Verdammten niemals hoffen konnten, sich wirklich irgendwann gegen die Dämonen oder Engel zu vereinen: Die Mehrheit hatte einfach zu viel Angst. Und manchmal führte diese Angst dazu, dass sie sich mit ihren Unterdrückern verbündeten. Vergessen Sie die Legenden von Teufelsanbetern, die Satan den Hintern küssen – in der Hölle schieben Leute wie Bruce ihren kompletten Kopf in den kollektiven Arsch der Dämonen.

Aber ich habe von weiteren Streitereien abgesehen, vernünftigerweise. Oder nicht? Ich hatte einfach Angst, es noch weiter zu treiben. Angst davor, was Bruce und Mr. Gold, der allem Anschein nach tatsächlich existiert – es sei denn, Bruce wird auch an der Nase herumgeführt –, dann mit mir machen würden. In ihrer Loyalität gegenüber den Dämonen sind sie in der Tat genau wie die Dämonen selbst. Außerdem war ich zu feige oder auch einfach nur zu niedergeschlagen – wie diese Ersatzmutter, die ihr Adoptivkind ganz fest im Arm hielt –, um meinen Stolz zu verteidigen. In gewisser Weise schmerzte mich diese Demoralisierung mehr als meine Schusswunden. Denn die würden schließlich wieder verschwinden.

Während ich zu Hause sitze und dies schreibe, ist bereits die Tageszeit angebrochen, die ich als Nacht bezeichne, auch wenn andere in der Straße unter meinem Fenster zur Arbeit gehen, so als breche ihr Tag eben erst an. Ich habe noch immer nichts von Chara gehört. Was ich hingegen höre, ist das Rattern von Maschinengewehrfeuer in der Ferne … die Engel sind heute Nacht sehr laut gewesen. Erst dachte ich, es handle sich dabei vielleicht um weitere Angriffe der Rebellen, aber ich habe auch das entfernte Dröhnen von Motorrädern gehört.

Vielleicht lassen sie es noch ein letztes Mal richtig krachen, bevor sie wieder nach oben verschwinden – oder wo immer der Himmel auch liegt. Ihr Paradies aus Disneylands, an das all ihre Städte grenzen. Ich stelle mir reihenweise Wohnmobile aus solidem Gold vor, in denen neongerahmte Porträts des Sohnes hängen, der eine verdächtige Ähnlichkeit mit Elvis aufweist und aus dessen Augen berauschende Strahlen leuchten, die stärker sind als die Whiskey-Brunnen in ihren unzähligen, mit Kunstrasen ausgelegten Parks.

Aber vielleicht sind die Engel auch aufgebracht, regelrecht angeheizt – weil zwei von ihresgleichen von einem arroganten

Dämon furchtbar gedemütigt wurden. Und jetzt töten die Verdammten auch noch ihre Peiniger und befreien Gefangene aus Folterzentren. Die ganze Stadt geht den Bach runter.

Und Chara steckt mittendrin. Meine furchteinflößende Eva, die nicht in Ungnade gefallen ist … sondern die Gnade selbst erst entdeckt.

Einundsiebzigster Tag

Heute kam die Schwarze Kathedrale in meine Nachbarschaft. Ein ohrenbetäubendes, quietschendes Kreischen rollte aus der Ferne heran und wurde so laut, dass ich irgendwann ans Fenster trat und zu dem Maschinengebäude hinüberblickte, später aber doch auf die Straße hinausrannte, um es aus der Nähe zu betrachten. Angesichts all der schrecklichen Geräusche, die es im Rahmen seiner diversen unverständlichen Funktionen von sich gab, nahm ich zunächst an, es handle sich um neue, besonders laute Ausstöße. Oder vielleicht sogar um eine furchtbare Fehlfunktion, aufgrund derer das ganze Haus explodieren würde.

Der mechanische Wolkenkratzer war jedoch nicht die Quelle des metallischen Kreischens. Die gegenüberliegende Seite des Maschinengebäudes zeigte auf eine jener breiteren Straßen, auf deren Kopfsteinpflaster Eisenbahnschienen verliefen. Hier sah ich zum allerersten Mal die finsteren Türme und Spitzen der Schwarzen Kathedrale über den Dächern der niedrigeren Behausungen aufragen. Ich wusste sofort, dass sie es sein musste. Die Türme und Spitzen bewegten sich von links nach rechts voran, wie die Masten und Segel eines Schiffes, die über den Dächern einer alten Hafenstadt emporragen. Selbst von meinem Standpunkt aus war offensichtlich, dass sie komplett aus schwarzem Metall bestanden. Die Kathedrale verschwand jedoch schon bald hinter dem Maschinengebäude, und das Kreischen verstummte. Die wandernde, nomadische Kathedrale,

die ich aus Larrys Beschreibungen kannte, hatte einen neuen Platz gefunden, an dem sie sich vorübergehend niederließ.

Ich hatte Chara seit Tagen nicht mehr gesehen und auch nichts von ihr gehört. Allmählich machte ich mir wirklich Sorgen. Vielleicht hatte sie nur mehr Geduld als ich … vielleicht war sie aber auch bereits gefangen genommen, gefoltert und hingerichtet worden. Die Ungewissheit quälte mich.

Auch wenn sie deswegen vermutlich vor Wut rasen würde … ich beschloss, mich noch heute zu ihrem Zimmer unter der Brücke aufzumachen und nachzusehen, ob sie sich noch dort aufhielt.

Die einzige Schwierigkeit dabei war, den Ort wiederzufinden. Ich bog unzählige Male falsch ab, aber da ich schließlich schon einmal alleine von dort nach Hause gegangen war, fand ich den Raum letztendlich doch wieder. Den ganzen Weg über schaute ich immer wieder über meine Schulter zurück, um sicherzugehen, dass mir keiner folgte. Mir fiel niemand Verdächtiges auf, der sich an meine Fersen geheftet hätte.

Etwas Seltsames begab sich aber dennoch: Einmal begegnete ich einer Gruppe von vielleicht einem Dutzend Dämonen, die allem Anschein nach gerade auf dem Weg zur Erfüllung einer – zweifellos – unschönen Aufgabe waren. Ihr offensichtlicher Anführer trug einen schwarzen Eisenspeer bei sich, und seinen Gürtel schmückte ein Abzeichen, das vermutlich seinen Rang eines Sergeanten oder Ähnliches zeigte. Als wir aneinander vorbeigingen, traf mein Blick den des Sergeanten, und er hielt den Kontakt eine lange Weile aufrecht und drehte sogar leicht den Kopf, um mich nicht aus den Augen zu lassen, bevor wir einander schließlich ganz passiert hatten. Vielleicht wollte er meinen Blick ja nur niederzwingen. Vielleicht beging ich aber auch den Fehler, mich weniger vor anderen Dämonen zu fürchten, weil ich eine intime Beziehung zu einer Dämonin hatte – noch vor Kurzem hätte ich es vermieden, dem Blick eines Teufels zu begegnen. Trotzdem überkam mich das seltsame Gefühl, dass er mich, wie auch immer, erkannt hatte und dass er wusste, wer ich war: der Geliebte ihrer Kameradin, die zu jagen sie gezwungen waren.

Ich blickte noch ein letztes Mal über meine Schulter und klopfte dann an die Metalltür, die in den Bogenpfeiler der steinernen Brücke eingelassen war. Nach etwa zehn Sekunden, die mein heftig schlagendes Herz mitzählte, klopfte ich erneut, aber etwas energischer. Dieses Mal öffnete sich die Tür mit einem Quietschen, und vor mir stand eine vertraute Gestalt.

»Oh … nun, ich schätze, ich hätte damit rechnen müssen, Sie hier anzutreffen«, begrüßte mich Inspektor Turner, dessen Lächeln gezwungener wirkte als normalerweise. Er trug sein weißes Gewand, aber nicht seinen Spitzhut. Sein graues Haar war ganz zerzaust, so als habe er ein Nickerchen gehalten. »Kommen Sie doch herein«, lud er mich ein.

Ich hielt es nicht für nötig, weiterhin Spielchen mit ihm zu spielen. Ich blieb, wo ich war. »Wo ist Chara?«, brachte ich halb erstickt hervor und versuchte, hart zu klingen.

»Nun, offensichtlich hätten Sie *mir* das längst verraten können. So musste ich dieses gemütliche kleine Fleckchen durch meine eigenen Kanäle finden. Aber bitte, so kommen Sie doch herein. Ich bestehe darauf.«

Ich bewegte mich keinen Schritt von der Türschwelle weg. »Ist sie da drinnen oder haben Sie sie schon weggebracht?« In meinem Inneren riss ein endloser Abgrund auf.

»Leider habe ich sie gar nicht gesehen.«

»Dann warten Sie darauf, dass sie hierherkommt. Damit sie Ihnen in die Falle geht.«

»Darauf warte ich zweifellos vergeblich. Ich bin schon seit gestern hier – ich schätze, das bedeutet wohl, dass sie ein anderes Versteck gefunden hat. Nur seltsam, dass sie Ihnen nichts davon erzählt hat.«

»Vermutlich hat sie die Stadt längst verlassen.«

»Das haben Sie schon einmal gesagt. Obwohl Sie damals ganz genau wussten, dass sie sich noch in der Stadt befand. Bitte … kommen Sie herein ...«

»Damit Sie mich als Geißel nehmen können?«

Turner verzerrte das Gesicht. »Ich bin kein gewalttätiger Mensch. Ich mag es nicht, Gewalt anzuwenden, Brutalität … das habe ich nie. Ich bevorzuge subtilere Methoden.«

»Sie bevorzugen es, Spiele zu spielen. Das ist wie ein Sport für Sie.«

Die Tür öffnete sich noch weiter. Über Turners Schulter hinweg sah ich den Himmelsboten. Seine merkwürdig flachen, seltsam blind wirkenden Augen starrten mich drohend an. Ich wusste, dass er keineswegs davor zurückschrecken würde, Brutalität anzuwenden. Ich bemerkte, dass er genauso nackt war wie die Dämonen – sogar ohne den Lendenschurz, den er die letzten beiden Male getragen hatte, als ich ihm begegnet war. Das schwach leuchtende Wesen hatte nicht nur einen Penis, sondern, etwas tiefer, anstelle eines Hodensacks, auch eine unbehaarte, geschlitzte Wölbung. Ein Hermaphrodit. Es war seltsam, dass es so großzügig mit Fortpflanzungsorganen ausgestattet war, wo es doch weder Brustwarzen noch einen Nabel hatte.

»Solche Dinge bespricht man besser in etwas diskreterer Umgebung, denken Sie nicht?«, insistierte Turner höflich.

»Sie wollen, dass ich reinkomme und nicht mehr zu sehen bin, falls Chara doch noch herkommt. Erwarten Sie etwa, dass ich Ihnen dabei helfe, sie zu fangen?«

»Nun, es wäre weise von Ihnen, wenn Sie etwas kooperativer wären. Es ist noch nicht zu spät für Sie, sich reinzuwaschen, bevor Sie sich richtig in Schwierigkeiten bringen. Und das möchte ich nicht mit ansehen müssen – das möchte ich wirklich nicht. Sie müssen wissen, dass ich Sie schon längst hätte verhaften lassen können.«

»Bei Ihnen klingt das nach reiner Gnade. Aber der einzige Grund, warum Sie das nicht getan haben, ist, dass Sie nicht das Geringste beweisen konnten.«

»Das hier ist die Hölle, mein Freund, nicht der Oberste Gerichtshof. Ich *muss* nichts beweisen.«

»Sie haben mir bisher nur meine Freiheit gelassen, weil Sie dachten, ich könnte Ihnen von Nutzen sein, wenn ich frei bin.«

»Sehen Sie, es ist doch nur noch eine Frage der Zeit, bevor wir Chara fangen …«

»Vielleicht. Aber ich werde Ihnen nicht dabei helfen.«

»Lieben Sie sie? Ist es das?«

Schließlich trat ich doch in die Unterkunft. Turner ging einen Schritt zurück, um mir Platz zu machen. Der Himmelsbote tat dasselbe. Aber ich trat nur so weit ein, dass er mir die Tür nicht ins Gesicht knallen konnte. Dieses Mal hatte ich, da ich befürchtete, Charas Feinde würden mir zu ihrem Versteck folgen, beide gestohlenen Pistolen mitgebracht, versteckt in den tiefen Taschen der sackartigen braunen Jacke, die ich trug. Als ich die Wohnung betrat, deren Fußboden und Wände mit grünlichem Kupfer bedeckt waren, zog ich beide Waffen – die Glock sowie die klobige, kleinere SIG-Sauer P-225 Halbautomatik – aus meiner Jacke. Ich zielte mit ausgestreckten Armen mit beiden Waffen auf das Gesicht des Himmelsboten.

Das Wesen stürzte auf mich zu – aufgrund seiner Anspannung schien es nun heller zu leuchten. Aber Turner streckte einen Arm aus, um ihm den Weg zu versperren. »Nein, Nephi!«

Ich wandte mich an Turner: »Ich möchte Ihnen eine Frage stellen. Lieben Sie Nephi?«

»Sie sind kein Mörder. Tun Sie das nicht.«

»Im Leben war ich kein Mörder. Im Leben hätte ich vermutlich niemandem ins Gesicht schießen können, Mr. Turner. Aber seither habe ich eine Menge schrecklicher Dinge gesehen. Und, verdammt noch mal, ich glaube wirklich nicht, dass ich irgendetwas empfinden werde, wenn ich Ihren Geliebten erschieße.«

»Hören Sie mir zu …«

»Ja, Inspektor, um Ihre Frage zu beantworten – ich liebe Chara wirklich. Sind Sie mutig genug, zuzugeben, dass Sie Nephi auch lieben?«

»Ich liebe alle Himmelsboten und alle Engel, und …«

»Aber Sie *ficken* sie nicht alle, Inspektor. Schon gut, Sie müssen es nicht zugeben. Vielleicht ist Ihre Liebe ja nicht so tief … vielleicht ist Nephi ja nur ein kleiner Fick zum Zeitvertreib. Ich sehe, dass die Himmelsboten im wahrsten Sinne des Wortes zum Vergnügen geschaffen wurden, deshalb schätze ich, dass es keine Schande ist, wenn man im Himmel mal einen Schwanz lutscht … auch wenn mir das noch so heuchlerisch erscheinen mag.«

»Sie sind geschlechtslos!«, protestierte er. »Der Schöpfer hat sie zuerst erschaffen, aber sich dann dazu entschieden, ihre Geschlechtsmerkmale aufzuteilen, als Er uns schuf!«

Ich ignorierte ihn und fuhr fort: »Was hier wirklich von Bedeutung ist, ist, dass ich dieses Geschöpf töten werde, wenn Sie mir nicht Ihr Ehrenwort geben, dass Sie Ihre Ermittlungen einstellen werden.«

»Sie wissen, dass ich das nicht tun kann!«

»Dann wahren Sie eben den Schein. Tun Sie so, als würden Sie Chara noch jagen. Aber lassen Sie sie in Frieden.«

»Ich kann meine Vorgesetzten nicht belügen, das muss Ihnen doch klar sein!«

»Dann wird Ihr Freund hier ein Opfer Ihrer Integrität werden.«

»Alles, was ich Ihnen versprechen kann, ist, dass ich nicht melden werde, was Sie hier gerade tun.«

»Nicht gut genug. Wenn Sie mich schützen können, dann können Sie auch Chara schützen.«

»Aber Sie sind doch gar nicht derjenige, den die wollen!« Turner warf einen Blick zu Nephi hinüber und sah dann wieder mich an. »Ja. In Ordnung? Ich liebe Nephi. Und nein … es ist uns eigentlich nicht gestattet, intim miteinander zu werden. Das dürfen wir nur mit unseresgleichen. Deshalb verstehe ich Ihre Liebe zu diesem Dämon … das tue ich wirklich. Ich habe es sofort gespürt, und ich habe Verständnis für Sie. Aber der entscheidende Unterschied dabei ist, mein Freund, dass Nephi ein Himmelsbote ist. Ein gesegnetes Wesen. Und Chara ist ein Dämon.«

»Für mich macht das nicht den geringsten Unterschied, Inspektor. Wer hat Ihnen gesagt, dass Chara sich hier versteckt? Wer hat sie verraten?«

Turner zögerte zunächst, doch dann gestand er: »Captain Abbadon. Der Anführer von Oblivions Kriegerkaste. Bedauerlicherweise mussten wir ihn foltern, um die Information zu erhalten. Er wurde inzwischen hingerichtet. Seine Leiche wird heute gekreuzigt und öffentlich zur Schau gestellt werden.« Turner schüttelte den Kopf. »Eine furchtbare Sache. Aber ich habe sie gewarnt. Wir haben einen entsprechenden Befehl erhalten, es ist offiziell. Die restlichen Dämonen in Oblivion werden von einem Heer von Himmelsboten zusammengetrieben werden, das bereits unterwegs ist. Aus Tartarus wird eine neue Armee von Dämonen kommen, die sie ersetzen wird.«

»Großartig.«

»Es wird ein ziemliches Durcheinander werden, sehr chaotisch, aber es muss sein. Wir können den Dämonen diesen rebellischen Geist nicht durchgehen lassen! Und auch die Verdammten sind viel zu rebellisch. Wir müssen diese Stadt wieder unter Kontrolle bringen.«

»Sie haben ja noch nicht einmal die Kontrolle über sich selbst, Inspektor. Sie sind auch nicht anders als jeder x-beliebige Verdammte. Sie können doch selbst nicht wirklich ernsthaft glauben, dass Sie anders sind.«

»Sie und ich sind uns ähnlich. Deshalb bitte ich Sie darum, diesem Wesen nicht wehzutun.«

»Aber Sie wollen mir nicht versprechen, Chara nicht wehzutun?«

»Sie können Nephi töten, aber Sie wissen auch, dass Sie mich nicht umbringen können und dass ich Sie mit jedem Himmelsboten und jedem Dämon jagen werde, den ich verpflichten kann.«

»Sie wollen Drohungen?«, brüllte ich. »Ich puste ihm den Kopf weg, das schwöre ich!«

»Warten Sie!« Turner hielt seine offene Hand hoch. »Bitte …

ich sagte Ihnen doch … ich kann nicht aufhören, nach Chara zu suchen. Aber … vielleicht finden Sie sie ja vor mir. Und wenn Sie sie zuerst finden, dann rate ich Ihnen beiden, ganz weit von hier fortzugehen. Ich muss Ihnen möglicherweise aber trotzdem folgen, solange ich nicht für einen anderen Fall abgezogen werde. Aber vielleicht können Sie mir, wenn Sie Glück haben, den entscheidenden Schritt voraus bleiben. Ich werde Sie jetzt gehen lassen. Ich verspreche Ihnen, dass ich Ihnen Nephi nicht nachschicken werde, und ich verspreche, dass ich Sie niemandem melden werde. Ich gebe Ihnen mein Ehrenwort.« Er breitete die Hände aus. »Mehr kann ich Ihnen nicht anbieten.«

Nach einer Weile ließ ich beide Waffen sinken. Der Himmelsbote sah noch immer so angespannt aus, als wolle er sich gleich auf mich stürzen, aber das tat er nicht. Trotzdem war ich noch nicht bereit, die Waffen wieder endgültig zu verstauen.

»Dann weiß nun keiner von uns, wo sie ist«, sagte ich.

»Vielleicht hat sie die Stadt ja ohne Sie verlassen. Vielleicht sind ihre Gefühle für Sie ja nicht so stark wie die Ihren.«

»Vielleicht haben Sie recht.«

»Andererseits könnte sie auch nach wie vor in Oblivion sein. Und es sieht inzwischen so aus, als habe Abbadon sie doch nicht verraten. Er wusste vermutlich, dass er mich auf eine kalte Fährte lenkte.«

»Ich kann Sie nicht töten, Inspektor, deshalb kann ich Sie auch nicht davon abhalten, nach ihr zu suchen. Aber wenn ich Sie beide je dabei erwische, dass Sie mir folgen, dann erschieße ich Ihren Geliebten, das schwöre ich Ihnen.«

»Vielleicht haben wir ja Glück, und keiner von uns verliert den, den er liebt.«

Ich trat einen Schritt zurück. »Ich gehe jetzt, Inspektor.«

»Ich wünsche Ihnen viel Glück.« War sein Lächeln aufrichtig? Zumindest wirkte es erleichtert. »Und danke, dass Sie Vernunft bewiesen haben.«

»Man nennt das auch Barmherzigkeit. Vielleicht wollt ihr Engel es ja auch mal ausprobieren.« Ich verstaute meine Waffen wieder in meinen Jackentaschen, öffnete die Tür der kleinen Wohnung und trat hinaus. Da ich ihm den Rücken zuwandte und meine Waffen wieder weggesteckt hatte, erwartete ich beinahe, dass Nephi sich doch noch auf mich stürzen würde, aber das passierte nicht. Ich machte die Tür hinter mir zu und schloss die Liebenden in dem Zimmer ein, in dem Chara und ich uns geliebt hatten.

ZWEIUNDSIEBZIGSTER TAG (ZUMINDEST GLAUBE ICH, DASS ES DER ZWEIUNDSIEBZIGSTE IST)

Gleich zu Beginn meiner Schicht kündigte ich meinen Job. Nach meiner Begegnung mit Turner gestern fühlte ich mich noch immer voller Kraft und Energie, voller unterdrückter Wut, und dachte mir, ich könnte dieses Gefühl eigentlich auch für etwas Sinnvolles nutzen.

Ich suchte Bruce auf, teilte ihm meine Kündigung mit und bat ihn um die Münzen für meine letzten Arbeitstage.

»Was?«, schäumte er. »Du kannst nicht einfach so kündigen! Du stellst dich jetzt sofort wieder an dieses Fließband! Du musst eine Kündigungsfrist einhalten, damit ich mich um Ersatz kümmern kann!«

»Du kannst dich selber an mein Fließband stellen. Gib mir mein Geld.«

»Scheiß auf dein Geld. Du kapierst es nicht! Reich von mir aus eine Beschwerde beim Arbeitervorstand ein!«

Auch wenn ich nirgendwo mehr ohne meine Waffen hinging, widerstand ich in jenem Moment der Versuchung, eine von ihnen zu zücken. Stattdessen stieß ich Bruce nur mit voller Wucht von mir fort. Er landete hart auf seinem Hintern.

»Du verdammter Hurensohn!«, schnaubte er wütend und rappelte sich wieder auf, während ich mich abwandte. »Das werde ich Mr. Gold erzählen! Er hat mächtige Freunde!«

»Scheiß auf Mr. Gold. Und sag ihm, seine Dämonenfreunde

werden demnächst allesamt eingesammelt und auf den Scheiterhaufen geworfen.«

»Du bist doch verrückt! Du findest in dieser Stadt keinen Job mehr, dafür werde ich sorgen!«

Ich finde also in dieser Stadt keinen Job mehr? Manche Leute sind in der Tat wandelnde Klischees. Aber ich habe mir Bruce wirklich nicht ausgedacht, das müssen Sie mir glauben.

Larry hat alles mit angesehen, aber er wagte es nicht, Bruce auszulachen oder mir zuzujubeln. Trotz all seines rebellischen Geredes hatte er letztlich doch Angst davor, irgendjemanden zu verärgern. Er tat mir leid.

Als ich mich dem Hotel näherte, in dem ich wohnte, und sich mein Ektoplasma-Spiegel – sozusagen mein Adrenalin – wieder senkte, dachte ich noch einmal in Ruhe darüber nach, ob mein Tun wirklich so weise gewesen war. Chara war möglicherweise tatsächlich zu dem Schluss gekommen, dass es zu riskant war, mich mitzunehmen, und vielleicht wirklich bereits aus der Stadt geflohen … oder sie war, wie ihr Captain, für ihren Ungehorsam bestraft worden. Vielleicht würde ich Oblivion ja doch nicht so bald verlassen. Wollte ich mich wirklich allein auf den Weg nach Pluto oder in irgendeine andere Stadt machen? Und was, wenn ich Oblivion verließ und Chara mich doch noch aufsuchte, nur um dann annehmen zu müssen, ich hätte sie im Stich gelassen?

Nun, ich hatte Kleidung und ein Dach über dem Kopf. Und trotz meines Hungers und Durstes musste ich ja nicht wirklich etwas essen oder trinken. Solange meine mageren Ersparnisse also reichten, um meine Miete zu bezahlen, würde ich für eine Weile auch ohne Job zurechtkommen.

Ich sah mein Hotel bereits – und die düsteren Metalltürme der Schwarzen Kathedrale, die wie ein Wäldchen aus abstoßenden Bäumen über dessen Dach aufragten –, als sich mir ein Dämon rasch von hinten näherte und mich am Arm packte.

Ich wirbelte herum und versuchte, mich zu befreien. Die

ernsten Gesichtszüge des männlichen Dämons verzogen sich jedoch kaum, als er mich mit sich fortzerrte. »Wehr dich nicht, sonst muss ich noch grober werden«, murmelte er ruhig.

»Wo gehen wir hin?«, wagte ich ihn unverschämterweise zu fragen.

Zu meinem Glück war er ebenso geduldig wie gelangweilt. »Zur Schwarzen Kathedrale«, antwortete er.

»Warum?«, schrie ich.

»Weil du in der Hölle bist«, erwiderte der Dämon, und das genügte als Antwort.

Ich leistete nun weniger Widerstand, während die mächtige Kreatur mich weiter mit sich zog, aber mein Verstand arbeitete auf Hochtouren. Mir kam die vollkommen irrationale Idee, ihm mitzuteilen, dass ich ein Freund von Chara war … möglicherweise kannte er Chara aber gar nicht persönlich und hieß ihr rebellisches Tun auch nicht gut. Als ich mich wieder daran erinnerte, dass ich ja meine Waffen bei mir trug, dachte ich außerdem kurz darüber nach, eine aus meiner Jackentasche zu ziehen und dem Dämon in die Eingeweide zu schießen. Er hatte mich nicht durchsucht, da die Verdammten normalerweise nicht einmal in ihren kühnsten Träumen davon ausgehen konnten, eine Waffe mit sich zu führen – in dieser Hinsicht war die Hölle, schätze ich, tatsächlich sicherer als die Welt der Lebenden.

Aber wenn ich gegen ihn kämpfte, würde ich vielleicht doch noch aus Oblivion fliehen oder mich zumindest verstecken müssen, und das ohne einen vernünftigen Plan … und ohne Chara. Aber wie lange würden sie mich in der Schwarzen Kathedrale festhalten? Lange genug, dass Chara denken musste, ich hätte sie verlassen? Schließlich entschied ich mich, nicht gegen meinen Fänger anzukämpfen. Falls Chara mich aufsuchen sollte, würde sie mein Tagebuch in meinem Zimmer finden, und sie wüsste sofort, dass ich niemals ohne es abgereist wäre. Und wenn sie mein Tagebuch las, wüsste sie außerdem, dass ich nie vorgehabt hatte, ohne sie zu fliehen.

Mit großem Widerwillen und dem resignierten Fatalismus

der Verdammten erlaubte ich es dem Dämon also, mich mit einiger Härte am mächtigen Sockel des Maschinengebäudes vorbei um die Hausecke und in die breitere Straße zu zerren, in der die Schwarze Kathedrale sich niedergelassen hatte.

Ein Stück vor mir sah ich, wie ein weiblicher Dämon ebenfalls einen Gefangenen über die Straße zu dem bedrohlichen Bauwerk schleppte. Außerdem entdeckte ich zwei Verdammte, die, allerdings ohne Begleitung, die Vordertreppe hinunterschwankten – endlich frei, nach wer weiß wie langer Zeit und unbekannten Qualen. Einer der beiden schien heftig zu schluchzen, während der andere seltsam betäubt und leer wirkte.

Ebenso wie das Maschinengebäude schien auch die Kathedrale aus unzähligen, miteinander verbundenen mechanischen Teilen zu bestehen. Der gesamte Bau war schwarz wie die Nacht. Aus verschiedenen Öffnungen zischte Rauch. Sie war nicht so riesig, wie ich erwartet hatte, und auf ihrer gesamten Länge schmal genug, um durch die Straßen der Stadt zu passen, wenn sie auf ihren Gleisen fuhr, aber trotzdem war sie äußerst imposant. Ich erkannte zahlreiche gezackte, mit Stacheldraht versehene Türme, sämtliche Buntglasfenster entlang ihrer Seiten schienen ausschließlich abstrakte oder geometrische Formen zu zeigen, und alle Fensterscheiben waren blutrot. Auf der Vorderseite des Gebäudes, über der breiten Treppe, die zur eisernen Doppeltür am Eingang führte, befand sich ein großes rundes Fenster, ebenfalls blutrot und von innen beleuchtet – wie der Krater eines Vulkans oder das Auge eines gigantisches Biestes, das nur darauf wartete, dass man ihm seine Opfer zum Fraß vorwarf.

In das Metall der Doppeltür war eine Inschrift eingraviert, deren Buchstaben mit Rost ausgefüllt waren, sodass sie aussahen, als seien sie mit getrocknetem Blut geschrieben:

Dies geisterhafte Schauspiel hast du selbst geschaffen!
– Goethe

Obwohl ich es nie gelesen hatte, wusste ich, dass diese Zeile aus *Faust* stammen musste. Dass dieses Zitat hier zu lesen war, war die reine Provokation, aber ich war nicht in der entsprechenden geistigen Verfassung, um lange über seine Bedeutung nachzudenken. Als wir die Vordertreppe hinaufstiegen, hörte ich über meiner Schulter ein mitleiderregendes Jammern, und als ich mich umdrehte, sah ich, wie eine schwächliche ältere Frau aus einem der Häuser gezerrt wurde, die den Straßenrand säumten. Als wäre es nicht schon schlimm genug, dass sie schwach und kaum in der Lage war, zu gehen – und das bis in alle Ewigkeit.

Am oberen Ende der Metalltreppe, die unter unseren Schritten schwankte, griff der Dämon in eine Öffnung in der Mauer der Kathedrale und zog an einer Kette. Vermutlich klingelte dadurch irgendwo eine Glocke, die verkündete, dass wir eingelassen werden wollten. Oder er hatte damit den Türmechanismus selbst betätigt. Jedenfalls öffneten sich die Zwillingstüren mit einem rostigen Knarren nach innen, und wir traten in das düstere Innere. Es roch nach Maschinenöl und Weihrauch.

Als die Türen sich laut krachend wieder hinter uns schlossen, nahm ich den hohen Kuppelraum, den wir betreten hatten, erst richtig wahr. Die gewölbte Decke lag im Dunst des Qualms und des Weihrauchs, der mir das Gefühl gab, zu ersticken. An beiden Seiten und am hinteren Ende des Raumes gingen Türen ab. Ich sah, wie eine Frau durch eine dieser Türen geführt wurde und ein Mann aus einer anderen trat. Er war in Begleitung eines Dämons, der ihn jedoch nicht mehr am Arm festhalten und führen musste. Der Dämon entfernte sich in eine andere Richtung, und der Mann war frei, zu gehen. Als er auf seinem Weg nach draußen an mir vorbeiging, sah ich die unendliche Traurigkeit in seinem Gesicht.

Von irgendwoher drang das verzerrte Klagen einer Orgel zu uns. Es hatte etwas Mechanisches, Lebloses an sich und entsprang ganz gewiss dem Räderwerk der Kathedrale selbst, keinen spielenden Händen. Durch seine verstörende, zeitlupenhafte Verträumtheit klang es wie das Stöhnen mehrerer Geister.

In der Mitte dieser Haupthalle stand auf einem erhöhten Podest ein Tisch, der einem runden Altar glich. Hinter diesem Tisch saß einer jener ballonköpfigen, skelettartigen Verwaltungsdämonen, vor die ich auch schon bei meiner Ankunft in der Hölle und meiner Entlassung aus dem Gefängnis geführt worden war. Sein durchsichtiger, scheinbar knochenloser Schädel war von hinten durch eine zischende Gasflamme in der Wand erleuchtet, und ich erkannte die Umrisse seiner Adern und irgendetwas Dunkles, Trübes, das in ihrem Inneren pulsierte. Natürlich konnte es sich dabei aber auch nur um das Flackern der Gasflamme handeln. Die lippenlose, verzerrte Grimasse auf seinem Gesicht starrte mich mit glühenden Augen an, während mich der Soldaten-Dämon am Fuß des Altars festhielt. Ich stellte mir vor, dass das Wesen meinen Geist telepathisch anzapfte, um mir ein unfreiwilliges Geständnis zu entlocken.

Nach einigen wortlosen Augenblicken hob sich einer seiner mageren Arme und zeigte mit einem knochigen Finger auf eine der Türen, die den Raum säumten, woraufhin der Krieger mich ohne Umschweife dorthin führte.

Hinter der Tür lag ein kleiner Raum, in dem ein einzelner Stuhl im Boden festgeschraubt stand. An seinen Armlehnen und Beinen waren dicke Lederstreifen angebracht. Er sah aus wie ein altmodischer elektrischer Stuhl, und ihm gegenüber befand sich ein großes schmales Fenster. Seine Form und Position verrieten mir, dass es sich dabei um eines der roten Buntglasfenster handeln musste, die ich von draußen gesehen hatte, aber von innen sah es ganz anders aus. Es wirkte wie eine schwarze Leere ... dennoch bildete ich mir ein, die geometrischen Formen gerade noch erkennen zu können, die ich auch an der Außenseite entdeckt hatte – ein noch schwärzeres Schwarz vor der Dunkelheit.

Ich widersetzte mich nicht, als der Dämon mich auf den

Stuhl schnallte. Ich machte mir nur Sorgen darüber, dass er vielleicht die Wölbung oder das Gewicht der Waffen in meinen Jackentaschen bemerken könnte. Aber schon bald ließ er mich ohne ein weiteres Wort allein zurück und schloss die Metalltür hinter sich. Er hatte auch meinen Kopf an dem Stuhl festgeschnallt, deshalb konnte ich mich nicht nach ihm umdrehen.

Die Folter begann schon nach wenigen Sekunden.

Ob das Fenster eine Art Portal oder nichts anderes als ein Bildschirm war, weiß ich nicht … aber nach und nach lichtete sich die Dunkelheit und ich wurde Zeuge der Szene, die sich dort abspielte.

Was man mir zeigte, überraschte mich in keiner Weise, so als habe ich genau das erwartet. Andererseits würden sie mir vielleicht ohnehin nur das zeigen, was ich erwartete – sozusagen genau das Programm, das ich unfreiwillig selbst zusammengestellt hatte.

Meine Frau Patricia, die ich immer Patty genannt hatte, lag auf einem Sofa, das mir nicht bekannt vorkam. Hinter ihrem Kopf konnte ich einen Teil eines Weihnachtsbaums erkennen, der eine Mischung aus pastellfarbenen Lichtern über ihr Gesicht tanzen ließ, so als breche sich das Sonnenlicht in einem gewöhnlichen Buntglasfenster. Zwischen den gespreizten Beinen meiner Frau kniete ihr Kollege Keith, der mittlerweile auch ihr fester Freund war. Sie trug ein rotes Nachthemd mit einem niedlichen Schneemann auf der Brust, das bis zu ihrer Taille hochgeschoben war, während Keith seine Trainingshosen so weit heruntergezogen hatte, dass ich wie hypnotisiert mit ansehen musste, wie sein blasser, stoppeliger Hintern rhythmisch pulsierte, beinahe so, als sei er sein Herz. Jedes Detail dieser fortdauernden Szene – hatte Keith einfach solches Standvermögen, oder sah ich nur eine Endlosschleife? – brannte sich immer schärfer in meinen Geist ein, viel tiefer und schmerzvoller, als das äußerliche Brandzeichen auf meiner Stirn es je vermocht hätte. Irgendwann fiel mir auf, dass an Pattys grünen Socken mit dem Zuckerstangenmuster ein loser

Faden herunterhing und dass Keith versuchte, so unauffällig wie möglich auf den Fernseher zu schauen. Dieser befand sich zwar außerhalb der Szene, aber da sich sein bläuliches Flimmern sanft auf Keiths Profil widerspiegelte, wusste ich, dass er lief. Ich fragte mich, ob Keith sich wohl einen Sportsender oder einen Porno ansah – ich bezweifelte, dass es sich um eine Naturdokumentation oder *Zimmer mit Aussicht* handelte.

Von meinem persönlichen Zimmer mit Aussicht beobachtete ich, wie Keiths Pulsieren sich allmählich steigerte, wie seine Bewegungen immer tiefer wurden und wie Patty allem Anschein nach zu stöhnen begann – die Bilder waren ja ohne Ton. Als Keith sich bei seinem Orgasmus tief ihn sie hineinbohrte und Pattys Fäuste sich in die Falten seines Sweatshirts krallten, hielt ich weiterhin die Augen geöffnet. Auch wenn mein Unterbewusstsein meinen Fängern vielleicht verraten hatte, dass eine Szene wie diese mich am meisten quälen würde, beschwor sie tatsächlich nur ein geringes Gefühl des Verlustes oder der Wut in mir herauf. Den Verlust von Patty zu betrauern, kam mir inzwischen so vor, als würde ich mich über jemanden ärgern, der mir meinen Teller mit dem köstlichen Essen wegnahm, der vor meiner Nase stand, um mir anschließend die tote Maus zu zeigen, die unter dem Kartoffelpüree begraben lag: So als müsste ich eigentlich dankbar für diese Offenbarung sein. Ich konnte die beiden nicht hassen. Sie waren genauso erbärmlich wie ich es zu Lebzeiten gewesen war. Traurige, festgefahrene kleine Kreaturen, hungrig und gierig, die sich verängstigt und unzufrieden in ihrem Nest wanden. Ich hatte während meiner Ehe auch andere Frauen begehrt. Vielleicht hätte ich Patty ja zuerst betrogen, wenn sich eine passende Gelegenheit geboten hätte. Ich war auch nicht viel reiner oder weniger schmutzig als sie.

Es gab noch zwei weitere Gründe, weshalb mich diese Szene relativ unberührt ließ: Einerseits hatte das Leid, das ich in der Hölle erfahren hatte, dieser Folter den Schrecken genommen, auch wenn ich ihretwegen früher gewiss völlig in Tränen aufgelöst gewesen wäre. Und andererseits, und das war noch viel entscheidender, war ich nun in eine andere Frau verliebt.

Ich blinzelte unfreiwillig, und während meines Zwinkerns veränderte sich die Szene. Die neue Szene war viel schmerzvoller. Ich verspürte angesichts des Verlustes meiner Frau einen tieferen Stich. Denn dieses Mal sah ich uns als Paar, das ein entsetzliches Leid miteinander teilte. Wir befanden uns im Wartezimmer einer Klinik. Wir warteten auf eine Untersuchung, die bestätigen sollte, was wir bereits wussten … dass Patty eine Fehlgeburt erlitten hatte.

Ich erinnerte mich wieder an diese Wut – nein, ich fühlte sie erneut –, die stärker war als alles andere. Den Zorn darüber, dass diese anderen Frauen um uns herum noch immer schwanger waren und dass nicht auch ihre Träume wie ein Stück Papier zerfetzt worden waren. Dass Teenager schwanger wurden und abtreiben ließen, während wir hier saßen, voller Verzweiflung. Wir hatten dieses Baby gewollt. Aber der Schöpfer hatte allem Anschein nach andere Pläne gehabt, nur, um uns daran zu erinnern, wer wirklich die Fäden in der Hand hielt.

Dann die nächste Szene: die Beerdigung meines Vaters. Er lag, verbraucht und vertrocknet wie ein mumifizierter Zwerg, in seinem Sarg, seine rot karierte Schottenmütze auf dem Kopf. Er trug, da er selbst keine schicke Anzugjacke besessen hatte, das rotbraune Cordjackett, das er gemeinsam mit mir ausgesucht hatte, damit ich es bei der Hochzeit meiner Cousine tragen konnte, als ich noch ein Teenager gewesen war. Noch schlimmer war allerdings, dass ich meine arme kleine, verwelkte Mutter sehen musste. Sie stand wie benebelt in dem Bestattungsinstitut und wirkte, als habe man sie lebendig einbalsamiert. Plötzlich überkam mich die entsetzliche Angst, auch meine eigene Beerdigung sehen zu müssen – und wie meine Mutter auch *dort* in einem Bestattungsinstitut stand. Ich durfte nicht darüber nachdenken, sonst würden meine Fänger sich den Gedanken vielleicht zunutze machen! Von dieser Szene

würde ich den Blick abwenden müssen – voller Schuldgefühle. All das Leid, das ich der Frau zugefügt hatte, die mich in diese Welt gebracht hatte und die bereits den Verlust ihres Mannes und ihres ungeborenen Enkelkindes hatte verkraften müssen – wie selbstsüchtig ich doch gewesen war, wie blind durch meine eigenen nichtigen Sorgen. Dann dachte ich, dass ich vor lauter Peinlichkeit erneut sterben würde, wenn sie mir anschließend auch noch den fetten Stapel der Ablehnungsschreiben zeigten, die ich für meine literarischen Werke erhalten hatte.

Aber die Szenen schienen in umgekehrter chronologischer Reihenfolge abzulaufen. Ich sah, wie mein alter Hund Tippy eingeschläfert wurde und in meinen Armen starb. Ich hatte bei der Beerdigung meines Vaters nicht geweint, aber als ich Tippy sterben sah und mein zehn Jahre jüngeres Ich betrachtete, dem zehn Jahre der Abhärtung in dieser Welt fehlten, fühlte ich mich wieder genauso klein, und meine Tränen verschleierten mir den Blick. Da ich sie jedoch nicht wegwischen konnte, sah ich die nächsten paar Szenen ein wenig verschwommen.

Eine der letzten Szenen fiel etwas aus der Reihe, da sie im Vergleich zu den bisherigen, recht auffälligen, dramatischen Szenen viel subtiler war.

Ich war in der dritten Klasse, im Kunstunterricht. Eine hübsche junge Frau, die unsere Lehrerin während deren Mutterschaftsurlaub vertrat, ließ uns Karten aus buntem Tonpapier basteln, die wir unseren Müttern am Muttertag überreichen sollten. Sie zeigte uns, wie wir den Klebstoff auf das Einlegeblatt auftragen mussten, und dann gingen wir nach vorne ans Lehrerpult, damit sie uns dabei helfen konnte, es in die eigentliche Karte einzukleben. Sie erklärte uns, wir dürften nicht zu viel Klebstoff auf die äußere Hülle auftragen – nur hier und da ein paar Tropfen. Ich schätze, ich war wohl der Ansicht, dass sie damit nicht richtig zusammenkleben würde, und trug den Klebstoff etwas großzügiger auf … Als ich das Lehrerpult erreichte, schimpfte mich die Vertretungslehrerin aus: »Ich hab euch doch gesagt, dass ihr nicht zu viel Klebstoff verwenden sollt«, und dann pappte sie meine verklebte Einlage angewidert völlig schief auf der Karte an.

Ich erinnere mich noch lebhaft an meine Bestürzung, als ich auf die Karte hinuntersah, die ich meiner Mutter zum Muttertag schenken sollte. Aber genau wie in jenem Moment, als mir mein Kind durch eine Fehlgeburt genommen wurde, überwog meine Wut auch hier meine Trauer. Es war jene Art der Wut, die durch Ungerechtigkeit entsteht. Ich wusste, dass mein Vergehen – das Auftragen von etwas zu viel Klebstoff auf einer Muttertagskarte – weniger gravierend war als die Reaktion dieser erwachsenen Frau, die sich durch einen so kleinen Fehler eines Kindes zu solcher Verachtung hinreißen ließ. Es war, als würde mir in jenem Moment plötzlich bewusst, wie klein auch die Erwachsenen eigentlich waren – voller Furcht, Versagensängste und Verbitterung – und dass sie diese Gefühle lieber auf andere übertrugen, als dafür zu sorgen, dass ihre Mitmenschen nicht genauso leiden mussten wie sie selbst. Ich verspürte damals sozusagen eine Vorstufe der Ungerechtigkeit, die ich heute hier empfinde – und einmal mehr geht sie auf angebliche Respektspersonen zurück. Ich empfand keinerlei Scham. Ich verspürte auch keinerlei Bedauern. Ich wusste schon damals, wie auch heute, dass man mich ungerecht beurteilt und unfair behandelt hatte. Aber ganz offensichtlich hatte ich diesen kleinen Vorfall all die Jahre mitgeschleppt, auch wenn er eigentlich nicht besonders erinnerungswürdig erschien. Er war nur einer dieser vielen klitzekleinen Mosaiksteine jener Hölle, in der wir uns befinden, solange wir noch am Leben sind.

Ich erinnerte mich daran, dass ich versucht hatte, die Karte wieder auseinanderzureißen, um sie noch einmal richtig zusammenzukleben. Letztlich warf ich sie jedoch weg, bevor ich nach Hause ging … und dort versuchte ich, sie so gut ich konnte mit meinem eigenen Tonpapier und Klebstoff nachzubasteln. Wenigstens war sie nicht krumm und schief. Und meine Mutter liebte sie. Es war ein Gefühl des Triumphes, zumindest eines bescheidenen Triumphes. Wie eine kleine

Trotzaktion, die den Vorfall zwar nicht ungeschehen macht, durch die man sich aber wenigstens einen Teil seiner Würde erhält und die Ungerechtigkeit zumindest minimal ausgleicht. Das ist das Einzige, worauf wir letzten Endes hoffen können – egal, in welcher Version der Hölle.

Meine Tränen waren getrocknet, als der Dämon zurückkehrte, um mich von meinem Stuhl loszuschnallen. Ich fühlte noch immer diese Trotzhaltung in mir und hätte ihm am liebsten gesagt, er solle mir nächstes Mal noch einen Eimer Popcorn dazugeben … aber ich wollte nicht, dass er mich für eine zweite Vorstellung erneut festgurtete. Vielleicht hätten sie mir dieses Mal doch noch meine eigene Beerdigung gezeigt.

Als ich die Schwarze Kathedrale wieder verließ, war ich mir nicht ganz sicher, wie viel Zeit ich tatsächlich darin verbracht hatte … aber ich wurde auf dem Weg zu meinem Hotel nicht noch einmal abgefangen.

Chara wartete dort nicht auf mich.

Dreiundsiebzigster Tag

Als ich die nahen Schüsse hörte, dachte ich zuerst, die Motorrad-Engel hätten Oblivion noch immer nicht verlassen und wollten sich so lange in der Stadt herumtreiben, bis Chara gefasst und ihrer gerechten Strafe zugeführt worden war. Aber als ich an mein Fenster trat und hinunterblickte, sah ich eine Gestalt, die verstohlen über die Straße rannte und ganz offensichtlich ein Gewehr oder eine Pistole in der Hand hielt. Sie trug kein weißes Gewand. Sie musste zu den bewaffneten, rebellischen Verdammten gehören …

Nun, da ich näher am Fenster stand, hörte ich aus der Ferne weitere Schüsse, bei denen es sich ebenso gut um Maschinengewehrsalven wie das Prasseln zahlreicher einzelner Schüsse handeln konnte. Dann erschütterte ein tiefer, schwerer Knall mein Fenster, das durch die Vibrationen des Maschinengebäudes ohnehin schon zitterte, noch heftiger. Es musste irgendwo eine Explosion gegeben haben.

Dem Knall folgte ein schreckliches Geheul, das über der Stadt anschwoll und wie der perfekt harmonierende Chor weinender, angsterfüllter, gequälter Kinder klang. Es dauerte ein paar Minuten, bis ich verstand, dass es sich dabei um die Stimmen der sechs kürbisartigen Aufseher in ihren Türmen am Stadtrand handelte, die einen sirenenartigen Alarm ertönen ließen. Es war ziemlich grauenvoll. Das Geheul hielt ungefähr fünf Minuten an, und in dieser Zeit wand sich – zumindest fühlte es sich so an – jede einzelne synthetische Zelle in meinem Körper.

Während ich dasaß und in der Hoffnung, der Verlag würde diese Memoiren veröffentlichen, eine formelle Anfrage an Necropolitan Press verfasste, hörte ich, wie sich weitere Schüsse in der Stadt ausbreiteten, die gelegentlich von einem dumpfen Knall übertönt wurden … einer von ihnen war so laut, dass ich tatsächlich spürte, wie der Fußboden erbebte. Selbst ohne das Warnsignal der Aufseher konnte kein Zweifel mehr daran bestehen, was hier stattfand …

Das Heer der Himmelsboten war in Oblivion eingetroffen, um seine nicht vertrauenswürdige Dämonenbevölkerung auszulöschen, die Rebellenbewegung zu vernichten und die Ordnung in der Stadt wiederherzustellen.

»Was wird jetzt mit Chara passieren?«, fragte ich Lyre, der traurig zu mir heraufschaute. Und was würde mit mir passieren? Konnte ich Inspektor Turner wirklich vertrauen und davon ausgehen, dass er keine Himmelsboten hierher schickte, um mich zu verhaften – und um mich mit neuen Foltermethoden bekannt zu machen, die alles, was ich bislang erlebt hatte, vergleichsweise blass erscheinen ließen?

Während die Stunden vergingen und ich in meinem Zimmer auf und ab ging, nicht in der Lage, mich längere Zeit auf meinen Brief zu konzentrieren, wurde ich schließlich so unruhig, dass ich doch auf die Straße hinunterging, um mir aus der Nähe anzusehen, was in meiner unmittelbaren Nachbarschaft wirklich vor sich ging, denn der Blick aus meinem Fenster war durch das Maschinengebäude ziemlich begrenzt.

Irgendwo vor mir konnte ich Rauch in der Luft riechen. Das Knallen der Schüsse klang hier draußen schärfer und deutlicher. In der Ferne hörte ich sogar Schreie und Gebrüll. All das war eigentlich nicht so viel anders als an einem ganz normalen Tag in Oblivion, aber davon abgesehen lag ein tiefes Brummen in der Luft, wie das Vibrieren, das man vor einem herannahenden Tornado spürt … es war, als formierten sich ominöse Mächte …

Versteckt unter meinem Mantel trug ich auch die beiden Pistolen bei mir. Angesichts der Gewissheit, dass sich die Stadt um mich herum gerade in ein Schlachtfeld verwandelte, waren sie nur ein schwacher Trost. Ich legte meinen Kopf zurück und starrte in den aufgewühlten, geschmolzenen Himmel und das Loch in der Wolkendecke, das wie ein gigantisches rotes Auge direkt auf Oblivion hinunterstarrte. Der rötliche Schein spiegelte sich in den oberen Stockwerken des hoch aufragenden Maschinengebäudes wider. Dieses hasserfüllte, blutunterlaufene Auge des Schöpfers verengte sich angesichts der Gewaltszenen, die sich unter ihm abspielten, jedoch nicht vor Besorgnis, sondern es ergötzte sich eher daran. Es verzehrte sich förmlich nach immer weiteren Kriegen und endloser Gewalt. Am liebsten hätte ich die nutzlosen kleinen Pistolen aus meinem Hosenbund gezogen und sie direkt in den See aus Feuer über mir abgefeuert.

Dann hörte ich die sich nähernden Motorräder.

Sie hatten die Stadt also doch noch nicht verlassen. Dann tauchten zwei dieser Engel auf. Seite an Seite fuhren sie auf ihren schweren Maschinen die Straße herab. Jedes Motorrad zog eine lange Kette hinter sich her, deren Enden um die Flügel eines männlichen Dämons geschlungen und miteinander verhakt waren. Das Fleisch des Dämons war aufgerissen und durch die Pflastersteine bis auf die Knochen zerfetzt, sodass er vollkommen gebrochen – vermutlich längst tot – hinter ihnen herwehte. Auch wenn unzählige meiner Artgenossen in der Vergangenheit möglicherweise von genau diesem Dämon gefoltert worden waren, fühlte ich dennoch den starken Drang, meine Waffen zu ziehen und den Engeln, die die Kreatur hinter sich herzerrten, ein paar Kugeln in den Rücken zu jagen. Stattdessen sah ich aber nur zu, wie sie weiter durch die Straße dröhnten und um die nächste Ecke bogen, wo sie aus meinem Blickfeld verschwanden.

Hinter der Ecke brach im nächsten Moment ohrenbetäubendes Maschinengewehrfeuer los, unter das sich chaotischer Lärm, Schreie und Gebrüll mischten. Angesichts dieses ganzen Durcheinanders nahm ich an, dass die beiden Motorräder in einen Zusammenstoß verwickelt worden waren.

Ich war eben zu dem Schluss gekommen, dass es wohl das Beste wäre, wenn ich mich wieder nach drinnen verzog, als ich einen der beiden Engel um die Ecke spurten und direkt auf mich zurennen sah – sein spitzer Hut fehlte und sein Gewand war von oben bis unten mit grellem Blut bedeckt. Aus seinem Hängebackengesicht schrie die Angst. Schon im nächsten Moment offenbarte sich der Grund für diese Furcht: Ein halbes Dutzend Dämonenkrieger raste hinter ihm um die Ecke, ihre Flügel weit ausgebreitet, die meisten mit erhobenen Schwertern. Zwei von ihnen trugen auch eine MAC-10-Maschinenpistole bei sich. Auch wenn sie ihn nicht zu töten vermochten, versetzte ihn der Gedanke, von dieser wilden Meute zerfleischt zu werden, in Panik.

Der Engel fing meinen Blick auf. Er schien direkt auf mich zuzusteuern, so als sei ich in der Lage, ihm zu helfen. Ich sah, wie eine kahl geschorene Dämonin mitten im Lauf mit ihrer MAC-10 auf ihn zielte, aber einige ihrer Schwerter schwingenden Kameraden hatten sie bereits überholt und versperrten ihr die Schussbahn.

Dieses Mal gab ich meinem Impuls nach, zog die Glock aus meinem Hosenbund und feuerte sie immer wieder auf den

ERIK-03

Engel ab. Es war beinahe, als stürze er sich direkt in meine Kugeln und spieße sich in vollem, wildem Lauf an ihnen auf.

Als die Projektile in ihn eindrangen, zappelte er schrecklich unbeholfen durch die Luft, so als baumele er an einem Galgenstrick. Er kreiselte zu Boden. Im nächsten Augenblick stachen die ersten beiden Dämonen bereits mit ihren Schwertern auf ihn ein.

Eine meiner Kugeln war jedoch entweder komplett durch den Körper des Engels geschossen oder hatte ihn ganz verfehlt, denn sie hatte den Flügel eines der mit Schwertern bewaffneten Dämonen durchbohrt. Bellend vor Schmerzen stürzte er an dem gefallenen Engel vorbei direkt auf mich zu, die Klinge hoch erhoben, als wolle er mir einen heftigen Schlag versetzen und mich mittendurch spalten. Ich richtete meine Pistole auf ihn …

»Cresil, nein!«, kreischte die kahl geschorene Dämonin. »Ihn nicht!«

Der Dämon Cresil geriet ins Schwanken und kam rutschend zum Stehen, aber er wagte es nicht, seinen Blick von mir abzuwenden.

»Tu das nicht«, warnte ich ihn. »Du hast mehr zu verlieren als ich!«

Die Dämonin mit der MAC-10 rannte zu mir herüber. Sie hob ihr Kinn ein wenig an und schien in der Luft zu schnuppern. »Es ist der Freund von Chara.«

»Ein Grund mehr, ihn aufzuschlitzen«, grollte der kräftige, muskulöse Dämon mit tiefer Stimme, die sich wie das kehlige Knurren eines Wolfes anhörte. »Er ist doch die Ursache für all das. Er und Chara …«

»Chara ist unsere Schwester. Das solltest du nicht vergessen.«

»Wo ist Chara?«, fragte ich, ohne meine Waffe zu senken.

»Vielleicht noch am Leben, vielleicht schon tot«, brummte Cresil. »Wir Dämonen könnten bald alle tot sein, dank dir! Aber was kümmert dich das, wenn du selbst nicht sterben kannst?«

Ich blickte an den beiden vorbei und sah, dass der Rest der

dämonischen Meute die beiden Motorradfahrer in unzählige, kaum noch menschliche Klumpen zerteilt hatte, die sie nun mit sich forttrugen und hinter sich herschleppten. Außerdem klauten sie ihren Opfern die Schusswaffen und vergrößerten dadurch ihr Waffenarsenal. Sie hatten die Engel mit solcher Leidenschaft zerstückelt, dass einer von ihnen sogar die Klinge seines Schwertes an den Pflastersteinen zerbrochen hatte. Ich nickte zu den triefenden Bündeln hinüber, die sie in Händen hielten. »Wofür soll das gut sein? Die wachsen doch sowieso wieder nach.«

»Sie wachsen in einer Zelle wieder nach, zu der nur wir den Schlüssel haben. Und wir werden diesen Schlüssel verlieren«, verkündete Cresil. Er grinste düster. »Wenn's nach mir ginge, würde ich dich genauso zerstückeln und zu ihnen ins Loch werfen. In dieser Stadt gibt es Zellen, die nur wir kennen … und die zwei da wird man wohl nie wieder finden …«

»Komm schon«, drängte die Dämonin, »bevor sie sich noch in unseren Armen regenerieren oder die Himmelsboten kommen …«

Cresil schob sein Gesicht ganz dicht an meines heran. »Du kommst mir bekannt vor. Hab ich dich nicht mal mit ein paar Freunden auf der Straße vergewaltigt? Bevor deine verblendete Freundin es mit dir getrieben hat?«

»Das hättest du wohl gern«, murmelte ich.

Seine Hand schoss nach oben, um meine Kehle zu packen, aber die Dämonin war noch schneller. Sie ergriff sein Handgelenk. »Cresil, dafür haben wir keine Zeit!«

»Siehst du, wie er uns auseinandertreibt?«, krächzte er.

»Schau dich doch mal um, Cresil. Man hat uns längst auseinandergetrieben. Die Dinge ändern sich. Wenn das überhaupt möglich ist …«

»Meine Gefühle für diese Fleischlinge werden sich nie ändern«, stieß Cresil durch seine zusammengebissenen Zähne hervor, aber er erlaubte es der Dämonin, ihn am Arm mit sich fortzuziehen.

»Wenn ihr Chara seht, dann sagt ihr, dass ich hier auf sie warte!«, rief ich den Kreaturen hinterher, als sie herumwirbelten und davonstoben, wie Fledermäuse, die zum Flug ansetzen.

»Wenn ich sie sehe, dann bringe ich sie höchstpersönlich um«, brüllte Cresil und war verschwunden, bevor ich etwas erwidern konnte.

Eilig ging ich zurück ins Hotel, bevor noch weitere Engel auf der Suche nach ihren Kumpeln auftauchten.

Später.
Eine Detonation, ganz in der Nähe, riss mich aus dem Schlummer, in den ich gesunken war. Von meinem Fenster aus konnte ich außer einer Dunstwolke aus vorbeiziehendem Rauch nichts Ungewöhnliches erkennen. Noch immer durchbohrten Schüsse die Stadt. Feuerte eines der streitenden Lager weitere Kugeln ab, oder waren diese Explosionen vielleicht das Ergebnis improvisierter Molotowcocktails?

Ich wollte gerade vom Fenster zurücktreten, als ein Erdbeben mein schäbiges kleines Zuhause erschütterte. Lyre rutschte von der Bettkante und ich musste mich am Fensterrahmen festhalten, um nicht hinzufallen. Ich hörte ein unglaubliches Donnern, das klang, als bereite sich eine Mehrstufenrakete direkt auf der anderen Straßenseite auf ihren Abschuss vor.

Mir wurde klar, dass es das Maschinengebäude war. Allerdings wollte es nicht in den Weltraum abheben … sondern im Boden versinken. Zunächst dachte ich, die Explosion, die ich gehört hatte, habe das mächtige Gebäude zum Einstürzen gebracht, doch dann wurde mir bewusst, dass es sich selbst ziemlich schwerfällig in eine unglaublich tiefe Kammer oder eine Art Silo in den Boden hinabließ. Unter das Donnern mischte sich metallisches Kreischen, das ebenso ohrenbetäubend war wie die Ankunft der Schwarzen Kathedrale.

Da ich nicht wusste, welche Funktion(en) das scheinbar vollautomatische Maschinengebäude erfüllte, hatte ich nicht die geringste Ahnung, was es nun vorhatte. Ich nahm an, dass es sich selbst schützte, während die Gewalt rundherum allmählich eskalierte.

Als jemand lautstark an meine Tür klopfte, wandte ich meine Aufmerksamkeit vom Fenster ab. Ich griff nach einer der Pistolen und machte einen Schritt auf die Tür zu.

»Wer ist da?«

»Was denkst du wohl«, knurrte eine vertraute, kräftige Stimme.

Ich hastete zur Tür und riss sie auf. Davor stand Chara, hinter ihr ein zweiter Dämon, der sehr angespannt wirkte. Sie glänzte vor Schweiß, an ihren glatten Beinen klebte Gipsstaub, und eine Wunde an ihrer Schulter war dick mit halb getrocknetem, schwarzem Blut verkrustet. Sie trug ihr Haar zu ihrem bevorzugten dicken Zopf zusammengebunden, während der Dämon, der sie begleitete, seines wie ein Samurai auf dem Kopf zusammengeknotet hatte. Jeder von ihnen hielt ein Gewehr in Händen, das sie vermutlich entweder Engeln oder Himmelsboten gestohlen hatten.

»Was hat dich denn so lange aufgehalten?«, stieß ich erleichtert aus.

»Das wirst du gleich sehen. Bist du bereit, die Stadt zu verlassen?«

»Verlassen? Jetzt gleich?«

»Na, du hattest doch genug Zeit zu packen, oder? Schnapp dir, was du brauchst … und beeil dich.«

Die Dämonen betraten mein Zimmer und schlossen die Tür, während ich hastig Lyre und ein paar Ersatzklamotten in einen Kissenbezug stopfte. Während ich packte, fragte ich: »Also, wo gehen wir hin … nach Pluto?«

»Ja.«

Ich schaute ein wenig eifersüchtig zu dem fremden Dämon hinauf. »Und wie viele kommen mit uns?«

»Das wirst du gleich sehen«, wiederholte sie knapp und blickte aus dem Fenster, während das Maschinengebäude immer tiefer im Boden versank. Im zitternden Fensterglas hatte sich ein Riss gebildet.

»Was ist mit: *Keine Armeen, keine Rassen, nur du und ich?*«

Chara atmete tief ein und bemühte sich ganz offensichtlich, ihre Geduld nicht zu verlieren. »Sei nicht kindisch. Das ist jetzt die beste Möglichkeit für uns, hier rauszukommen. Stärke durch Masse. Du und ich sind später dran.«

Diskret hielt sich der andere Dämon aus unserer kleinen Zankerei heraus. Er konzentrierte sich ganz auf das Maschinengebäude. »Ich frage mich, ob es wohl auch in eine andere Stadt auswandert«, sagte er und trat ganz dicht an die schmutzige Scheibe heran, um zuzusehen, wie der Wolkenkratzer in den Eingeweiden unter der Stadt versank.

Dann zerbarst das Fenster. Zunächst dachte ich, der bereits vorhandene Riss und die Erschütterung durch das Maschinengebäude seien die Ursache dafür, aber als der Dämon zurücktaumelte und der Länge nach zwischen Chara und mir zu Boden stürzte, sah ich das Einschussloch in seiner Wange. Hinter mir hatten sich Spritzer seines Blutes und kleine Fetzen seines Gehirns quer über mein Bett verteilt. Sein Blut war auch auf mich gespritzt.

»Lass uns verschwinden«, zischte Chara.

Ich schwang den Kissenbezug über meine Schulter, steckte die beiden Pistolen in den Hosenbund und griff hinunter, um die Ithaca-Pumpgun des toten Soldaten aufzuheben – sie hatte einen Pistolengriff anstelle eines Gewehrschafts –, bevor ich hinter Chara in den Flur eilte.

Eine meiner Nachbarinnen linste hinter ihrer Tür hervor zu uns in den Flur, aber als sie Chara und unsere Waffen sah, zog sie sich sofort wieder zurück. Auf dem Treppenabsatz traf ich auf die junge Assistentin des Besitzers, die mir ihre Dienste angeboten hatte. Zu Tode erschrocken, den Arm voller schmuddeliger, zusammengefalteter Bettlaken, presste sie sich flach gegen die Wand, um uns vorbeirauschen zu lassen. Ich schätze, es war nicht nötig, ihr extra mitzuteilen, dass ich auscheckte.

Als wir das Erdgeschoss erreichten, pochte mein Herz – oder

vielmehr sein ätherisches Gegenstück – wie wild gegen meine Rippen. Das Gewehr schien auf Dauer zu schwer zu sein, um es nur mit einer Hand zu tragen. Ich fürchtete mich ebenso sehr davor, seiner unterdrückten Wildheit freien Lauf zu lassen, wie ich mich darauf verließ, dass es uns eine gewisse Sicherheit bescherte. Mit einem Gewehr hatte ich noch nie auf jemanden geschossen, außer auf mich selbst.

Chara rannte zuerst aus der Vordertür, und bevor ich ihr über die Schwelle folgen konnte, hatte sie bereits mit ihrer eigenen Waffe das Feuer eröffnet. Ich ließ den Kissenbezug neben meine Füße fallen, um das Gewehr mit beiden Händen halten zu können. Zwei Himmelsboten waren in hockender Position über die Straße geeilt – der eine trug ein Schwert in der Hand, der andere allem Anschein nach ein Sturmgewehr. Ich nahm an – und ich bezweifle nicht, dass Chara dasselbe dachte –, dass es sich bei dem zweiten Himmelsboten um den Scharfschützen handelte, der ihren Kameraden durch mein Fenster entdeckt und erschossen hatte.

Sie feuerte, pumpte und feuerte erneut. Als sie bereits dabei war, die dritte Ladung Schrot zu verschießen, feuerte auch ich endlich eine Salve ab. Der Rückstoß erschütterte meinen gesamten Körper, dass mir die Zähne klapperten. Der Himmelsbote mit der Automatik versuchte, sich umzudrehen und das Feuer zu erwidern, aber er wurde gegen die Wand zurückgeschleudert, und auf seinem Gewand bildeten sich riesige rote Blüten. Der Himmelsbote mit dem Schwert fiel bäuchlings zu Boden und versuchte vergeblich, sich fortzuschleppen, als Charas dritte Ladung ihn durchlöcherte und er reglos liegen blieb. Beide sahen aus wie Klone von Turners Geliebtem, Nephi.

»Komm weiter«, befahl Chara und stürzte davon. Ich sammelte mein Gepäck wieder ein und folgte ihr.

Das Dach des Maschinengebäudes lag nun bereits niedriger als das Dach meines Hotels. Wir ließen den weitläufigen Bau hinter uns. Als ich mich noch einmal umdrehte, spürte ich einen letzten erderschütternden Schlag und sah, dass sein flaches Dach nun eine Ebene mit der Straße bildete. Eine Wolke aus Staub, den der Lavaregen hinterlassen hatte, als er auf das Dach gefallen war, wo er sich in Asche verwandelte, wirbelte auf und verhüllte den Ort, an dem das Gebäude gestanden hatte.

Vor uns lag nun die Schwarze Kathedrale, nicht länger durch den Wolkenkratzer verdeckt … und Chara führte mich direkt darauf zu.

Hinter mir hörte ich ein Kreischen. Es klang wie von einem Meeresvogel. Weiteres Kreischen durchschnitt die Luft und verschmolz mit dem ersten. Ein erneuter Blick zurück offenbarte die Quelle dieses verstörenden Chores: Eine Gruppe von zehn oder mehr Himmelsboten tauchte aus einer Gasse am anderen Ende der breiten Straße auf, in deren Mitte die Schienen verliefen, auf denen die Kathedrale durch die Stadt rollte. Die Himmelsboten hatten uns entdeckt …

Chara stürzte direkt auf die Treppe zu, die zur Doppeltür am Eingang des schwarzen Eisenbaus führte. Ich hatte weder die Zeit noch ausreichend Luft, um Fragen zu stellen. Hinter mir knallten die ersten Schüsse. Ich hörte metallisches Klingeln, als die Kugeln der Automatikwaffen von der mechanischen Fassade des Gebäudes abprallten.

Als mich ein Schlag wie von einer Spitzhacke auf dem Schulterblatt traf und mich nach vorne warf, landete ich flach auf dem Gesicht. Die Knochen in meiner Nase explodierten. Das Gewehr fiel mir klappernd aus den Händen, auch eine der Pistolen löste sich aus meinem Hosenbund. Einen Moment lang blieb ich wie benommen liegen, aber schon im nächsten Augenblick riss Chara mich wieder auf die Beine und zerrte mich mit sich in Richtung der Kathedrale. Ich sah, dass sich die Doppeltür geöffnet hatte und zwei Dämonen auf der Schwelle standen, die auf die herannahende Gruppe von Himmelsboten feuerten, um uns Deckung zu geben.

Die beiden Dämonen traten zur Seite, um uns einzulassen,

schlossen die Doppeltür hinter uns und verriegelten sie mit einem dröhnenden Scheppern. Ich hörte, wie weitere Kugeln singend gegen die Metallhaut des Gebäudes knallten. Angesichts dieser Panzerung zweifellos frustriert, verlegten sich die Himmelsboten darauf, auf die roten Buntglasfenster zu feuern. Das runde Fenster über der Tür zersplitterte. Wir hüpften ein Stück zurück, um dem Regen aus roten Scherben auszuweichen, die sich zu unseren Füßen in Kristallstaub verwandelten.

»Wo ist Juvart?«, fragte einer der Dämonen, der uns Feuerschutz gegeben hatte, und erst jetzt erkannte ich ihn als Cresil wieder, den ich aus Versehen verwundet hatte.

»Er ist tot«, keuchte Chara, beugte sich nach vorn und stützte sich mit einer Hand auf ihrem Knie ab.

»Getötet, weil du deinen Liebhaber abholen musstest«, spuckte Cresil aus. »Ein schöner Tod für ihn!«

Chara hob den Blick und richtete sich dann ganz auf. »Das ist nicht der geeignete Zeitpunkt, um uns gegenseitig fertigzumachen, Cresil. Aber wenn es das ist, was du willst …« Sie hielt ihr Gewehr noch immer in der Hand und schien es nun noch fester zu umschließen.

Cresil sah zu mir herüber, wirbelte dann herum und rief: »Wir sollten dieses Ding hier wegbewegen, bevor sie einen Weg zu uns herein finden!«

Mein Blick fiel auf den erhöhten Schreibtisch in der Mitte des Raumes, an dem der skelettartige Dämon mit dem riesigen runden Kopf mich vor meiner Folter scheinbar gescannt hatte. Dieser Dämon lag nun schlaff über den Tisch ausgestreckt. Seine Augen, ihres durchdringenden Leuchtens beraubt, starrten ins Leere. Der Ballonkopf war von Kugeln durchlöchert worden und in sich zusammengefallen; eine Flut aus widerwärtiger Flüssigkeit hatte sich über die Seite des Tisches ergossen und bildete am Boden eine Pfütze.

In der großen zentralen Halle befanden sich etwa dreißig weitere Angehörige von Charas Dämonenkaste: Einige von ihnen waren schwer verletzt. Einer hatte einen Flügel verloren und mehrere lagen im Sterben. Plötzlich streckte einer von ihnen den Arm aus und brüllte: »Da oben!«

Irgendwie war es den Himmelsboten gelungen, die Außenwand der Kathedrale zu erklimmen. Nun tauchte einer von ihnen in den Überresten des runden Fensters hoch über der Eingangstür auf. Im folgenden Schusswechsel sanken zwei Dämonen tödlich getroffen zu Boden, zwei weitere wurden verletzt, und der Himmelsbote wurde nach hinten aus unserem Blickfeld geschleudert.

Durch ein Ruckeln geriet ich ins Stolpern. Aufgrund meiner Verletzungen war ich ohnehin noch etwas benebelt. Chara packte mich erneut am Arm. Dann nahm ich das quälende metallische Quietschen wahr. Zunächst dachte ich, es sei das Maschinengebäude, das sich wieder aus dem Boden erhob, aber mir wurde schnell klar, dass die Schwarze Kathedrale sich auf ihren Schienen in Bewegung gesetzt hatte.

»Ihr habt sie entführt«, murmelte ich, den Mund voller Blut.

»Ja.«

»Ihr habt die Dämonen getötet, die hier drinnen waren ...«

»Nicht alle. Ein paar haben sich uns angeschlossen. Wir haben versucht, die anderen lebendig zusammenzutreiben, aber sie haben sich entschlossen, gegen uns zu kämpfen. Ist das ein Problem für dich?«

»Nicht, wenn es für euch kein Problem ist.«

Die beiden Dämonen, die der Himmelsbote verwundet hatte, wurden auf die Seite getragen, wo sie verarztet werden konnten, während die Toten lautstark betrauert wurden. Chara wandte ihre Aufmerksamkeit wieder mir zu, nachdem sich das Durcheinander ein wenig gelöst hatte. »Komm mit mir … du musst dich ausruhen, bis du wieder geheilt bist.«

Ich ließ zu, dass sie den Kissenbezug mit meinen Habseligkeiten an sich nahm, und folgte ihr unsicher in Richtung einer der vielen Türen, die die Haupthalle säumten.

»Das ist der Grund, weshalb ich warten musste, bis ich dich aufsuchen konnte«, erklärte Chara, während sie mich durch die

Tür in einen sehr schmalen Korridor mit niedriger Decke führte, der mir das Gefühl gab, ich befände mich in einem U-Boot. Durch den Dampf, der aus mehreren Ventilatoren zischte, war er ganz feucht. »Wir mussten all das hier erst planen.«

»Ich nehme an, wir fahren nicht einfach nur durch die Stadt …«

»Nein. Wir werden bald den Eingang zu den unteren Ebenen erreichen. Dort unten gibt es Tunnel, die Oblivion mit anderen Städten verbinden …«

»Steuert sie sich selbst?«

»Ja, aber der Kurs ist voreingestellt, und wir mussten erst einen vertrauenswürdigen Dämon finden, der sie neu programmiert. Wir hatten Glück, dass wir zwei Ingenieure aus einer der Folterfabriken gefunden haben, die mit uns fliehen wollten. Ihr nächster Halt wäre irgendwo anders in der Stadt gewesen, aber die Ingenieure haben stattdessen einen neuen Kurs eingegeben, der uns in die am weitesten entfernt liegende Stadt ihres Netzes führt … an einen Ort namens Gehenna. Von dort ist es zu Fuß oder mit der Kutsche nicht mehr allzu weit bis nach Pluto. Ein paar der Soldaten hier werden mit uns bis nach Pluto reisen, andere werden sich wohl in Gehenna niederlassen.«

Von dem Korridor führten noch weitere Türen ab. Chara schob mich durch eine hindurch in eine kleine Kammer, in der zwei Stockbetten an den Wänden festgeschraubt waren – sie waren offensichtlich für das eigentliche Personal der Kathedrale gedacht. In einem der oberen Betten lag eine zugedeckte Leiche, möglicherweise einer ihrer Kampfkameraden, der seinen Verletzungen erlegen war. Oder ein Mitglied der Mannschaft, das sie hatten töten müssen. Chara half mir in eines der unteren Betten. Ich stöhnte, als ich die Schmerzen in meinem Rücken spürte, aber näher als auf dieser dünnen Matratze würde ich dem Himmel wohl nie wieder kommen.

»Ich bleibe noch eine Weile bei dir«, sagte sie und ließ ihren nackten Hintern auf dem unteren Bett gegenüber nieder.

»Um mich vor deinen Freunden zu beschützen?«

»Niemand wird dir wehtun. So gern das einige von ihnen vielleicht auch wollen.«

Ich starrte in ihr Gesicht … vor wenigen Minuten noch so wild und furchteinflößend … nun so wunderschön.

»Ich habe mehr Zeit damit verbracht, mich nach dir zu sehnen, als ich tatsächlich mit dir zusammen war«, begann ich. »Ich habe mich schon langsam gefragt, ob ich mir vielleicht nur etwas vormache und ob du mich wirklich noch holen kommst. Und ob ich mir vielleicht nur einbilde, dass da etwas zwischen uns ist.«

»Menschen. So unsicher. Und so wenig Glaube.«

Ich lächelte trotz meiner Schmerzen. Etwas ernster fuhr ich fort: »Es tut mir leid, dass deine Freunde getötet wurden. Ehrlich.«

Sie nickte und drehte ihren Kopf ein wenig. Ich wollte sie sagen hören, dass es ihr auch um die Verdammten leidtat, die hatten leiden müssen. Die durch ihre Hände hatten leiden müssen. Und sie sah tatsächlich so aus, als wolle sie es sagen, aber sie tat es nicht. Ich glaube, dass sie durchaus so empfand, aber zu verwirrt von diesem Gefühl war und zu großen Stolz als Kriegerin verspürte, um eine solche Schwäche tatsächlich zugeben zu können.

»Schlaf jetzt«, sagte sie. »Ich werde hier sein, wenn du aufwachst.«

»Danke«, flüsterte ich. Ich streckte eine Hand nach ihr aus. Nach kurzem Zögern nahm sie sie in ihre und hielt sie so lange fest, bis ich in Schlaf sank.

Vierundsiebzigster Tag

Als Chara mir erklärte, dass die Schwarze Kathedrale neu programmiert werden musste, damit sie uns aus Oblivion hinausbringen konnte, stellte ich mir eine Art Computersystem vor. Als ich jedoch das Cockpit sah – wenn ich es denn so nennen soll – kam es mir eher wie eine Mischung aus dem Führerhaus einer alten Dampflokomotive, einem Heizraum und dem Innenleben einer riesigen Standuhr vor. Für die Neuprogrammierung mussten diverse Zahnräder, die in verschiedenen Metalltruhen lagerten, ausgetauscht und einige der Hebel umgelegt werden, die die Wand bedeckten. Ventilräder regulierten den Dampfstrom, und in einem dicken Glastank, der über einem Ring aus flackernden blauen Gasflammen erhitzt wurde, blubberte eine grünliche Flüssigkeit. Diese Flüssigkeit schien wie Blut über in den Wänden versteckte Rohre durch das gesamte wandernde Gebäude zu zirkulieren.

Im vorderen Teil dieses Raumes, der sich de facto im hinteren Bereich der Kathedrale befand, war ein einzelnes Buntglasfenster eingesetzt. Es war auf der Außenseite wie alle anderen rot, erlaubte uns von innen aber einen klaren, freien Blick auf den Weg, der vor uns lag. Wie schon in den Folterkammern, kam mir auch die Innenseite dieses Fensters eher wie eine Art Bildschirm vor.

Während meines kurzen Nickerchens hatte die Kathedrale bereits einen Großteil der Stadt durchquert und fuhr nun einen leichten Abhang zu den Tunneln unter den Straßen hinab. Ich fühlte mich an das U-Bahn-Netz erinnert, durch das ich damals die Avernus-Universität erreicht hatte.

Das Gebäude selbst war nicht erleuchtet, aber an den Wänden draußen flackerten von Gittern geschützte Gasflammen. Dadurch konnte ich die Schienen, die vor uns durch den kurvigen Tunnel führten, der in den offenbar sehr soliden, felsigen Untergrund gehauen war, im düsteren Schein ganz gut erkennen. Wir passierten einige abzweigende Tunnel, und hier und da führten Stege, manchmal auch Rohre oder Leitungen an den Wänden oder an der gebogenen Decke entlang. Einmal sah ich mehrere Gestalten über die Schienen huschen, die sich in der Mündung eines schmalen Wartungstunnels versteckten. Ganz sicher hatten eine Menge Verdammte dieses unterirdische Labyrinth zu ihrem Zuhause gemacht, da es hier unten weniger wahrscheinlich war, dass sie sich der Folter der Dämonen aussetzen mussten.

Die beiden Ingenieure, der Dämon Thamuz und die Dämonin Allatou, bereiteten sich darauf vor, die wandernde Kirche in der Nähe des äußersten Stadtrands von Oblivion zum Stehen zu bringen. Dort, flüsterte Chara mir zu, würden etwa zwanzig weitere Dämonen zusteigen, bevor wir unsere Reise fortsetzten. Ich sah den Ingenieuren dabei zu, wie sie Hebel drückten und an Rädern drehten, bis die Kathedrale schließlich in ihrem Schienenbett kreischte, erbebte und allmählich langsamer wurde.

Als ich zu Chara hinübersah und ihr seltsam flaches Profil und ihre vollen, runden Lippen bewunderte, spürte ich wieder diese vertraute Ehrfurcht, ja, sogar Furcht in mir, die sie in mir auslöste. Ich fragte mich, was für eine Beziehung wir tatsächlich würden führen können, wenn ich mich ihr gegenüber so viel schwächer und unterlegener fühlte, so gewöhnlich im Vergleich zu ihrem exotischen, animalischen Wesen. Ich musste mich daran erinnern, dass sie – eine Art künstlicher Organismus ohne unsterbliche Seele, der die Welt der Lebenden nie erlebt hatte – im Vergleich mit mir möglicherweise ebenfalls das Gefühl hatte, *meiner* nicht würdig zu sein. Trotzdem fühlte ich mich, erbärmlicherweise, durch ihre Stärke und ihre mutmaßliche Überlegenheit in meiner Männlichkeit angegriffen. Daran würde ich noch arbeiten müssen. Wir mussten ein Gleichgewicht zwischen uns finden, bei dem wir uns beide wohlfühlten.

Ich stellte fest, dass die Wunde an ihrer Schulter gesäubert worden und bereits teilweise verheilt war. Sanft berührte ich ihre Haut neben der Wunde, aber sie schob meine Hand weg und sah mich streng an. Ich nehme an, es war ihr unangenehm, dass ich ihr meine Zuneigung durch Berührungen zeigte, während sich die anderen beiden im selben Raum befanden.

Mit einem letzten dampfenden Pfeifen und einem quietschenden Ruck, durch den ich ins Taumeln geriet, kam die Schwarze

Kathedrale zum Stehen – direkt neben einer Art erhöhtem U-Bahn-Gleis, das in der Düsternis draußen nur schwach zu erkennen war.

»Wie viele Tage wird es dauern, bis wir Gehenna erreichen?«, wandte ich mich an Allatou, weil ich mich fragte, ob sich das langsame Tempo der Kirche wohl noch steigern würde, sobald wir die Stadtgrenze hinter uns gelassen hatten.

»Tage?«, fragte sie zurück.

Ich lächelte. »Vergiss es.«

»Wir sollten die anderen begrüßen«, sagte Chara. »Ein paar gute Freunde von mir steigen hier zu.«

Bevor ich ihr aus dem Führerhaus folgte, warf ich einen Blick aus dem Fenster und sah mehrere schattenhafte Gestalten, die sich auf dem U-Bahn-Gleis versammelt hatten. Ihre geflügelten Silhouetten verrieten mir, dass sie allesamt Dämonen waren. Ich hätte nie gedacht, dass ich einen solch bedrohlichen Anblick irgendwann einmal als beruhigend empfinden würde.

Als wir die Haupthalle mit der hohen Decke betraten, sagte ich: »Ich hoffe, die haben Papier in Gehenna. Mir geht bald der Platz in meinem Tagebuch aus.«

»Darf ich dein Tagebuch mal lesen?«, fragte Chara, ohne mich anzuschauen.

»Ja. Bitte. Ich fühle mich geschmeichelt, dass du fragst.«

»Ich will nur wissen, was du in mir gesehen hast«, erwiderte sie trocken.

Die meisten anderen Dämonen hatten sich bereits an der Eingangstür der Kathedrale versammelt und waren dabei, sie zu entriegeln. Irgendjemand hatte das zerbrochene Glas aufgekehrt und die beiden toten Dämonen weggebracht.

Die Tür öffnete sich, und die Dämonen strömten herein. Chara hatte mit etwa zwanzig gerechnet, aber jetzt zählte ich nur zehn.

»Macht die Tür wieder zu. Beeilt euch!«, rief der Letzte, der hereinkam. »Die Himmelsboten sind überall … es werden immer mehr! Und es kommen immer wieder neue Engelstruppen!«

Engel. Sie mochten vielleicht nicht so geschickt und stark sein wie die Himmelsboten, aber dafür konnten sie nicht getötet werden.

»Wo sind die anderen?«, schrie Cresil.

»Sie wurden alle getötet!«

»Nergal«, seufzte Chara. Ich nahm an, dass das einer ihrer Freunde war, die sich uns eigentlich hätten anschließen sollen.

Ein weiterer ihrer Freunde, der, wie ich erfuhr, Uphir hieß, rannte zu uns herüber. Er schenkte mir kaum Beachtung, als er keuchte: »Wir können die Kämpfe noch sehr lange aufrechterhalten … aber nicht auf dem offenen Schlachtfeld, sondern nur, wenn sich unsere Leute an geheimen Orten verstecken und guerillamäßig zuschlagen. Der offene Kampf wendet sich allmählich zum Vorteil der Himmelsboten – es strömen einfach zu viele von ihnen in die Stadt. Ich schwöre euch, das ist die komplette Armee des Himmels! Und jetzt noch diese Armee der Engel. Ganz zu schweigen davon, dass nicht alle unsere Leute auf unserer Seite kämpfen … es sind weniger, als ich gehofft hatte … aber vielleicht ändern ja noch ein paar von ihnen ihre Meinung, wenn die Bedrohung weiter wächst ...«

»Den Himmelsboten ist es egal, ob sie sterben … das ist ihr größter Vorteil«, sagte Chara. »Wohingegen ich persönlich gerne am Leben bleiben möchte.«

»Sie sind wie die Krebse«, stimmte Uphir ihr zu, wobei er sich offensichtlich auf die Schwärme der Fleisch fressenden Krustentiere bezog, denen ich in der Nähe von Caldera begegnet war.

Die Türen waren wieder verriegelt. Nun konnte die Kathedrale ihre Reise fortsetzen.

»Wir müssen mit den anderen sprechen«, fuhr Uphir fort. »In Pergamos gibt's eine kleine Gruppe von Dämonen, die hinter uns steht – wir sollten dort anhalten und sie aufsammeln.«

»Werden die Himmelsboten denn nichts bemerken, wenn in Gehenna so viele Dämonen auf einmal eintreffen?«, wandte ich ein. »Wird der Schöpfer selbst das nicht auch sehen?«

Uphir drehte sich mit erzwungener Geduld zu mir um, offensichtlich aus purem Respekt für seine Freundin. »In beiden Städten gibt es eine Menge Dämonen unserer Art, wir werden also gar nicht weiter auffallen. Aber wenn wir auch weiterhin fliehen müssen, wenn wir uns weiter verstreuen oder uns trennen müssen, dann werden wir das eben tun. Schließlich ist es nicht unser Ziel, tatsächlich eine Rebellion anzuzetteln oder auch nur eine Armee zusammenzustellen, wir versuchen nur, dem Abschlachten in Oblivion zu entkommen.«

»Und was den Schöpfer angeht«, fügte Chara hinzu, »Er ist senil. Er liegt bereits auf dem Sterbebett, wie Er es fast seit Anbeginn allen Lebens tut. Während Er all dieses Leben schuf, diese Ordnung der Dinge, wurde Ihm Sein eigenes Leben förmlich ausgesogen. Er vegetiert eigentlich nur noch dahin.«

»Das ist nur eine Vermutung«, warnte Uphir sie. »Aber selbst wenn es wahr ist, kann Er von Zeit zu Zeit noch immer aus Seinem Koma erwachen, Seine Arme ausstrecken und uns zerquetschen, wenn Er sich dazu herablassen möchte, uns überhaupt wahrzunehmen. Einige glauben, dass Er, wenn Er erfährt, dass wir aus Oblivion fliehen, die gesamte Hölle unter einer Lava-Flut begraben und jeden einzelnen Dämon vernichten wird, um mit neuen Exemplaren sämtlicher Spezies ganz neu anzufangen. Und während Er sie erschafft, wird die Flut allmählich zurückgehen, und auch die Verdammten werden wiederhergestellt sein.« Er sah beinahe aus, als würde er erschaudern. »Lasst uns am besten gar nicht über Ihn sprechen … bitte. Wir haben auch so genügend Grund zur Sorge …«

Die Kathedrale machte einen Satz, als sie sich wieder in Bewegung setzte. Ich war dankbar dafür, nachdem ich gehört hatte, was Uphir über die Zustände auf der Oberfläche berichtet hatte.

»Auf Wiedersehen, Oblivion«, murmelte ich vor mich hin.

Ich dachte darüber nach, was Chara über den Vater gesagt hatte, dass Er bereits halb tot sei. Und ich musste daran denken, was ein paar der anderen Arbeiter über den Zweck der Fabrik gesagt hatten, in der ich angestellt gewesen war. »Wir halten den Schöpfer am Laufen«, hatte mir einer der Männer zugeflüstert. Waren Orte wie diese Fabrik und das Maschinengebäude eine Art Betriebssystem, das den Schöpfer am Leben hielt? Oder zumindest Seine Macht festigte und fokussierte? Und wenn wir diese Orte zerstörten, würden wir dann auch den Schöpfer töten? Und falls Er wirklich getötet würde … wären wir dann frei oder würden wir, Seine Kinder, mit Ihm zugrunde gehen, wenn Sein Atem den illusionären Ballon unserer Existenz nicht länger aufblies?

»Ich werde das mit den anderen besprechen«, sagte Uphir.

»Ich komme mit dir«, entgegnete Chara.

»Ich glaube, ich ruhe mich besser noch ein wenig aus«, sagte ich und machte einige kreisende Bewegungen mit meinem Arm, um meine heilende Schulter zu testen. Ich zuckte zusammen, als sich der Schmerz wieder meldete.

Ob zuerst das Möwengeschrei oder die Schüsse losbrachen, kann ich nicht mehr sagen, aber wir drei drehten uns alle gleichzeitig um, als vier der Türen in der Haupthalle aufgestoßen wurden. Mehrere Himmelsboten mit spuckenden, ratternden Maschinenpistolen stürzten herein.

Es stand außer Frage, dass sie während unseres kurzen Zwischenstopps an den Seiten der Schwarzen Kathedrale emporgeklettert und weitere Fenster eingeschlagen hatten, um sich Zutritt zu mehreren der Folterkammern zu verschaffen. Es sah aus, als hätten tatsächlich zwanzig von ihnen so den Weg nach drinnen gefunden …

»Geh!«, rief Chara und stieß mich weg, aber ich zog meine noch verbliebene Pistole aus dem Hosenbund, wild entschlossen, zu bleiben und an der Seite der Dämonen zu kämpfen. Immerhin war ich der einzige Passagier an Bord, der nicht getötet werden konnte.

Ich sah, wie ein Dämon einem Himmelsboten die Waffenhand abschlug, woraufhin dieser keine Sekunde zögerte und sein eigenes Schwert zog. Schon im nächsten Moment schlugen ihre Klingen laut aufeinander. Der Himmelsbote schleuderte sogar seinen verwundeten Arm nach oben, damit das aus dem Stumpf spritzende Blut den Dämon im Gesicht traf und ablenkte. Ich betrachtete das als unfairen Trick und schoss dem Wesen dafür ins Ohr. Der Dämon blickte zu seinem zusammengekrümmten Widersacher hinunter und starrte mich dann mit ungläubiger Überraschung an. Ich fühlte mich beinahe schuldig, weil ich ihn um einen ehrlichen Kampf gebracht hatte, aber schon im nächsten Augenblick rannte er davon, um sich seinem nächsten Gegner zu stellen.

Mein Handeln war auch den Himmelsboten nicht entgangen: Mehrere Kugeln rauschten an mir vorbei und streiften sogar das Haar über meinem linken Ohr. Auf der Suche nach Deckung tauchte ich hinter dem Schreibtisch in der Mitte des Raumes ab, aber anscheinend beschäftigte jemand anderes mittlerweile den Schützen, da er mir nicht um den Tisch herum folgte. Vielleicht stammten die Kugeln bei all dem Durcheinander aber auch aus der Waffe eines Dämons.

Ich sah mich hektisch nach Chara um, konnte sie in dem furchtbaren Chaos aus Fledermausflügeln und Mündungsfeuer, Schreien und Donnern jedoch nicht finden. Ich erkannte nur Uphir, dem man einen Flügel abgehackt hatte, auch der zweite hing halb abgetrennt herunter. Uphir umfasste beide Handgelenke eines Himmelsboten, dessen erhobene Fäuste ein blutiges Schwert hielten. Bevor ich mit meiner Waffe zielen und ihm helfen konnte, rannte ein weiterer Himmelsbote von hinten auf ihn zu und stieß seine Klinge tief in den Rücken des Dämons. Ich sah, wie Charas Freund zu Boden fiel … Der dritte ihrer Freunde, den ich hatte sterben sehen.

Ich wollte immer noch auf die beiden schießen, aber bevor ich dazu kam, hatte die kahl geschorene Dämonin sie bereits ziemlich gründlich niedergemäht.

Die Himmelsboten hatten ganz offensichtlich die Absicht, sich der Tür des Kontrollraums zu nähern – ganz bestimmt, um die Kathedrale zu sabotieren und abzuschalten. Etwa acht von ihnen befanden sich bereits an der Tür, und zwei weitere versuchten gerade, sich über die Schwelle zu quetschen. Scheinbar unbeeindruckt von ihren Wunden schleppten sie sich immer weiter. Ich beschloss, meine bescheidene Deckung zu verlassen und alles zu versuchen, um sie aufzuhalten.

Cresil, der wie ein Berserker brüllte, hatte sich das Gewehr eines toten Himmelsboten geschnappt, rannte direkt auf die Gruppe vor der Cockpittür zu und feuerte im Laufen eine Ladung nach der anderen ab. Ich stürzte in dieselbe Richtung, erhob meine Pistole und verschoss meine letzten Kugeln. Ich befand mich immer noch in vollem Schwung, als ich das Klicken der leeren Waffe hörte. Nun war ich vollkommen unbewaffnet, aber meine Beine trieben mich dennoch direkt auf die androgynen, beinahe ätherischen Krieger zu.

Mehrere Dämonen stürzten bereits hinter uns her und ergänzten das Gewitter mit ihren eigenen Kugeln sowie einem Eisenspeer, der tatsächlich einen der Himmelsboten glatt durchstieß und sich in einen weiteren bohrte, der sich wie an einem Grillspieß drehte und zu Boden fiel.

Als Cresil und ich die Tür erreichten, waren fünf der Himmelsboten tot, während es dreien gelungen war, in den Kontrollraum einzudringen. Es hörte sich an, als hätten die Steuermänner Thamuz und Allatou ihnen einen gebührenden Empfang bereitet. Im Inneren knallten Schüsse. Wenn die Kugeln eines der empfindlichen Instrumente zerstörten oder den Tank mit der grünlichen Flüssigkeit …

Cresil war der Erste, der über die Leichen kletterte, die den Weg über die Schwelle versperrten. Ich war dicht hinter ihm und mir folgte ein weiterer Dämon. Ich wollte Cresil zurufen, nicht in den Raum zu feuern, aber er schien sich dieses Risikos – trotz seiner blindwütigen Grausamkeit – ebenfalls bewusst zu sein und schwang das Gewehr stattdessen wie einen Knüppel an seinem abgeschnittenen Lauf. Die Wucht seines Schlages war so enorm, dass der Holzschaft von der Waffe abbrach und sie ihm aus der Hand geschleudert wurde. Er hatte schon

erfolgreich den halben Schädel eines der Himmelsboten zertrümmert. Jetzt waren im Kontrollraum nur noch zwei weitere am Leben.

Ich sah, dass Thamuz tot war. Mehrere Schusswunden hatten seine Brust zerfetzt. Allatou hingegen hatte ein langes, gebogenes Schwert – eine Art Katana – in die Eingeweide eines der Himmelsboten getrieben. Er drehte und zerrte nun an dessen Griff, als sei er einer der Hebel, die die Kathedrale steuerten. Das Ergebnis war ein unfreiwilliges Harakiri. Ein weiterer Himmelsbote war gefallen.

Der letzte Himmelsbote drehte sich wie wild um sich selbst, feuerte dabei mit seiner Pistole in alle Richtungen und fixierte mich mit seinem Blick. Nur einen Moment später richtete er auch den Lauf seines Revolvers auf mich. Ich konnte die Spitzen der verbliebenen Kugeln in seinem Zylinder erkennen.

Ohne meine Waffe war alles, was ich tun konnte, meine gespreizten Hände zu einem nicht besonders wirkungsvollen Schild zu erheben und zu hoffen, dass die Schmerzen der Regeneration sich nicht zu lange hinziehen würden. Doch Cresil schlug dem Himmelsboten mit solcher Wucht auf den Arm, dass der den Revolver in den Boden abfeuerte. Die Kugel prallte am Boden ab und schoss an der aufheulenden Metallwand entlang, bevor ihr Flug endete. Ehe ein zweiter Schuss fiel, rammte Cresil seine andere Hand, zur Faust geballt, gegen die Kehle des Himmelsboten, der nach hinten gegen die Wand geschleudert wurde. Einen Moment lang schwebte er dort wie benommen auf der Stelle, bevor ihm der Dämon, der nach mir in den Kontrollraum gestürzt war, ein Kurzschwert in den Schädel stieß. Der Dämon trieb die Klinge sägend mit aller Macht immer weiter hinunter, bis das Hirn der Kreatur zwischen ihren auseinanderdriftenden Augen hervorquoll. Sie glitt haltlos an der Wand hinab. Als ich mich umdrehte, erkannte ich, dass es sich bei dem Dämon, der mir in den Kontrollraum gefolgt war, um Chara handelte. Sie war über und über voll

Blut, ihre Augen schienen hinter einer blutgesprenkelten Maske hervorzuleuchten.

»Ich glaube, das war der Letzte«, keuchte sie. Auch draußen, in der Haupthalle, waren keine Schüsse mehr zu hören.

Cresil und Allatou knieten über Thamuz. Cresil, aus dessen zahlreichen Wunden tiefschwarzes Blut rann, erhob sich schwach, und unsere Blicke trafen sich. »Danke«, sagte ich.

Er grunzte nur und zwängte sich an mir vorbei durch die Tür.

»Lasst uns diese unbefleckten Missgeburten aus dem Zug werfen«, sagte ich und trat einem Himmelsboten leicht in die Seite. Dann half ich den anderen, sie aus dem Raum zu zerren.

Die Vordertür der Schwarzen Kathedrale stand offen, so konnten wir eine Leiche nach der anderen auf die dunklen Schienen hinauswerfen, die sich hinter uns erstreckten. Auch wenn wir es sehr bedauerten, entschlossen wir uns schließlich dazu, auch die Leichen unserer Kameraden zurückzulassen. Dafür stoppten wir die Kathedrale, trugen die Gefallenen hinaus und legten sie neben den Schienen ab – wir konnten sie zwar nicht begraben, aber zumindest lagen sie auch nicht wie Abfall über die Gleise verstreut. Dann setzten wir uns hastig wieder in Bewegung, bevor weitere Himmelsboten an Bord schwärmen konnten.

In den folgenden Stunden starben dann drei der Verletzten … von den ursprünglich insgesamt vierzig Dämonen waren damit nur noch sechsundzwanzig am Leben. Und natürlich ich selbst. Der Bekehrte.

Achtundsiebzigster Tag

Heute hielten wir kurz unter der kleinen Stadt Pergamos an, um eine weitere Gruppe von Rebellen aufzusammeln, die aus der Stadt fliehen wollten. Glücklicherweise kamen dieses Mal keine Himmelsboten mit an Bord – die Dämonen aus Pergamos hatten in ihrer Stadt auch überhaupt keine gesehen.

So konnten wir unsere Reise ungehindert fortsetzen. Dies erhöhte unsere Zahl auf achtunddreißig. Einer der neu eingetroffenen Männer nickte mir respektvoll zu, während eine der Frauen mich verächtlich angrinste, so als sei ich irgendetwas, das sie gerade entdeckt hatte, weil es an ihrem Absatz klebte.

Chara schläft in dem Bett über mir – nicht im selben Bett wie ich. Hauptsächlich, um den Schein zu wahren, aber die Matratzen sind in der Tat furchtbar schmal. Trotzdem haben wir es, natürlich, bereits zweimal geschafft, uns gemeinsam in mein Bett zu quetschen und uns, unbeobachtet, zu lieben.

Zweiundachtzigster Tag

Vielleicht liegt es daran, dass ich mich erst noch daran gewöhnen muss, an einem neuen, fremden Ort zu schlafen, der sich bewegt, aber letzte Nacht hatte ich einen seltsamen Traum. Ich glaube nicht, dass er irgendeine tatsächliche Bedeutung hat, aber er fühlte sich in dem Moment sehr real für mich an – auch noch, als ich aufwachte –, sodass ich mich in gewisser Weise verpflichtet fühle, ihn niederzuschreiben. Er hat mich aufgewühlt.

In meinem Traum war ich erneut als Gefangener in Oblivion, wie damals, als ich in die Stadt kam. Und wieder teilte ich mir die Zelle mit dieser armen, gebeutelten Kreatur, die allem Anschein nach geisteskrank oder, wie ein anderer Häftling behauptete, autistisch war. Der fehlerhaft regenerierte Kopf des Mannes war von afterartigen Öffnungen umringt, aus denen verdrehte, vertrocknete kleine Zweige aus Hirnmasse baumelten. Er umarmte seine knochigen Knie und donnerte seinen Kopf unaufhörlich im stets gleichen Rhythmus immer wieder rückwärts gegen die Wand, während er mantraartig ununterbrochen irgendetwas murmelte. Ich befand mich zwar mit ihm in der Zelle, in meinem Traum fühlte ich mich trotzdem frei, nicht als Gefangener wie er. Ich stand ihm gegenüber, beobachtete ihn

ERIK - 03

… und aus Neugier und Mitleid trat ich etwas näher an den gequälten Gefangenen heran und beugte mich ein Stück zu ihm hinunter, um hören zu können, was er sagte.

Als ich ihm so nahe kam, dass ich seine Augen, die auf irgendeinen Punkt im Raum fixiert waren und mich überhaupt nicht wahrnahmen, deutlich erkennen konnte, überkam mich plötzlich eine weitreichende Erkenntnis. Einen Moment lang richtete ich mich kerzengerade auf, aber ich widerstand dem Drang, vor ihm zurückzuweichen.

Ich erkannte, dass diese Kreatur der Schöpfer selbst war. Und niemand außer mir hatte diese Wahrheit je erkannt. Nicht einmal die Dämonen, die Ihn in diese Zelle gesteckt hatten. Die Dämonen, die Ihn gefoltert hatten. Unseren Vater, der uns alle und alles um uns herum erschaffen hatte, durch diese Anstrengungen jedoch völlig ausgelaugt und letztlich verrückt geworden war.

Trotz dieser unglaublichen Erkenntnis fühlte ich noch immer eine sanfte Besorgnis für dieses Wesen, das mehr litt als die bedauernswerteste Seele in der gesamten Hölle. Ich machte einen weiteren Schritt auf Ihn zu und beugte mich erneut hinunter, um zu hören, was Er murmelte.

»Es tut mir leid«, sagte der Gefangene zu sich selbst, oder zu mir. Immer wieder und wieder. »Es tut mir leid … Es tut mir leid …«

Dreiundachtzigster Tag

Um mir – oder besser gesagt: Chara – einen Gefallen zu tun, hat ein Dämon mit chirurgischer Erfahrung als Folterer den Schriftsteller Frank Lyre aus meinem Tagebuch befreit.

Chara hat angefangen, mein Tagebuch von Anfang an zu lesen, was mir zwar schmeichelt, mich gleichzeitig aber auch nervös macht, denn ich frage mich, was sie wohl über die Einträge über sich selbst denken wird. Bis jetzt hat sie sich sehr wohlwollend geäußert, und ich habe sie sogar dabei ertappt, wie sie über einige Passagen kicherte – ich denke, das ist ein gutes Zeichen.

Heute ist sie bei dem Eintrag für den vierzigsten Tag angekommen. Zufälligerweise – oder auch nicht – war dies auch der Tag, an dem ich mit dem Wesen eingesperrt wurde, von dem ich gestern geträumt habe. In diesem Eintrag habe ich auch beschrieben, wie es mir gelungen ist, mit Lyre zu kommunizieren und wie ich ihn danach gefragt habe, was passieren würde, falls ich versuchen sollte, sein Auge zu befreien oder seine Haut zu entfernen, in die das Buch eingebunden ist. Würde er endlich wieder zu einem kompletten Menschen regenerieren? Damals hatte er mir gesagt, er sei nicht sicher, was dann passieren würde.

An jener Stelle unterbrach Chara ihre Lektüre und erklärte mir, dass Lyre tatsächlich befreit werden könnte – und dass dieser Dämon mit den recht verstörenden Talenten in unserer Mitte genau der richtige Mann für den Job sei.

Ich beobachtete ihn dabei, wie er ein einfaches Filetiermesser, das er aus seinem geheimnisvoll ausgebeulten, klimpernden Werkzeuggürtel hervorzauberte, dazu benutzte, den Einband aus menschlicher Haut von den Deckeln meines Tagebuchs zu schälen. Allein die Vorstellung, diese Technik könne Lyre verletzen, tat mir selbst weh. Vor der Operation habe ich Lyre gefragt, ob er möchte, dass wir es zu Ende bringen, und er hat mir durch seinen Zwinkercode mitgeteilt, dass er es so wünschte.

Wie ein Koch, der geschickt ein Spiegelei wendet, ohne das Eigelb zu zerstören, gelang es dem Folterknecht, die Haut so zu entfernen, dass das Auge heil blieb und noch immer zwinkerte. Er legte den Fleischlappen auf mein Bett, und dann zogen wir den verbliebenen Einband von meinem Tagebuch und verbrannten ihn. Daran befanden sich schließlich noch immer ein paar Reste von Lyre, wie Gras darin verwurzelt, und auf diese Art bündelte sich seine restliche Seele in einem

einzelnen, recht ansehnlichen Stück Fleisch. Der Dämon erklärte uns, dass nun besser gewährleistet werden konnte, dass sich der Einband aus geschundenem Fleisch tatsächlich zu einem kompletten Menschen regenerieren würde …

Er hat mir außerdem erklärt, dass es, da nur noch so wenig von ihm übrig ist, ein langwieriger, schmerzhafter Prozess für Lyre werden wird. Ich hoffe, er wird hinterher finden, dass es die Sache wert war.

Ich habe ihm mein schmales Bett überlassen. Aber das ist schon in Ordnung: Dann werde ich mich eben doch mit in Charas Bett quetschen müssen. Zur Hölle damit, was die anderen denken.

Fünfundachtzigster Tag

Trotz Allatous einprogrammierter Koordinaten waren wir, wie sich herausstellte, für ein paar Tage vom Kurs abgekommen. Sie glaubt, es könne vielleicht ein Problem durch den Kampf gegeben haben, der im Kontrollraum stattgefunden hat: eine festsitzende Klappe, ein versehentlich umgelegter Hebel, ein blockiertes Zahnrad. Nun scheint jedoch wieder alles in Ordnung und wir auf dem richtigen Weg zu sein … auch wenn wir den Großteil des heutigen Tages damit verbringen mussten, dieselbe Schienenstrecke zurückfahren, um in einen anderen Tunnel abzubiegen, der von unserem abzweigte.

Wir müssen uns allmählich den Ausläufern der kälteren Regionen nähern, denn wir spüren die kühle Luft, die durch die zerbrochenen Fenster von draußen zu uns hereindringt. Ich hoffe, die Bewohner von Gehenna und Pluto haben sich noch nicht so sehr an die Kälte gewöhnt oder angepasst, dass sie sich nicht mehr in Dampfbädern oder am Feuer wärmen müssen!

Lyre sieht wieder wie ein Mensch aus. Ein Mensch, der von ganz neuen – und blinden – Medizinstudenten seziert wurde, aber trotzdem wie ein Mensch … auch wenn er noch zu

unvollständig ist und zu große Schmerzen hat, um zu sprechen. Trotzdem sitze ich oft auf seiner Bettkante und unterhalte mich mit ihm – so haben wir beide Gesellschaft. Ich habe versucht, seine Hand zu halten, aber das verursachte ihm aufgrund seiner freiliegenden Nerven ziemliche Schmerzen und zerstörte kleine Blutgefäße. Meine Handfläche wurden dabei ganz nass. Armer Kerl. Wir Schriftsteller leiden wirklich für unsere Kunst.

Ich erzählte ihm den Plot der Geschichte, die ich immer hatte schreiben wollen. »Wehe, du klaust meine Ideen«, warnte ich ihn. Ich werde sie hier aber nicht zusammenfassen – ich will ihre Magie ja nicht schon im Voraus zerstören, wenn Sie verstehen, was ich meine. Manchmal kann man sich einen Roman regelrecht aus dem eigenen Geist reden oder denken, noch bevor man überhaupt das erste Wort geschrieben hat.

Ob dieser Roman, der in der Welt der Sterblichen spielt, mit deren sterblichen Sorgen und nicht dem geringsten Anzeichen für ein Leben nach dem Tod, letztlich auch genauso aussehen wird, wie ich ihn geplant habe … oder ob auch einige der Dinge, die ich inzwischen weiß, in ihn einfließen werden … das kann ich nicht sagen. Wir werden es herausfinden, wenn ich so weit bin. Ich glaube, ich werde diesen Roman als Nächstes schreiben, statt eines zweiten Bandes dieses Tagebuchs. Ich kann meine Memoiren später immer noch nachholen. Immerhin wird es sich dabei ja um eine Endlosreihe handeln. Ob meine Leser hier in der Hölle sich von meinen Erfahrungen im Jenseits oder von erfundenen Geschichten aus der Welt, die sie einst kannten, besser unterhalten fühlen würden – oder sich besser darin wiederfinden können –, kann ich genauso wenig sagen. Aber ich kann es kaum erwarten, anzufangen. Mit Lyre darüber zu sprechen, hat meine alte Begeisterung neu entfacht – aber ohne diese lähmende, fatalistische Verzweiflung, die mich damals zum Gewehr anstatt zur Feder greifen ließ. Oder vielmehr zur Tastatur.

Ich möchte auch Lyre fragen, was er schreiben möchte, wenn

er endlich wieder heil ist. Vielleicht können wir ja sogar gemeinsam an einem Projekt arbeiten …

Siebenundachtzigster Tag. Letzter Eintrag.

Wir haben Gehenna erreicht, und ungefähr die Hälfte unserer Mannschaft hat sich dazu entschieden, hierzubleiben. Wir anderen werden zu Fuß oder mit Kutschen, die wir hier kaufen wollen und die von bulligen, haarigen Tieren gezogen werden, die unter all ihren muffigen Zotteln überhaupt keine Köpfe zu haben scheinen, nach Pluto weiterreisen.

Der Himmel ist hier ebenso weiß und nichtssagend wie der Boden. Man hat mir gesagt, er sei eine solide Eisdecke, von der hin und wieder Brocken abbrechen und krachend auf die Stadt stürzen. Gehenna ist viel kleiner als Oblivion, und die höchsten Gebäude haben nur sechs oder sieben Stockwerke. Die meisten Häuser sind schwarz, aber ihre Mauern sind mit einer frostigen Schicht aus vom Wind verwehten Schneekristallen bedeckt und auf ihren Dächern liegt eine dicke, solide Schneeschicht.

Und in Pluto, wo der Großteil der Gebäude aus Eisblöcken erbaut wurde, soll es wirklich noch kälter sein als hier? Fast bin ich selbst versucht, hierzubleiben, aber ich werde mich schon daran gewöhnen. Chara trägt zum ersten Mal, seit ich sie kenne, Kleidung. Seltsamerweise erhöht es meine Lust nur, wenn ich sie in Kleidern sehe – ihre Schenkel, die in engen, beinahe anstößigen Hosen stecken, während hier und da ihre Brüste unter den Schals hervorblitzen, die sie sich um den Bauch und die etwas hinderlichen Wurzeln ihrer Flügel wickelt. Ihre Nacktheit wird dadurch nur umso verführerischer sein – genauso wie ihr Haar, wenn sie es aus dem Tuch befreit, das sie sich um den Kopf bindet.

Hier leben sehr einschüchternde, sehr primitive Dämonen, die wie Bären oder riesige Hyänen aussehen und wahlweise auf vier Beinen durch die Gegend galoppieren oder auf zweien durch die Stadt schwanken können. Aber meine Kameraden haben sie mit diversen Geschichten zufriedengestellt: Angeblich bin ich ein Diener, und sie wurden angewiesen, mich nicht schlecht zu behandeln. Mein Mitleid gehört jedoch den Verdammten dieser Stadt, mit ihren versteinerten Mienen und leeren Augen – sie werden furchtbar schlecht behandelt. Zu viele von ihnen haben weder Schals noch Kopftücher oder Hosen, die sie vor den pfeifenden Winden aus weißem Nebel schützen könnten, die hier so oft zwischen den langen, niedrigen Gebäuden durch die Stadt fegen.

Den Dämonen von Charas Gattung, die in Gehenna leben, wurde die Wahrheit über den Genozid in Oblivion anvertraut. Sie wissen nun, dass wir davor geflohen sind. Auch wenn wir vermuten, dass einige von ihnen einen gewissen Groll gegen uns hegen werden, weil wir durch unsere Flucht möglicherweise Himmelsboten hierher geführt haben, scheinen uns die meisten doch mit Sympathie und Solidarität zu begegnen.

Mittlerweile wäre Lyre ganz sicher kräftig genug, um sich, in eine Decke eingewickelt, an den Eingang der Schwarzen Kathedrale zu stellen und hinauszuschauen, aber er fühlt sich noch immer nicht ganz dazu in der Lage, sich tatsächlich hinauszuwagen. Die tierähnlichen Dämonen wurden angewiesen, auch ihn nicht zu belästigen. Er sieht noch ziemlich mager aus, finde ich, beinahe kahl … aber vielleicht legt er ja noch etwas zu und sein Haar wächst noch, bis er wieder ganz hergestellt ist.

Allatou hat die Schwarze Kathedrale bereits neu programmiert, um sie unbemannt wieder in eine andere Richtung zurückzuschicken und etwaige Verfolger von unserer Fährte abzubringen, aber aufgrund dem Wunsch von Lyre bat ich sie, ihr Vorhaben noch ein wenig aufzuschieben …

»Ich glaube, mein Vater ist in Oblivion«, vertraute Lyre mir an. »Ich will dir keine Vorwürfe machen«, fuhr er fort, »aber ich hatte gehofft, nicht von dort fortzumüssen. Ich dachte, ich könnte ihn vielleicht irgendwie, irgendwann finden. Wenn ich je aus diesem Buch befreit sein würde … so unwahrscheinlich mir das auch immer erschien …«

»Du hast mir nichts davon gesagt«, erwiderte ich und fühlte mich trotzdem schuldig.

»Na ja … es schien mir einfach nicht möglich, dass ich je wieder auferstehen würde, um irgendetwas in dieser Sache unternehmen zu können. Ich war hilflos. Ich habe es noch nicht einmal geschafft, es dir mitzuteilen. Unterhaltungen waren ja schon schwierig genug, ohne dass ich versucht hätte, meine Gefühle zu äußern, und …«

»Frank, ganz ehrlich, ich habe noch nie jemanden getroffen, der irgendeinen Verwandten, einen geliebten Menschen oder wenigstens einen Bekannten aus seinem früheren Leben wiedergefunden hätte. Irgendwie kommt es mir so vor, als platzierten sie uns in der Hölle absichtlich so weit von unseren Lieben entfernt – schließlich ist sie ja groß genug, vielleicht sogar unendlich –, dass wir diese Entfernungen unmöglich überwinden können. Und nach allem, was wir wissen, gibt es vielleicht noch mehr Höllen als nur diese eine …«

»Das weiß ich. Ich habe das schon andere sagen hören. Aber wenn ich's dir sage … eines Tages, als du mich gegen das Fenster gelehnt hattest … ich glaube, dass ich ihn die Straße habe entlanggehen sehen. Ich könnte schwören, dass er es war.« Er schüttelte den Kopf und wandte sowohl das Auge, das ich so gut kannte, als auch dessen lange vermissten Zwilling von mir ab.

»Hey, du weißt, dass du jetzt frei bist und alles tun kannst, was du willst, Frank, aber …«

»Der Geist aus der Wunderlampe ist frei, wie?«

»In diesen Zeiten ist das eine gefährliche Stadt.«

»Das war sie immer. Und wird es immer sein.«

Ich nickte und machte zum Spaß einen Schmollmund. »Ich hatte gehofft, du würdest mir erzählen, was du eigentlich geschrieben hast, dass es den Schöpfer so wütend gemacht hat.«

»Dazu braucht es nicht viel.«

Ich wandte meinen Blick von der weißen Aussicht ab, die sich mir hinter der Tür bot. Dann wurde ich plötzlich von einem Gedanken erfasst und sah ihn direkt an: »Frank … würdest du mein Tagebuch mit zurück nach Oblivion nehmen? Du hast es ja ohnehin schon die ganze Zeit mit dir herumgetragen, stimmt's? Du könntest es für mich zu Necropolitan Press bringen. Dann könnten sie es direkt in Oblivion veröffentlichen …«

»Das ist eine tolle Idee … sicher, das mache ich gerne. Aber – warte mal … wenn die Behörden je eine Ausgabe in die Finger kriegen, dann wissen sie, wo du bist. Und wohin ihr alle geflohen seid.«

»Stimmt. Hmm … äh … ein paar Veränderungen könnte ich ertragen, wenn du Lust dazu hast. Solange du ein sensibler Lektor bleibst und meinen Stil nicht verunstaltest.«

Er lächelte. »Keine Sorge. Ich kann zu übergriffige Lektoren auch nicht leiden. Klar, gern. Es wäre mir ein Vergnügen – und eine Ehre. Und irgendwie finde ich einen Weg, dir ein paar Exemplare zukommen zu lassen. Wenn du nicht in Pluto bleibst, musst du nur sicherstellen, dass du eine ausreichende Spur hinterlässt, damit ich dir auch folgen kann.«

»Das werde ich.« Grinsend klopfte ich ihm auf die Schulter. »Und mach dir keinen Kopf, falls es eine Weile dauert, bis du mir die Exemplare schicken kannst – angenommen, sie wollen es tatsächlich veröffentlichen. Es ist ja nicht so, als hätten wir nicht genügend Zeit, uns wiederzufinden, früher oder später.«

»Und ich will auch deinen Roman lesen, wenn er fertig ist. Ich komme in ungefähr einem Jahr hierher zurück. Wie wäre das? Wir verabreden uns für nächstes Jahr. Dann nehme ich deinen Roman mit zu Necropolitan, wenn ich nach Oblivion zurückkehre, falls du schon damit fertig bist.«

»Klingt nach 'nem Plan. Aber vergiss bei all dem bloß nicht, auch ein eigenes Werk zu schreiben.«

»Wir werden sehen.« Sein Lächeln wirkte, als habe die kalte Luft es eingefroren. »Wir werden sehen, ob meine Muse mit dem Rest von mir wiedergeboren wurde.«

Nach dieser kurzen Verzögerung ihrer Abfahrt werden wir anderen nun also zusehen, wie sich die dunkle Gestalt der Kathedrale über die eisige, gefrorene Ebene bis hinter Gehennas Stadtmauern entfernt und schließlich in einem höhlenartigen Schlund in einer Felsenklippe verschwindet, um mit einer einsamen Menschenseele als Passagier wieder in die Unterwelt hinabzufahren. Dies sind die letzten Zeilen, die ich in dieses Buch schreiben werde. Aber ich empfinde es als äußerst passend – und das habe ich auch Frank gesagt –, dass es in seinen Armen zurückreist, wo doch die Worte darin so lange vom Einband seiner Haut umschlossen waren.

Anstatt bestimmte Schlüsselstellen zu streichen, habe ich ihm erlaubt, sie zu verändern, sofern es nötig sein sollte. Beispielsweise gehen wir nicht wirklich nach Pluto. Und ich war auch nie in Gehenna. Aber ich habe genug über diese beiden Orte gehört, um sie beschreiben zu können. Sie dienen als nützlicher Ersatz, um unsere wahren Ziele zu verschleiern. Und da er nach Oblivion zurückkehren will, hat er, damit er nicht selbst gejagt oder gefoltert wird, um ihm Informationen über unseren wahren Aufenthaltsort zu entlocken, das wenig subtile Pseudonym Frank Lyre angenommen, das er in diesem gesamten Buch anstelle seines richtigen Namens einsetzen wird, den ich bislang benutzt habe.

Der Name meiner Geliebten ist auch nicht wirklich Chara. Lyre wird sie aber Chara nennen, wenn er mein bescheidenes Manuskript ein wenig aufpoliert und überarbeitet.

Und er wird Anspielungen auf meinen eigenen Namen entfernen. So sehr ich mich auch nach dem in meiner Vorstellung fantastischen Ruhm einer Veröffentlichung gesehnt habe, nach Lesern, die sich ungeduldig auf die von mir verfassten Worte stürzen, so sehr möchte ich doch auch unsere wahre Identität schützen, damit uns niemand aufspürt. Wir werden neue Identitäten annehmen. Wir werden uns neu erfinden. Uns selbst neu erschaffen. Schließlich verwenden viele Schriftsteller Pseudonyme. Denken Sie nur an Samuel Langhorne Clemens. Lyre wird also sämtliche Stellen aus diesem Buch streichen, an denen mein richtiger Name fällt. Mein neuer Name, mein Pseudonym, das auch auf dem Cover dieses Buches stehen wird, ist Dan Alighieri.

Es ist Zeit, die Schwarze Kathedrale auf die Reise zu schicken. Diese zusammengeklebten Seiten an Lyre zu übergeben. Chara wird mich begleiten, wenn ich gehe, um mich von ihm zu verabschieden. Vielleicht werde ich es sogar wagen, meinen Arm um ihre Taille zu legen, auch vor den anderen Dämonen. Daran werden sie sich eben gewöhnen müssen. Die Dinge ändern sich, wie einer der Dämonen sagte … sofern das möglich ist. Und es scheint tatsächlich möglich zu sein.

Morgen werden die Dämonin, die Lyre Chara getauft hat, und ich uns zu jenem Ort aufmachen, den Lyre durch Pluto ersetzen wird. Ich hoffe, diese letzten winzigen Enthüllungen über gewisse Tricks und erfundene kleine Details in meiner Geschichte lassen Sie nicht an deren Wahrheitsgehalt zweifeln. Die Wahrheit übertrifft die Fakten. Namen, Personen, Orte und Geschehnisse sind Produkte der Fantasie des Autors und rein fiktiv. Mein Leiden aber war real. Und die kleinen Fetzen des Glücks, die ich von seinen Knochen nagen konnte, sind ebenfalls real. Die Hintergründe und Ereignisse sind in ihrem Kern wahr, und das ist alles, was zählt.

Was diese Memoiren angeht, bin ich der Schöpfer. Wie Goethe schon in *Faust* formulierte: »Dies geisterhafte Schauspiel hast du selbst gemacht!«

Ich bin aus Oblivion entkommen. Ich habe mich in den Feind verliebt – vielleicht könnte man das ja das Helsinki-Syndrom nennen. Und der Feind liebt auch mich. Ich habe gelernt, dass Gott in den schlimmsten Zeiten der Teufel ist, und in den besten selbst nur eine traurige, verlorene Seele. Ich bin zuversichtlich, dass ich letzten Endes, posthum, doch noch veröffentlicht werde, und es gibt noch so viele Welten, die ich mit meinen Worten erschaffen möchte. Tot zu sein, hat mich wieder zum Leben erweckt.

Hier steht nun Lyre. Lächelnd, mit ausgestreckter Hand, wartend. Er wird noch einen Moment länger warten müssen. Ich möchte, dass Chara auch diese letzten Seiten noch liest.

»Und sonst darf ich nichts weiter tun oder sagen?«, grummelte sie.

»Das hast du doch gerade«, erwiderte ich.

So. Sie ist fertig.

Und für den Moment bin ich das auch.

Jeffrey Thomas, geboren am 3. Oktober 1957, lebt mit seiner Familie in Massachusetts, USA.
Er ist einer der kreativsten Autoren der Gegenwart, ein Hieronymus Bosch der Literatur. Seine Welten sind sehr dunkel, sehr grotesk, doch immer voller *unheimlicher* Spannung. Fantastische Literatur at his best.

www.jeffreyethomas.com

12 Erzählungen zu Lovecrafts unsterblichem Cthulhu-Mythos – ungewöhnlich, originell, beeindruckend.

Die Gebeine der Großen Alten
Die Avatare der Großen Alten
Die Kinder der Großen Alten
Mein Frau, der Shoggoth
Hinter undurchsichtigem Glas
Aus dem Bauch der Hölle
Die Fratze Baphomets
Leichenkerzen
Die Kinder des Drachen u. a.

Gebunden, mit Leseband und Schutzumschlag
ISBN 978-3-86552-121-7